人情趣味新聞料理

徐慰真／著

三民書局

國家圖書館出版品預行編目資料

人情趣味新聞料理 ／ 徐慰真著.－－初版二刷.－－
臺北市；三民，2002
　　面；　　公分
參考書目：面
ISBN 957－14－3497－3　（平裝）

　1.採訪(新聞)

895.316　　　　　　　　　　　　　　　90011828

網路書店位址　http：// www. sanmin. com. tw

ⓒ　人情趣味新聞料理

著作人　徐慰真
發行人　劉振強
著作財
產權人　三民書局股份有限公司
　　　　臺北市復興北路三八六號
發行所　三民書局股份有限公司
　　　　地址／臺北市復興北路三八六號
　　　　電話／二五〇〇六六〇〇
　　　　郵撥／〇〇〇九九九八──五號
印刷所　三民書局股份有限公司
門市部　復北店／臺北市復興北路三八六號
　　　　重南店／臺北市重慶南路一段六十一號
初版一刷　西元二〇〇一年九月
初版二刷　西元二〇〇二年十月
　編　號　S 89086
　基本定價　參元捌角
行政院新聞局登記證局版臺業字第〇二〇〇號

人情趣味　穿透我心

　　新聞在最早時期之功能，主要為告知，乃形成群體覓食避災之營生活動。發展至科學昌明通訊便利之現代社會，新聞已成為不可須臾或缺之生活資訊，其重要性，幾無可言喻。

　　由於人際與國際互動關係日漸密切頻繁，任何事件或事故之影響性層面備受重視；相對地，在人情趣味，或稱人性趣味方面，則不如前者。更由於電子傳播科技之進步及普及，受眾對有聲有色之傳播訊息較樂於接受，一般人情趣味新聞，甚至多流於滑稽、色情以娛人耳目。因而激情作風雖印刷媒體亦競為之。

　　其實，人情趣味並不侷限於狹窄的趣味範圍。稱之為人性趣味者，正因為其中包括對其他生命廣泛之同情，以及對自然、山川、文物建設，甚至對人類進步繁榮之關切。

　　生存競爭誠為人類進化歷史之必然現象，但許多對抗、衝突、甚至戰爭，並非絕對不可避免，只是由於歷史仇恨、種群敵視、或是政治偏見所造成。人與人之間亦因誤解與成見形成關係失調。如果人性的關懷得以提升，則上述導致人際或國際緊張關係的因素當可減少，或消失於無形。

　　不過，人情趣味中的趣味重要性亦不容忽視。人情趣味因素甚多，倘非刻意窄化，且經記者慧眼佛心及優美之文字或語言加

以適當表現，不難發生極大之鬆弛功能，足以緩和受眾營生之壓力及緊張。尤以幽默之因素最為重要。拙著《新聞報導學》中有謂：「幽默固為一種對人生具有穿透之心，以悲憫之情懷、智慧的言辭，所表達之雅趣。這種雅趣其實隨時隨地可從千百人物事物中尋得，最易引起受眾興趣而發生共鳴。」復謂：「是味永的諧趣，是文雅的戲謔。」我國幽默文學首倡者林語堂先生說：「幽默只是一種冷靜幽遠的旁觀者，常於淚中帶笑，笑中帶淚。」似最能解釋幽默之真諦。

　英美新聞傳播媒體雖多流於為激情主義，但對人情趣味新聞之報導，仍努力未懈。蓋西方文化具有自由平等之特質，人情趣味新聞之價值早受肯定。我國近年以來始見人情趣味新聞或特寫漸受重視。長期從事廣播事業之徐慰真先生多年以來提倡人情趣味新聞已獲得廣大反應，頃又完成《人情趣味新聞料理》之專著，為國內首見，意義重大。敢為序。

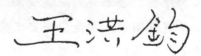

實務與理論交融的驗證

新聞涵括兩個主要體裁領域：一是評論，一是報導。一般所謂新聞，常只指新聞報導而言。

無論是新聞評論或新聞報導，都以大眾關切及大眾興趣為取材的主要考量準據。一則新聞評論或新聞報導，如不能兼顧大眾關切及大眾興趣，其實不能說是佳作。

人情趣味新聞(Human Interest News)一詞，起源於新聞取材與處理的取向，但這一專有名詞出現之前，新聞報導甚至新聞評論，從未輕忽大眾的關切與興趣。

慰真兄所著《人情趣味新聞料理》此書中，曾將相關人情趣味的新聞報導，分為純人情趣味的新聞與含人情趣味的新聞兩類，實正顯出人情趣味本即新聞吸引受眾的重要因素，即使不是純以人情趣味為取向的報導，也時或注意到其新聞中有無人情趣味的成分。

就專業課題兼顧理論與實務凝聚成著作，不是易事；寫專門著作又能生動可讀，更是難上加難。慰真兄在專業探討中融入相當程度的新聞報導鮮活撰寫技巧，證明他已將他個人的實務歷練與專業研究交融、交流。慰真兄在書中一再推崇名記者恩尼派爾在人情趣味新聞方面的傑出表現，而慰真兄對恩尼派爾的敘述部

分，又何其富於人情趣味！

　　慰真兄這本專著，孕育自他多年採訪實地經驗，凝聚於他在文化大學新聞所碩士班的論文研究與撰寫，再經通盤的反覆思考規畫、廣蒐資料、精心整理。所收納的示例新聞報導，極多取自近期媒體，時效性的把握，也見其在專業原則的講求。

　　慰真兄在研究所撰寫《我國報業守門人對人情趣味新聞之認知差距》論文，我有幸擔任指導，深知他對人情趣味新聞此一專題的興趣、相關經驗、認知與了解。因而，我也較能體會此一專著撰成對慰真兄的意義。

　　早年參加新聞採訪行列，慰真兄秉持敬業精神，全心投入工作，博探深究，鍥而不捨，求真、求精、求全；在採訪歷程中，時時反思探討，體悟創新。並在已累積豐富實務經驗、肩負主管責任之際，排除困難，在職進修更深的理論研究，期能將所學、所用、實務、理論，融會貫通，為新聞事業、為後進新聞工作者，有所獻替。

　　《人情趣味新聞料理》一書中，不止對於人情趣味新聞作深入詮釋，精闢解析，操作指引，問題探討；在相關敘述中，不斷提示採訪技巧、專業省思等方面的原則與見解，時將個人實際經驗適切地嵌入其中，以相佐證。讀此一書，實已對新聞採訪概見全豹。

　　行文流暢，妙句雋語，蒐集範例新聞之精到，實例評解之通澈，隨機融入的作者對人生的體悟，更使本書生色。

　　實務與理論交融的驗證，具體呈現在這本書中，我為慰真兄
賀，也為展讀本書的讀者賀。

馬驥伸

自 序

人情趣味　我心徜徉

　　新聞事業競爭有如戰場，新聞史上英雄豪傑多出自於政治、外交、社會等路線；一般人以為新聞就該如此轟轟烈烈才是，但是大家（包括新聞從業人員）只注意到時宜性、接近性、顯著性、影響性等新聞價值衡量標準，卻忽視了新聞閱聽人的一個重要興趣，也就是「人情趣味」。試問哪一個重要新聞裡面沒有人情趣味？其實，再重大的硬性新聞也包含了人情趣味，甚至由人情趣味聯結，而組成令人震撼的新聞。

　　早在一八六六年，被譽為「報人的報紙」的《紐約太陽報》(New York Sun)率先採用人情趣味新聞。發行人丹納(Charles A. Dana)藉著人情趣味新聞，營造出了首屈一指的銷路，讓其他報人知道「人情趣味新聞」如何為一家報紙帶來生氣與活力。現在，各大通訊社稿中此類新聞比重依舊很高。

　　報禁期間受限於三大張，人情趣味由於篇幅關係，稿擠就成為犧牲品，不過，依舊有佳作出現。解嚴後，報業不受張數限制、廣播電臺、有線電視像雨後春筍設立，人情趣味新聞量大增，但是質卻不見提高。尤其解嚴後新聞尺度大開，政治紛爭、暴力、情色……新聞充斥在眼簾、耳際，人情趣味新聞的出現，真有如燠熱盛夏進入塔塔加鞍部享受那種清新涼爽的感受。在這裡我要

大聲疾呼，人情趣味新聞採訪寫作絕對不是新聞的細微末節、雕蟲小技，而是一項採訪寫作的藝術。

有人說人情趣味新聞起自外國工業革命後的近代新聞事業，原因是外國人關注「人」為中心，擴及周遭的環境；其實，中國人不缺人情趣味新聞，只是大幅接受西方新聞理念之餘，媒體追求硬性新聞的效果，在客觀環境下忽視了這項閱聽人的興趣。現在解嚴了，國民所得、教育水準大幅成長、新媒體欣欣向榮，應是享受高品質新聞報導的時機到了。

二十三年前跑臺北市政新聞，圓山動物園是我報導人情趣味新聞起家的地方，〈流氓狗〉、〈猴王出走記〉等故事引起多家媒體跟進，加深了我的信心，到今天熱愛人情趣味新聞的興趣從未稍減。感謝中廣給了我展現的空間。對念到我的稿子笑場、導致尷尬場面的主播，在此深深的致歉；在知有所不足進入研究所後，我的碩士論文就是探討人情趣味。現在新聞事業競爭激烈，分類採訪日益重要，人情趣味新聞是國內媒體值得開拓的採訪途徑，願以此書與大家分享。

研究所畢業後，課業壓力解除，總想以優閒態度，把蒐集的資料整理出書。適值擔任採訪組長、調皮的次子子軒八十五年夏天出生，全家歡欣迎接新成員；忙碌之下寫書計畫一延再延。千禧夜做完國內外記者聯線後、一身疲憊，清晨回家見到能說善道的子軒，突然感覺寫書的計畫可以進行了。

這本書難寫，原因是明明是敘述閱聽人興趣，應該讓人讀得輕鬆，所以不能寫成硬梆梆的教科書。另外，這本書屬於新聞分類採訪專書，讀者最好讀過採訪寫作的書，作為進階之用；如果

沒有新聞基礎，看看範例以及所述原則，對新聞、以至於人情趣
味新聞也可略窺堂奧。

感謝王老師洪鈞、馬老師驥伸經常垂詢、催促寫作進度，對
美聯社、合眾國際社、路透、法新社、德通社、國內媒體發布的
人情趣味新聞致敬，也感謝黃文範先生慷慨提供精采譯作，以及
郭希誠、沈明杰、何家駒先生以及涂慧美小姐的專業協助。更要
感謝三民書局的賞識能順利付梓，讓大眾認識人情趣味新聞的可
貴。

特別獻給——愛我、我愛的家人、師長及朋友！

徐佞真 謹識

中華民國九十年三月於臺北市碧湖

目次

第2章　人情趣味的因素

第3章　人情趣味新聞的來源

第4章 採訪人情趣味新聞記者的條件

第5章 人情趣味新聞的採訪

第6章　人情趣味新聞的結構

第7章　人情趣味新聞導言的寫作

第8章　人情趣味新聞寫作的布局

第 9 章　人情趣味特寫

第 10 章　人情趣味新聞寫作原則

第 11 章　各媒體製作人情趣味新聞祕訣

參考文獻

完稿的感言

後　記

想　你

後　記

人情趣味徐慰真

第1章

人情趣味新聞

 第一節　人情趣味新聞的起源

　　很久很久以前……一個心思細密的農夫，粗糙的雙手捧著一顆無意中發現而與眾不同的種子，經過細心照料、發芽、迅速成長，它的果實味道濃郁、體型纖細，讓消費者產生莫大興趣、著迷，而大發利市，於是其他的農夫們都跟著種植，現在這種作物在全世界蓬勃發展。

　　以上這段童話性的敘述，就是人情趣味新聞在新聞事業中茁壯成長的寫照。新聞事業產製的成品有如大型購物中心，一般新聞像是價廉量多的大型量販店，那人情趣味新聞就是精緻高雅的精品店了。它能在激烈的競爭環境脫穎而出，顯示它有獨到的特質。我們先試著以人情趣味新聞的歷史，揭開令人感到興趣的第一章。

　　說起起源那就麻煩了，因為一個行業、一門學問，都有草創期，然後突然一兩位高人碰上大好時機獨所創見，接著各路門徒師承精髓、發揚光大；看倌回頭想一想：心理學、社會學、繪畫的印象派、野獸派……，難道不是循著這個軌跡嗎？

1

人情趣味新聞有人推崇《紐約太陽報》(*New York Sun*)創辦人班哲明・戴(Benjamin Day)，也有人認為是讓人情趣味新聞大量進入報紙內容創立風潮、報紙銷量遽增的《紐約太陽報》查爾斯・丹納(Charles A. Dana)。重要人物的定位，就要看你從哪個時間點、哪個階段切入了！

當然，在丹納之前人情趣味新聞就已經刊登在報紙上了，像湯瑪士・佛力特(Thomas Fleet)在他主持的《波士頓紀述報》(*Boston Rehearsal*)上就曾刊登過近似人情趣味新聞，他喜歡摘取一些小人物的家常事，例如：

上星期六，波士頓劍橋發生了一件奇特的意外，一位叫艾德華・法羅的穿街走巷的理髮師傅，醉醺醺的爬到一幢學院的屋頂上，又從上面跌到庭院中，甦醒過來以後，卻發現自己只有背上有輕微傷痕。(George Fox Mott and Others, *News Survey of Journalism*, p. 192)

在英國，一位新聞記者約翰懷特(John Wight)曾經在倫敦的《晨報》(*Morning Herald*)發表過許多粗具人情趣味的新聞，他每天前往倫敦弓弩街法庭(Bow Street Court)去旁聽，發掘一些小人物的悲喜劇以饗讀者，頗獲好評。後來他將這類記事輯成一冊，定名為《弓弩街的早晨》(*Morning at Bow Street*)。(George Fox Mott and Others, *News Survey of Journalism*, p. 24)

第二節　人情趣味新聞的發展

在這裡還是依照時間點把源頭交代清楚，首先以專書介紹人情趣味新聞的芝加哥大學教授海倫休斯(Helen MacGill Hughes)說：繼政黨

報紙之後一八三〇年代興起的便士報（《紐約太陽報》與《紐約前鋒報》(New York Herald)以一分錢售價的大眾化報紙創造報業新紀元，終結了政黨報紙充斥的局面），造就了人情趣味新聞。我認為：人情趣味新聞跟便士報的關係，有如「你中有我、我中有你」，一是「時勢」，另一個是「英雄」，真是密不可分。

一八三三年創辦《紐約太陽報》的班哲明‧戴在沒有政黨奧援之下，完全靠廣告收入及在街頭賣零售報紙生存；英國倫敦報業以賣報生在街頭賣報的制度，當時還沒有傳到北美洲，《太陽報》打破了當時美國送報定期收費的現況，而異軍突起。

班哲明‧戴以生動的筆觸，報導吸引讀者注意力的個人八卦（Gossip，說到八卦實在不懂，不知從何而來，後來才知道是港人音譯、我國報業引用）、軼事、動物、警局新聞為推銷重點，法蘭克歐布萊恩(Frank M. O'Brien)檢視《太陽報》早期內容發現：

撤換財政部長威廉迪恩(William J. Duane)新聞占了兩行字，同版一條大沙魚被捕上岸寫了三行，博物館飼養巨蟒占了四分之一欄。蘇姍艾倫小姐買了一支雪茄，在百老匯邊抽邊跳舞遭警方逮捕；這條新聞的處理，比以自己名字為商標、賣出上百萬支雪茄的雪茄大王亨利克萊訪問紐約，還要「大條」。

海倫休斯認為：這些不連貫的敘述，就是美國新聞業最早的人情趣味新聞。紐約這個人口眾多的大都會是一個適合口頭八卦大量傳播的地方，這方面《太陽報》讓民眾充分滿足。班哲明‧戴對大眾喜好沒有基本哲學，他只是報導其他銷路不錯的報紙所忽略的地方瑣聞，這項嘗試想不到獲致大勝。其他便士報充斥著政治經濟新聞，《太陽報》卻故意忽略，原因是他的讀者根本不理會這些深奧且遙遠的新聞。

　　四小張的《太陽報》在四個月之內銷量達到五千份，比當時銷路最好的便士報*Courier and Enquirer*高出五百份。班哲明‧戴只有一位合夥人也兼幫手，也就是印刷廠老闆喬治韋斯勒(George Wisner)，這位仁兄負責每天寫兩欄警局新聞；班哲明‧戴用這些新聞吊足了讀者的興趣，但是更可能是《太陽報》沒有政治資源，也沒有特派員，更沒有錢，而轉向警局新聞發展。《太陽報》發現人情趣味新聞可以吸引讀者，形成了新型態又賺錢的「新」新聞業（意指有別於當時的新聞事業，而不是指現今的New Survey of Journalism）。

　　被譽為「清晨法庭中的巴爾札克」(Balzac of Bow Street Court)的喬治韋斯勒，也曾經以法院見聞為題材，為《紐約太陽報》寫下許多報導。(Frank Luther Mott, *The News in America*, p. 61)

　　有了異軍突起成功的案例，馬上就有人跟進；《紐約晚刊報》(*New York Evening Transcript*)與《太陽報》同年成立，有專責編輯跑警局，也是第一個認知如何以拳擊賽、競賽、戶外活動滿足讀者需求，而以這種型態影響人們的生活型態的報紙。

　　班乃特(James Gordon Bennett)在一八三五年創立《紐約前鋒報》，跟班哲明‧戴一樣他沒有財務後援，他在〈發刊詞〉中強調：要破除政治及政黨對大眾的枷鎖，《前鋒報》的拓展要靠企業化、高品味、簡潔、多樣化、讀起來過癮而且價廉。

　　班乃特在第一年就讓《前鋒報》銷量穩住陣腳，靠得是一個叫做羅賓遜(Robinson)的年輕人謀殺了風塵女子海倫裘薇特(Helen Jewett)的報導；《前鋒報》詳述凶案現場的細節、周邊證人的第一手訪問，以連續報導中的一段文字為例：

　　警察指著半裸的屍體說：「看！」「這就是那個可憐的受害人。」我

只看了一兩秒，我緩緩的注視屍體的輪廓，像極了大理石美女雕像，而這是我有生以來從沒見過的景象。我感嘆的說:「天呀!」「我真的很難相信，像極了雕像的，竟是一具屍體。」她看起來純白，跟白色大理石一樣;漂亮的曲線、臉龐，豐腴的手臂、胸部，每一部分都比達文西的維納斯雕像還美。

各位看倌! 這段文字是不是深深的吸引了你? 在這個連續的報導裡，讀者興趣達到了空前的高潮，最後羅賓遜雖然以無罪結案，但是《前鋒報》銷路卻增加了三倍。

班乃特用人情趣味的角度寫新聞，教導讀者如何讀新聞，也讓《前鋒報》普及大眾化。班乃特在複製其他便士報的報導方向上是一個天才，但是他尋找各種有趣新聞，為自己找到新途徑，他有幾項第一的紀錄:他首先認知教堂聚會的新聞價值，洞悉財富對社會的功能，首先報導華爾街新聞。

注意! 下面這一段非常重要了，要介紹人情趣味新聞祖師爺──丹納以及《紐約太陽報》了。

南北戰爭後，美國報業不論在新聞政策、言論政策及寫作風格，都在迅速轉變。而其中可以《紐約太陽報》作為代表。

《太陽報》在南北戰爭時屬民主黨，但忠於聯邦。對林肯的批評，還不及共和黨之報紙。南北戰爭前的一八六〇年《太陽報》老闆畢奇(Moses S. Beach)，以十萬美元把《太陽報》賣給有錢、具宗教狂熱的年輕人莫瑞生(Morrison)。自此《太陽報》成為福音報紙。不過到了一八六一年底莫瑞生放棄《太陽報》，經營權又重回畢奇之手。

丹納在《紐約論壇報》(New York Tribune)做了十五年，在報業享有名報人的令譽。由於跟老闆葛里萊(Horace Greeley)不合而離職，脫

離《論壇報》之後，林肯派他為西部戰線特派觀察員，後來改任陸軍部助理部長。戰後他到新創刊的《芝加哥共和報》(*Chicago Republican*)任主編一年。由於認為西部沒有發展，收拾行囊回紐約辦報，想不到就此創下了報業史上的傳奇故事。

一八六六年畢奇以十七萬五千美金把《太陽報》賣給丹納，當時《太陽報》銷量為四萬三千份，兩年半後達到十萬兩千八百七十份，在所有競爭者中遙遙領先；到一八七六年更創十三萬一千份的新紀錄。

《太陽報》的輝煌成就，來自新聞與寫作技巧的重大成功。一八七○年，在新聞方面，丹納主張刊登最新、最有趣與最生動的報導，為了大眾的需要絕不考慮成本支出。由於寫作生動活潑，當時的順口溜說得好：

早上《太陽報》以罪惡吸引人，晚上《郵報》以美德讓人無趣。
(*The Sun* makes vice attractive in the morning, and *The Post* makes virtue unattractive in the evening.)

而「人情趣味新聞」這個專有名詞第一次正式在《太陽報》新聞室得到正名，這是指一種短文，它的趣味不在新聞本身有何重大意義，而在引起一般人的興趣、新奇、悲憫。例如詼諧的警員、中國洗衣工人、走失的小孩，每每生動、活潑、雋永。這種報導非有好文筆，否則就平凡無奇了。《太陽報》對新聞業的主要貢獻，就是它的新聞寫作風格；而《太陽報》以高薪與工作保障及絕佳的職訓吸引年輕記者，也讓對手報紙恨得牙癢癢的。

《太陽報》著名的市政版編輯包嘉(John B. Bogart)曾對一位年輕記者說：

狗咬人不是新聞，人咬狗才是新聞。(When a dog bites a man, that is not news; but when a man bites a dog, that is news.)

這句話已經成為新聞事業中最著名的格言之一。我們讀新聞學，只知這句話，卻不知來源，現在終於了解出自何人了。在包嘉手下工作的布里斯班(Brisbane)稱他為美國最佳的新聞老師。

《太陽報》社論風格犀利雋永，重視當時風尚、社會問題或有趣的短論。其中最著名的莫過於由邱池(Francis Church)所撰〈有耶誕老人嗎?〉，這篇社論迄今仍每年廣為翻印。對於重大政治問題，《太陽報》以莊諧並用的手法表現，有時以辛辣幽默的文字鞭撻政治人物。例如一八七二年葛里萊（請不要懷疑，他就是《紐約人報》(New Yorker)及《紐約論壇報》的創辦人葛里萊、也是丹納的前老闆）競選總統，《太陽報》表面支持，但同時卻予嘲弄，有時用字遣詞近乎刻薄，此種做法被他的對手形容為卑鄙手段。

《太陽報》原為獨立而贊成民主黨的報紙，丹納年輕時為極端自由主義者，後來加入共和黨並在共和黨政府中任職，晚年成為保守主義者。在一八七〇年代他反對勞工運動與所得稅，主張高關稅政策。但就報業而言，他始終是一位傑出的主編。他使《太陽報》饒富趣味、文辭優美、光芒四射，因此使《太陽報》得到「報人的報紙」(The News-paperman's Newspaper)的美譽。 (Frank Luther Mott, *American Journalism*, 1953, pp. 373–378)

當時的編輯主任密契爾(Mitchell)，觀察丹納對新聞史的影響重要性如下：丹納個人領悟人情趣味的精髓，比其他任何單一新聞哲學還要深奧；他揚棄了舊有的新聞價值標準，以我們生活當中的情感以及幽默為現代報業的新聞價值。丹納認知一個本身有趣的小事件，比黑

鴉鴉滿紙無趣的事件更值得上一欄新聞。

一八六六年《紐約太陽報》在丹納接手之後,《太陽報》被譽為「報人的報紙」,原因是他掌握的《太陽報》大量採用人情趣味新聞,轟動了、也震撼了美國新聞界,同時也為《太陽報》營造了首屈一指、凌駕各報的銷路。銷路的增與跌,是報業最現實的考驗;丹納藉著人情趣味,喚起當時的報人們,對人情趣味新聞的另眼相看。另外,也讓人們知道人情趣味新聞如何的為一家報紙帶來生氣與活力。因此,「報人的報紙」也就成為《紐約太陽報》的頭銜。

丹納促請編輯、記者努力去發掘人情趣味新聞,而且刊登在報紙首頁(Front page),內容短小精練,卻顯著醒目。其中最典型的是一則關於聾啞人傳遞訊息的新聞:

一個胸前佩戴一個藍色徽章,滿臉黃鬍子,身材矮小的人,昨天上午八點站在二十四街,對著路過的行人搖動他的手指。

一些懂得他手勢的人,立刻轉身往二十五街底的碼頭走去。還有一部分人以驚異的眼光看看這個人,就走開了。

這個人搖動手指,是為了通知聾啞文藝協會會員,到哥倫比亞叢林的輪船改泊在二十五街底,而先前的通知是二十四街底。由於他的手勢,不多久,一百多人都聚集到正確的碼頭上……(Frank Luther Mott, *The News in America*, p. 61)

於是,許多報業的採訪主任,都以《紐約太陽報》的報導,作為新進記者職訓的範本。如在一八八○年成立的《堪薩斯星報》(*Kansas City Star*),就曾大量刊登「丹納式」的人情趣味新聞。其實《星報》並不是唯一「跟進」的報紙,在當時美國的報紙,都競相努力的挖掘人情趣味新聞。在一九一六至一九一七年間,《紐約世界晚報》(*New*

York Evening World)曾以整個版面來刊登由讀者投寄，敘述街頭巷尾目睹的趣事。

　　著名的記者恩尼派爾(Ernie Pyle)，更到各地旅行採訪，四處蒐集人情趣味。幾乎所有的報紙都在為「人情趣味」而動員，他們訓練記者去尋覓有意義的人情趣味新聞；從此，人情趣味新聞便在美國報紙生根、萌芽、成長。

　　恩尼派爾這位天王級人物，研究新聞史、新聞採訪寫作、人情趣味新聞，絕對不能輕易略過。不過，問過許多新聞及大眾傳播科系學生，甚至現職記者，絕大多數不知道恩尼派爾是何許人！下面就詳細介紹這位偉大的記者的生平。近年政治人物流行走透透，您看看恩尼派爾如何走透透，準教這些政客們心生愧疚，哪能跟恩尼派爾的大氣魄、大手筆相比？

　　恩尼派爾一九○○年出生在印第安那州的鄉下佃農家裡，父母都沒有初三以上的學歷，他進入印第安那大學，與新聞結下不解之緣，他熱愛印第安那波里斯大賽車，編過航空版，因為坐不慣編輯臺，向報社請求做巡迴記者，到全美國去採訪；題材不拘，對象不定，地點隨意，只有一個條件「每天一篇──周日除外」。因此，他在一九三二到一九三六年間，開了一輛福特車，由「那妞兒」（恩尼太太）陪同，跑遍了全美國。美國的每一個州，至少到過三次，連當時還沒成州的阿拉斯加與夏威夷都跑遍了；在西半球除了兩國以外，每一個國家都去過，全美十萬人口以上的城市，只差一個他全都去過。

　　他經歷過這麼廣大的地域，培養了他後來在大戰報導中的優異條件，不論士兵是哪一州的人，那一州他都去過，不但到了，而且還用心觀察過，寫過報導。家鄉，是人類的共同弱點之一，只要向任何人

提到他的家鄉，他便會敞開心扉和你暢談，恩尼派爾的深得兵緣，這種豐富的閱歷，便是他成功的條件之一。

恩尼派爾（有時候「那妞兒」沒有陪他）在這四年中，沒有一次在家過耶誕節，他住過八百多家旅館，越過美國大陸十二次，坐過六十二次飛機，乘過二十九次船，步行過三百二十公里，付出的小費總計達兩千五百美元，用壞了兩輛汽車、五套輪胎和三部打字機，全程長達二十六萬四千公里。在這四年中，他所寫的專欄累積的數字，足足有一百五十萬字，在他殉職以後，朋友摘錄了這些報導的精華，輯為《四十八州天下》(Home Country)出版（寫作當時夏威夷、阿拉斯加還沒納入美國版圖），算是他著作的第五本，但卻是他最先寫出的一本。

在這本《四十八州天下》中，恩尼派爾遇到的奇人異事不計其數，在他筆下都寫得鮮活動人，他訪問過私酒販、捕蛇人、印地安人、淘金人、賭徒、伐木工、獵人、極地郵差、女理髮師、女獵戶、游泳健將、牛仔明星、特技演員、騾夫……，記事寫情的真切，就像把美國在一九三〇年代「一刀切」的橫斷面；那時有經濟大蕭條、有水患、有蝗災——看過對蝗災的描寫，從來沒像恩尼派爾寫得這麼深刻；他為痲瘋病所寫的篇章，字數可能遠超過我國國內各大報，對樂山療養院四十年來報導的總和。

恩尼派爾是二次世界大戰的戰地記者，到英國擔任戰地記者，已經四十二歲了，然而年齡與體瘦，更彰顯出他的勇氣與毅力，從北非到沖繩，每一次作戰他無役不從，而且偏愛與作戰最艱苦、最危險的步兵在一起。寫出的文字，在美國有一百五十三家報紙刊載，他那種娓娓道來的專欄，在當時，數以百萬計的美國人，與其說他們認為恩尼派爾是一位名記者，毋寧認同他是一位朋友。他親切、真摯的報導，為美國前方將士與後方的家庭，搭起了一道橋梁。然而一九四五年在

二十六平方公里的伊江島上，日軍狙擊手的機槍子彈使他倒身在戰場上殉職，像彗星般猝然消失了。一九四五年四月一個冷冰冰的下午，正是羅斯福總統逝世後六天，由杜魯門總統宣布說：「恩尼派爾死了，這消息使得全國再度淒然。」(《恩尼派爾全集——恩尼派爾傳》, pp. 6-7;《恩尼派爾全集——四十八州天下》, pp. 6-9)

　　恩尼派爾當時雖然是家喻戶曉的名人，可是他的生平並不為公眾所熟悉。他與「那妞兒」裴莉的一段婚姻，既是他的天堂，也是他的地獄；恩尼命犯驛馬星，然而裴莉耽於閱讀，喜歡沉思，作為一個女性，本能上她要求歸宿，生兒育女，還有安定的生活，起先她還可以陪恩尼捲起舖蓋兒上車去浪跡天涯，但終於再也忍受不了這種無根的生活，只有撇下他，孤伶伶住在阿布奎基市的小屋裡，以至於酗酒。他殉職以後，他一生摯愛、仳離、重圓的妻子裴莉也在數月後相繼逝世，更令人深深嘆息。(《恩尼派爾全集——恩尼派爾傳》, pp. 6-7)

　　如果您跳開現在的時空，想像一九四〇年代當時的社會，一位新聞工作者，他敬業的態度能獲得全國讀者的信任，他的報導充滿感情，感動了讀者的心懷，連他去世的消息都由總統宣布，是何其不易？

　　每當拿起《恩尼派爾全集》，目光就會落在封面上他的相片上。一位熱愛世界、寫盡人間悲歡離合的傑出記者，在短短四十五年的生涯中，用打字機敲出了光與熱，深深的打動了讀者心弦。他清瘦的面容、淡淡的微笑、憂鬱的眼神、漂亮的西裝配上蝴蝶結，與他那種以誠摯態度跟受訪者打成一片、冷靜寫稿的戰地記者形象相差許多；不過，這張相片也可能是他最正式的一幅。那憂鬱的眼神，似乎充滿了悲憫的光芒，每每讓我震撼。

　　民國八十七年盛夏，第七次赴夏威夷度假，考慮歐胡島、毛伊島、

可愛島、大島，都已經去過N次，特別計畫去一般人少去的莫洛凱島，一到此島發現與其他島的建設相差有如天壤之別，到處紅土，建築物有如好萊塢影城中的布景，當地居民穿著陳舊灰暗，與外地人的光鮮亮麗形成強烈對比；對此處之落後心中不禁暗自叫苦，再加上當天天候不佳，心想這趟旅途完了。第二天上午在彩虹弓下到達島上最高點，遙遙望見卡拉巴巴，一個三角岬，在艷陽下像箭鏃般一樣平靜的伸向大海；一條白色沙灘靜靜的隔開深藍色的大海，長浪一波波的迎來；微風吹襲，海鷗緩緩地在蒼空飛翔，祥和寧靜得難以形容。在那一剎那，頓時體會世界之大、人之渺小；當此美景，如果不仔細讀簡介，又有誰知道這是世界上少見的痲瘋病人專區？

此時，我想起了在這裡為痲瘋病奉獻出生命的戴米恩神父，以及遠從美國本土到夏威夷，再跳島飛到莫洛凱，受盡千辛萬苦採訪痲瘋病人的恩尼派爾。一位是極致的人道主義者，另一位則是執著的新聞工作者，心中不禁為這些感人事蹟撼動！

我在民國八十二至八十六年擔任中廣新聞部採訪組長時，推出「鑽石報導」系列；它是由記者們以每集十分鐘時間，製作從當時社會各個階層成員所面對的現況，再提升到國家、社會的角度探討問題。在架構上，個人是菱形報導體裁的起點，擴大到國計民生大方向（菱形寬廣的地方），以個人期望再回到菱形頂點。叫做「鑽石報導」，是因為以菱形的架構有別於傳統的倒寶塔寫作。

「鑽石報導」其中有不少佳作，像是車禍受難者的柯媽媽、賀伯風災、松材線蟲入侵危害、家有智障兒的父母心聲，都獲得金鐘獎、曾虛白先生公共服務獎的肯定。得獎是一種鼓勵，但是最高的理想是描述嚴峻事實的背後有著感人的新聞，真實報導民國八十年代我們社會的狀況。雖然每集都經過我的審稿，但是這些報導在播出的時候，

經常聽到感人的情節，背脊上可以感覺到陣陣的熱力。

　　播出「鑽石報導」到今天已經很久了，還有很多聽眾記得。我想這個節目的成功，應該是對恩尼派爾以及「精確新聞報導」的回應，為日後子孫做一個明確真實的記載。

第三節　人情趣味新聞的現況

　　在國外的研究方面，懷特(White, David Manning)在一九四九年，以美國中西部某報社電訊編輯為研究對象，條件是四十多歲，在新聞界工作大約二十五年，任職電訊編輯，工作的報社是高工業化的中西部城市報紙，銷量約三千份。工作項目是從美聯社、合眾社、國際社三家通訊社中的稿件，挑出適用的新聞給頭版刊登。

　　研究方法是將三家通訊社的稿件保存一個星期，然後蒐集分類，並在當晚檢查各類稿件採用的比率及丟棄原因。結果令人驚異的是：一個星期收進新聞電訊是11,910英吋欄，分為(1)犯罪，(2)災難，(3)政治（全國、地方），(4)人情趣味新聞，(5)國際性的政治、經濟、戰爭，(6)勞工，(7)全國性的農業、經濟、教育、科學。七大類中人情趣味占百分之三十五居第一位，而有關國際性政治、經濟、戰爭三者加起來占百分之二十二點五，居第二位。

　　在採用方面，使用量是1,297英吋欄，揚棄了總量的十分之九。採用比率上，人情趣味占百分之二十三點二，居第一位，僅以少許差距低於國際性政治、經濟、戰爭總和的百分之二十三點七。

　　此項研究於一九四九年二月六日至十三日，懷特在文中表示：此段期間適逢樞機主教Mindzenty受審，充滿了人情趣味。有如此高的比

率，顯示守門人未受新聞類目影響，並且有高度自主權。而受訪編輯亦承認重視人情趣味。(White, 1950: 387)

懷特進一步分析，一九四九年二月九日當天頭版及連續版的內容為例，將內容分為(1)地方，(2)犯罪，(3)災禍，(4)政治（地方、州、全國），(5)人情趣味，(6)國際性政治、經濟、戰爭，(7)全國性勞工、農業、經濟，(8)教育，(9)科技。九大類中，人情趣味占總數156.5英吋欄中的43.25欄，居第一位；而第二位是全國、州、地方政治有41.25欄。

由以上數據顯示：守門人對人情趣味喜好程度，以及「民眾知道的事實，來自代表他們認為真實文化、信仰的新聞人員」。(White, 1950: 390)

在國內方面，報禁時期人情趣味出現比率很低，王世正對民國四十七年九月份臺北《聯合報》以及《新生報》做了分析，《新生報》全月刊出十六則人情趣味新聞，《聯合報》刊出三十四則，平均每天二分之一則到一則。他認為國人忽視人情趣味新聞的原因是：

　1.取材範圍偏狹，限於道德觀念與時代環境，取材稍偏於社會光明面及好人好事。

　2.刊登地位不夠醒目，多半在第三、四版，沒有一則被列在頭版。

　3.寫作的不當，人情趣味新聞記事簡短、呆板，特寫字數太多，難免滲入記者主觀，多餘的敘述，削弱故事本身的感人力量。(王世正，民48：16)

另外，根據蕭衡倩分析民國四十二至七十一年的資料顯示：國內精英且銷量較大之《聯合報》、《中國時報》、《中央日報》的第三版，以則數統計，人情趣味新聞僅占總數之百分之二點一。(蕭衡倩，民75：56)

不過，根據筆者對我國報業人情趣味新聞的研究，以《中國時報》、

《聯合報》、《中央日報》、《民生報》、《自立晚報》為研究對象，探究五報於民國八十一年十一月至八十二年一月有關人情趣味新聞的量化分析，另一方面以問卷調查探討守門人對人情趣味認知，以及受傳播常規的影響。

在這項研究發現如下：

1.五報在純人情趣味新聞出現頻率達百分之四點二，含人情趣味新聞卻高達百分之四十七點八，顯示五報將人情趣味融入新聞；比報業限張限家時，純人情趣味新聞多出一倍。

2.五報守門人對人情趣味新聞認知同意度相近，最高的「習性需求」因素達百分之六十九點八，最低為「進步」因素為百分之五十二點九。各報認同人情趣味認知在百分之六十七點八至百分之五十四之間，顯示認知程度並不低。認知程度高低依次為編譯、主任以上、編輯、記者。但認知程度與報社人情趣味之比率，並不相符。且來自新聞傳播科系的工作人員，因新聞傳播專門教育，注重時效、顯著性等因素，長久於報業競爭文化，慣於硬性新聞。

而其他科系畢業生，對人情趣味可能是新鮮事物，對比之下認知不同。但新聞傳播系畢業者，在傳播常規影響人情趣味認知，明顯超越其他科系。一般來說，年齡越長、年資越高，認知越高。其他因素如現職、教育程度、教育科系均有差距。

3.五報守門人對於人情趣味在傳播常規上，一般視人情趣味新聞為補白；年資越高、年齡越大，會偏重於新聞時效，並有成就感；主張漏人情趣味新聞要處罰，同時不贊成升任主管條件必須是處理硬性新聞的能手。

第四節　人情趣味新聞的作用

　　大眾傳播事業是社會之中的次系統，不可能像宋徽宗的瘦金體書法，不食人間煙火，飄逸挺拔獨成一格；它必須跟社會主、次系統互動、散發出生龍活虎的動力，以適應變遷。

　　但是，從另外一方面看，人類社會型態從農業社會進化到工業社會，進入到現今的e時代；人口、經濟以倍數成長，交通、通訊器材發明日新月異，可以說達到天涯若比鄰。可是，人們何時脫離過各種壓力？對於社會制度、風氣、道德，誰又全然滿意？

　　人情趣味新聞對於大眾傳播業來說，除了平衡硬性新聞充斥版面、提高閱聽人興趣、建立傳播風格，還可以提升銷量、收聽率、收視率。對閱聽人而言，人情趣味新聞可以讓無時無刻在重重壓力下的人們，在接觸這種特殊新聞的同時，心態上瞬間由社會人變成自然人；解除了壓力的束縛，平抑了情緒上的不平，也就達到了鬆弛(Relaxation)的效果。

　　人情趣味新聞另外一個功能，它能用動人的敘述深深打動人心，喚起人類高貴的關懷之愛。人們經常被掩藏的同情心、愛心、幽默感、寬恕等等，常因人情趣味新聞的啟發而重現曙光。

　　莫特(Frank Luther Mott)教授認為：人情趣味新聞雖然不是每一則都具有「重要意義」(Significant Importance)，達到批判社會、改造社會、灌輸道德觀念的功效。但無論屬於逗人一笑或扣人心弦的，至少都是「意味深長的」(Meaningful)。雖然不是每一則人情趣味新聞都具有重要意義，記者若具有社會價值觀念，他必在人情趣味新聞中強調

貧困、生存意志和成敗的教訓。(Frank Luther Mott, *The News in America*, p. 65)

海德(Grant M. Hyde)教授在討論人情趣味新聞寫作時，也強調道德觀的重要，他指出：記者雖然不是傳教士，但應當在對人物和行為的描寫中，將道德觀念在無形中灌輸給讀者。(Grant M. Hyde, *Newspaper Reporting*, pp. 351–352)

人情趣味新聞對社會的教育是啟發的、暗示的。莫特教授所說的「改造的典型」(Pattern for Reform)，如一則描寫在獄中潛心改過、努力上進考上知名大學的殺人犯的故事，以及無法脫離毒癮一犯再犯的煙毒犯的故事就是範例，雖然記者沒有勸告閱聽人不要學陳進興如何陷入社會染缸，一錯再錯而無法自拔，但是每一位被吸引的閱聽人都會自問：「我是什麼樣的人？」因而銘記在心，做為警惕。

對特殊人物刻劃的人情趣味新聞，也具有教育社會的功能，莫特教授最推崇恩尼派爾的作品。

人情趣味新聞的社會價值，除了教育意義外，社會服務也是一個重要功能，因為人情趣味新聞含有令人心酸、同情的因素，會引起閱聽人普遍的共鳴，而產生共同的行動。例如古巴六歲小孩伊利安跟著養父和生母逃亡至美國，途中除小朋友獲救以外全船罹難，全美掀起收養風潮，繼而遠在古巴的生父龔薩雷茲組成尋親團到美國接人，小伊利安在美國的遠親為了達成小朋友千辛萬苦投奔自由的心願，也要強行收養，引起全球矚目。美聯社所發出的新聞相片，一名壯碩的聯邦幹員持槍指著在壁櫥裡面露驚嚇的小伊利安，畫面真是震撼人心！而小伊利安的天真、稚嫩又多麼令人憐愛！最後小伊利安經過波折無數，隨生父回到古巴，每個過程都吸引世人注視，這就是人情趣味新聞凝聚社會人心的明證。

　　另外，新聞事業是整個社會的一個次系統，它必須隨著社會的現況產生互動，用自我的專業規則，產製有價值的資訊；如果一味的追隨社會表層現象，在內容上長久充斥著政治衝突、暴力，將使閱聽人失去了興趣，我想大家（尤其是媒體人）應該思考這個問題。

　　心細的讀者可以回想一下，我國在民國八十九年三月十八日首次出現了政黨輪替以後，依據新聞走向，人事布局、廢核四、行政立法機構的衝突、經濟衰退等，一演就是一年，每天紛紛擾擾。最近無線、有線電視臺的主播級主管，都發現收視率不斷下滑，平均每家都下跌百分之十五，他們陷入苦思如何脫離困境。（《民生報》，民90.03.23）

　　其實，這一年裡政治衝突、各種痛苦指數升高，整個社會陷入了苦悶期，這段時間媒體是很盡責的反映現狀；但是民眾覺得日子已夠苦，觀眾不想再看新聞也是不爭的事實。這些新聞主管只管競爭即時新聞，卻忽略了觀眾的胃口，難怪收視率下滑。

　　這些謀求脫困的新聞主播跟主管們，紛紛想用「文化新聞」、「專題節目」、「財經資訊」、「議題深度追蹤」，來振衰起敝。當然這都是解決的方法，不過，我認為中視主播沈春華最能看出問題所在，她說家長都不讓孩子看新聞了，難怪電視新聞的收視率「線型轉壞」，她要求地方記者多發掘社會光明面與溫馨面，例如「九十歲的老太太打高爾夫」、「用了三十年的公務車保養得還很好」等。

　　沈春華講的就是「人情趣味新聞」，在外國以人情趣味新聞成功吸引閱聽人的實例很多，為什麼不能放手一試呢？怕的是──「沒長性」，苦悶期一過，又開始瘋狂追逐即時新聞的刺激感，把人情趣味新聞棄之不顧。而新聞人應該切記，人情趣味新聞的出現，應不限於新聞淡季或旺季，它有吸引閱聽人的價值及特殊的地位，不容忽視。

第五節　閱聽人興趣

睛明深灸　一目了然

「睛明」在針灸上專司人的靈魂之窗，位置在兩眼內側眼角起頭的地方。與媒體何干？因為要抓住閱聽人的興趣才能維持媒體銷量不墜，進而發揚光大。雖然有追隨顧客喜好之嫌，但是沒有閱聽人的支持，媒體存在的立基、存在意義又何在？

從傳播事業而言，一九二〇年廣播問世以前，印刷新聞壟斷整個傳播事業，所以新聞對象為讀者；但是從廣播新聞、電視新聞興起後，新聞對象擴大到聽眾及觀眾，大眾傳播學對受播者統稱「閱聽人」；雖然這個新專有名詞似乎有些突兀，但是為了周延起見，也就把大家熟悉的「讀者興趣」改成「閱聽人興趣」了。

什麼是閱聽人興趣？簡單的說，就是閱聽人個人的興趣。閱聽人其實就是一般人，最關心的就是他自己；換成中國人的說法，有一點過頭，那就是「人不為己，天誅地滅」。美國偉大的新聞記者葛里萊（也就是一八四一年成立的《紐約論壇報》創刊人）曾說：「對一般人而論，最有深刻興趣的事，就是他自己；除了他，就是他的鄰居。」

如果以圖形來解釋，閱聽人興趣就是以自我為中心往外輻射，這種以自我為中心的興趣，分析起來大約有五種：也就是生命安全、經濟安全、社會適應、生命延續及環境了解。

1.生命安全 —— 人類都有求生存的慾望，所以對生命安全最為關

切。為了保障生命安全所以重視醫療體系、技術的精進；為了抗拒侵害，所以有了家族、部落、國家的組織，以及執行保家衛國力量的警察及軍隊制度。而醫藥及水利、建築等學科也成為人類優先考慮的實用科學。

2. 經濟安全 —— 人類自古至今都一直面臨衣食住行育樂問題，所以須積極從事生產，非但希望維持既有成果、還冀求擴大累積財富、資源，以保障經濟的安全。例如原油價格的飆漲就影響到每個行業的成本、接著就關係到您的生活，如果您以為只跟油價、塑膠、石化產品有關，那就錯了；連唱個KTV、吃碗麵也會漲價，原因是電費、麵粉的運輸成本也漲了。現行的農、工、商業等經濟機制，就是為了掌控平衡。

3. 社會適應 —— 人很難遺世獨居，群居可以排除孤獨，也可以與其他人共同協力完成社會機能，可獲得社會對自我的肯定，所以人類自小就受到社會、國際的紀律、法律、道德及倫理觀念約束。不過，要達成這種認同，要花很長的時間。而這些規範隨著時光轉移而有所變遷，例如我們對同性戀、愛滋病患、婦女運動、家庭暴力、性騷擾的認知，比十年前相差許多，它關係到每個人的地位及互動關係。

4. 生命延續 —— 都是荷爾蒙惹出來的事，人類跟其他動物一樣，都有延續後代的需求，所以人們多半有性的需要及本能，這又關係到婚姻制度及家庭制度的規範。

有關男女之事引人注意，非但現象引人注意，連不在主流的性概念也受閱聽人青睞，每一次性調查各新聞機構都詳盡報導就可證明。

另外一方面，關心自己的性事是一回事，他人的性事也能引人注意，例如義大利脫衣女郎小白菜，搖身一變成為國會議員，結婚生子又離婚；休葛蘭與赫莉分分合合轉折，處處令人注視。

5.環境了解——我們都想拓展生活的空間，就必須了解生存環境，包括天文、地理、動植物，都關係到生態平衡。所以從古早以前人類就不斷探求生命、地球，以至於宇宙的奧祕。君不見，《國家地理雜誌》、Discovery頻道受歡迎的程度，就知道這個因素的重要了。

第六節　新聞的價值

新聞價值的衡量，經過許多新聞學者及報業以至於大眾傳播業多年的研究，融合了學術及實務，已經形成新聞學的鐵則。

世間事何其多，在浩瀚無垠的時間與空間裡，不斷發生的觀念與事情，都可能是新聞。記者以及守門人最大的責任，就是在急促的截稿時間前，找出最有價值的新聞。新聞價值無法用砝碼秤量，只有從人類心理因素裡衡量它的地位。舉例說：一個大彗星或者是損壞的太空船碎片再過十二小時就要撞上地球，這個新聞自然比市區裡一件車禍要重要得多。

因此，我們尋找新聞價值的唯一根據，就是閱聽人興趣。閱聽人興趣越高，閱聽人範圍越廣，新聞價值也越大。如何衡量閱聽人興趣高低及範圍大小？大家公認的標準有：時宜性、接近性、顯著性、影響性，還有人情趣味。

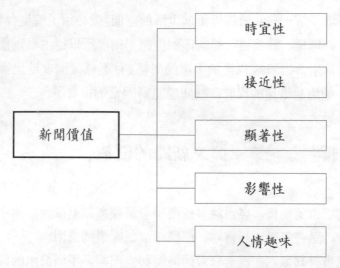

新聞價值的衡量，以往都是明白的指出是時宜性、接近性、顯著性、影響性，然後在後面順帶提及還有一項重要因素叫做人情趣味，似乎人情趣味是庶子的地位；寫此書時剛好王洪鈞教授新著上市，他在《新聞報導學》裡把人情趣味列為新聞價值衡量標準的第五項，終於把這個在外的兒子找回來了，雖然時間晚了一點，真為人情趣味新聞得到適當的地位高興。這也印證了上圖的結構是正確的。（《新聞報導學》，p. 26-29）

以下介紹新聞價值衡量的標準：

1.時宜性——閱聽人最想知道最新的消息，做為自我生命、財產的參考依據，甚至接受人情趣味新聞，會心一笑、興奮、傷感；現今閱聽人對新聞時效的需求，為了搶先，報紙挖版、出號外，通訊社、廣播、電視甚至以分計、以秒計，近來發生的重大持續性新聞，SNG實況轉播收視率高出想像，就可證明；記者必須了解這種永恆的鐵律，而努力滿足閱聽人的需要。如果時間失去先機幾次之後，閱聽人就集

法忍受，導致失誤的媒體競爭失敗。所以，記者報導新聞首要條件就是爭取時宜。

2.接近性——在先前說過閱聽人興趣從自我為中心往外輻射，除了親戚、朋友、同僚以外，再往外走就是鄰居、同鄉、同胞……，越往外走關係就越淡。舉個例子，從民國八十九年三月十八日選出新總統，當時股票指數是八千多點，短短半年指數已經破了五千點，根據統計每人財富縮水二十二萬元，投資人痛心疾首，這種情形導致股票族，搶著看財經臺、理財版，當然理財新聞就經常上頭條了！

如果您家旁邊住了張葳葳，吳宗憲婚事一爆發，瑞安街的街坊鄰居談論得可熱鬧了，他們對莫斯科爆炸案的興趣強度那就弱多了。而遠在英國倫敦的人可能就不理會吳宗憲事件，而會在乎查理王子的婚事了。證明了在大眾傳播媒體涵蓋區域內發生的事情，對當地閱聽人的興趣遠大於外地所發生的事情。閱聽人最關切的是那些為他們所熟悉的人物、地方和事件，他們打開報紙、電視機，首先要知道在他接近的當地社會中出現了些什麼事情。

另外，接近性有另一個層面的解釋，那就是閱聽人個人的嗜好及社會角色認同；閱聽人不但想知道發生在當地的新鮮事，更想看到熟悉或者以他自己為中心的事實報導（說起來難以置信，有些報紙的釣魚版竟然吸引眾多讀者高度興趣，這些釣友關心哪裡大咬、潮汐，甚至新奇釣法）。

閱聽人他們也想知道記者對那些事情的說法，以及自己在其中所處的地位。看球賽轉播的觀眾就是最好的例子，一下子歡呼、一下子又大罵，如果主播的觀點跟自己一樣就高興得不得了，如果不一樣，自己的權威感受到挑戰，那講話就難聽了。君不見劉德華迷、王菲迷那股兒熱勁，真是有點瘋狂。

3.**顯著性** —— 新聞裡顯著的名字是非常必要的條件，新聞界有一句行話"Big name makes good news"。世界上緋聞何其多，上至董事長、總經理、政務官、業務員、肉販⋯⋯都有可能，但如果是發生在柯林頓總統身上，那就是大新聞了，證明了有名的名字也能製造重要新聞。如果新聞中出現眾所周知的名字，無論人名、地名或事件，則名字就已具備了新聞價值。小到總統釣魚所用的魚餌、高爾夫球桿也是新聞，因為「釣魚、打高爾夫的人」是眾所關切的國家元首。此外，一個高峰會議的菜單，也能變成新聞。

至於眾人崇拜的英雄，無論是政治家、文學家、音樂家、運動員以及演藝人員、社交界的明星，如果他們婚姻、感情發生波折（成龍、戴安娜王妃、吳宗憲、陳孝萱、蕭薔⋯⋯），更是引人興趣的新聞。至於地名的重要性如何比較，要看它出現在什麼新聞之中，譬如WTO高峰會議在西雅圖舉行，新聞發生的那幾天，它的重要性就超過華盛頓了。在臺灣大家對澳洲雪梨的印象，莫過於歌劇院，其餘的大概不甚清楚；但是二○○○年奧運會期間，雪梨必然紅過華盛頓。在一般情形下，熟知的地名仍比大眾陌生的地名重要。

4.**影響性** —— 有些對新聞界的批評是無法否認的，國際偏重美國、歐洲、俄羅斯，亞洲首推中共、日本。每當這些問題出現，面對外界的質疑，很難說得清楚。當然學術界對於這種現象，以傳播帝國主義理論、經濟依存理論、產品生命循環理論加以解釋批判，但是以新聞從業人來說，影響性是掛頭牌的考量因素。試想非洲一位總統的政策演說，哪裡比得上美國總統一篇戰略部署的宣言？國內的狀況也是一樣，縣市長的施政報告，絕對比不上總統對於掃黑的宣示。（由這一段有兩個聯想：⑴總統的寶座位高權重，難怪爭得頭破血流也要搶。⑵反過來說，有個縣因理念不同宣布獨立，那就是頭條新聞了！）

被形容為世紀之爭的美國二○○○年總統大選，最後關鍵在於佛羅里達州的選票，偏偏它就左右了「贏者全拿」的二十五張選舉人票；漫長的人工計票加上法院訴訟，一拖就是將近一個月，選情瞬息萬變，報導說兩陣營核心人物都不敢長睡，深怕一覺醒來江山已去！這段期間小布希及高爾陣營天天活在緊張當中，證實了政治人物還得有一顆強而有力的心臟才行；選情牽動美國股市上下震盪，全球股市也有如雲霄飛車，影響性之重要不言而喻。

首都新聞如能代替若干地方新聞，主要原因有時並不是顯著性，而是因為這件事本身的影響性，例如來自首都立法院或是行政院的新聞，可能成為臺北、高雄報紙的頭版新聞，因為重要的議案法令（所得稅親屬撫養額度變更、三千兩百億優惠住屋貸款），常會影響到每個人的生活。

有些人形容記者這一行最現實，舉一例來說，首長交接的新聞內容都集中在新官上面，卸任首長的話根本沒有，如果有也是輕描淡寫。一般來說卸任官員跟記者一向交往不錯，施政評價也不錯，到這個節骨眼兒為什麼記者這麼勢利？其實，請不要責怪記者，在新聞的眼光來說，新官的施政方向關係到閱聽大眾，而離職的官員已經沒有影響力，縱然交情不錯這時候只好冷落他了（交接新聞一向如此，但是如果卸任官員在致詞上口出惡言、或是憤而離席，那就是新聞的重點了）。有時在交接典禮上，看見卸任首長寂寞的站在那裡，真想去跟他聊一聊，可是趕發稿的壓力只能作罷，心想日後再說吧！想必這是許多記者的經驗。

氣候變化（距離長達四千公里的內蒙古、甘肅砂塵暴竟影響臺灣空氣品質），時尚變遷（例如葡式蛋塔熱、Hello Kitty、滑板車、日式拉麵），雖說流行事物的生命短暫，但在現今這個時代，不跟上流行就

形同落伍，您也不能不跟上潮流；媒體也不能置身事外，反而要搶先報導。

另外像是傳染病（腸病毒）這類新聞，都是極端重要的消息，因為這些都可能直接或間接影響到每個人所處的社會，以及每個人的本身安全。一個重要的觀念（政黨輪替、全民政府、少數執政、雙首長制度……）或科學發明，亦可以改變若干人對若干問題的思想方法和生活狀況，這類新聞的興趣，都是極端真實而接近個人的。

第七節　人情趣味新聞的含義

華山論劍　看出端倪

什麼是人情趣味新聞？它翻譯自英文Human Interest News，簡稱H-I News。這個專有名詞雖然是個舶來品，但是每天都出現在全世界傳播媒體中，而且是一個重要的新聞類目。一般閱聽人雖不懂新聞學，但是都被深受吸引而喜愛這種報導。

不過近來有一個現象，傳播系的學生甚至現職記者，對人情趣味新聞認識不深，而一味追求可以揚名立萬的硬性新聞，殊不知人情趣味新聞具有長久歷史，在外國到今天依舊欣欣向榮，我們的現狀實在令人憂心。

「人情趣味新聞」散布於各教科書的定義真是眾說紛紜，有人說是對本身以外事物產生興趣的報導，也有說是軟性新聞，海德教授形容得最貼切；他指出：「人情趣味新聞的定義很難正確形容，原因是每個新聞工作者都能認出什麼是『人情趣味新聞』，但實際上，要新進人

員了解，並且要寫一則好的人情趣味新聞，卻要很久的歷練，才會找到人情趣味的竅門。」(Hyde, 1952: 345)

在新聞學的書籍中，大多都有專章介紹人情趣味新聞，而海倫休斯是迄今以專書*News and Human Interest Story*（1940年初版，1981年再版）介紹人情趣味的第一人。全書計十章三百九十九頁，以社會現實架構觀，來剖析人情趣味新聞；她從人情趣味由教育不普及的局面，大眾化報紙如何興起、震撼政黨報紙的根基談起，討論新聞版面大小顯示的新聞價值，以至於新聞記者編輯如何找尋吸引閱聽人的人性角度、大眾文化、口味，人情趣味新聞在多元社會的功能，資本主義與聳動新聞跟人情趣味新聞的關係，新聞與道德規範等等娓娓道來。

但是著名的美國新聞學教授莫特(Frank Luther Mott)在寫人情趣味新聞這部分時，卻對海倫休斯不客氣的批評說：以專書介紹人情趣味，卻未能正確的說明人情趣味新聞是什麼。老先生跟老太太意見不一，為了學術理念而講話不太客氣，也算是「人」之常「情」。

莫特認為海倫休斯分不清楚「人感到興趣的新聞」，或是因為「與人類生活有關，而讓人感到有趣味的新聞」。(Mott, 1952: 59)

另外，也有學者將「人情趣味」、「人情趣味新聞」分開討論的，如海德、華倫(Carl Warren)、莫特(George Fox Mott)、尼爾(James M. Neal)等人。也有人認為人情趣味新聞是廣義的，範圍大到關心全人類福祉、進步的(Frank Luther Mott)；也有人認為人情趣味新聞就是軟性新聞(Soft News)。(Gaye Tuchman, 1982: 48)

人情趣味新聞的定義很多，茲將各家學者的論點陳述於下：

1.海德教授認為，人情趣味新聞是一種地方性的特寫，主要內容來自於「人情趣味」，這種新聞的價值不在於事實，而是對讀者做「情

感的訴求」。更進一步說，人情趣味是一種觀點，一種寫作方式，它是突發新聞的一項附屬因素，範圍著重在新聞裡人性化的部分。(Hyde, 1952: 347-348)

另外，海德教授也認為，人情趣味新聞可讓讀者從每天重大新聞中，得到情緒上的解脫。(Hyde, 1952: 345)

2.莫特(Frank Luther Mott)教授指出，人情趣味新聞是「軟性新聞」，它很容易引起情緒反映，具有可讀性及吸引力。人情趣味新聞並不是報導事件的重要性，而是報導人類生活突出的部分，讓人感覺人類生活愉快、悲慘、震驚、有意義。(Frank Luther Mott, 1959: 58-65)

3.寶高(Curtis Mac Dougall)認為人情趣味新聞的意義，在於關注人們的境遇，可與每個讀者產生對比，而引起興趣。它關心他人生命、福祉、人類整體的幸福、進步。雖然新聞發生地方遙遠，但是他人失去生命、財產，導致我們以關心及同情心去讀這種新聞。(Curtis Mac Dougall, 1982: 118)

4.華倫認為：人情趣味新聞包括了奇異、懸疑、情緒等因素，最重要的是以個人訴求為寫作方式。這種情緒性反映大多來自他人經驗的想像參與。(Carl Warren, 1951: 245)

5.曼德爾(Siegfried Mandel)說得比較簡單，他認為人情趣味新聞含有普遍及持續的興趣，導致讀者有強烈個人認同。(Siegfried Mandel, 1962: 461)

6.尼爾分析人情趣味新聞時指出，它是指「導致讀者認同，任何引人發笑、幽默感覺的事件報導」。在技術層面，人情趣味就是「讓讀者分享人們經驗的報導」。(James M. Neal, 1976: 197)

7.賈維及芮佛(Daniel Garvey & William L. River)延伸傳播學者冷納(Daniel Lerner)神入理論(empathize)加以解釋：當我們看、聽新聞的

時候，我們會特別擬想他人的情況，而總是對他人感到興趣，有人痛苦、克服困難與命運抗爭失敗等，假使閱聽人能夠神入，那就是好的新聞素材。(Daniel Garvey & William L. River, 1982: 6)

　　8.詹森及哈瑞恩(Stanley Johnson & Julian Harriss)認為人情趣味新聞，不是一般未修飾的新聞事實及事件，而是有人情背景的新聞事件。雖然缺少新聞價值，但具有人們的處境及範疇；它是由強化、壓縮、戲劇化的境遇，組織成的人情趣味型態。內容不是傳遞消息，卻是以戲劇化的人生，衝擊讀者的情緒。(Stanley Johnson & Julian Harriss, 1942: 309)

　　9.安德森及伊圖勒(Douglas Anderson & Bruce D. Itule)認為人情趣味新聞，在於引起讀者興趣，致使讀者廣泛關注他人生活。(Douglas Anderson & Bruce D. Itule, 1988: 22)

　　10.查利(Mitchell V. Charnley)指出，人情趣味具有強烈感情，衝擊眼、耳；讓你說「我的天！」「我真想在現場！」迅速的感染讀者，製造情緒多於智慧的經驗。這種新聞感染讀者笑、悲傷、憤怒，而引起自我的興趣，成為替代的參與者。(Mitchell V. Charnley, 1973: 52)

　　11.王洪鈞教授認為，人情趣味是人類對每個人自己、對他人、對整個生活環境一種永恆的、廣泛的和自然的關懷。它沒有時間性、空間性、種族性或階級性，而為人人樂聞。(王洪鈞，《新聞報導學》，民89.09)

　　綜合上述學者的定義，大多同意人情趣味新聞要用廣義的解釋才對，各家都將這類新聞，分為性別、年齡、動物、不尋常、進步、競爭等項目，以便於讀者及初學者易於體會。

　　我以為比較嚴謹、詳盡的定義應該是：

　　人情趣味新聞具有強烈的人情趣味成分，是一種觀念也是一種寫作方式。它以他人生命、財產、別的動物，以至於全人類生活福祉、進步為廣泛範疇。而以人性化、個人情感為訴求，不拘泥於寫作方式。

　　在結構上，人情趣味新聞以強化、壓縮、戲劇化的運用事實，讀後讓人有感覺愉快、悲傷、震驚等情緒反應；使讀者以他人境遇分享經驗，產生替代參與，這種「神入」的社會功能，將苦悶的「社會人」暫時能在每天紛雜的重要新聞中得到精神上的解脫，剎那間成為「自然人」。

　　人情趣味新聞組成的重要因素包括：(1)習性的需求，(2)同情心，(3)不尋常，(4)進步，(5)競爭，(6)懸念，(7)性別及年齡，(8)動物。(徐慰真，《我國報業守門人對人情趣味新聞之認知差距》，民82，p. 17)

第 2 章

人情趣味的因素

上一章說過衡量新聞價值有四項標準（時宜性、接近性、顯著性、影響性），四項標準以外，還有一項重要因素，那就是「人情趣味」。這是對他人、他種動物以及某些事情的廣泛興趣。一般人所謂的人情趣味，多侷限於狹窄的趣味範圍內，例如男女間事以及幽默趣味等。其實，真正的人情趣味應包括一個人對別人生命財產和整個人類進步繁榮的關切與同情。（王洪鈞，《新聞採訪學》，p. 7）

例如孟加拉發生颱風，或是土耳其發生大地震，除了跟兩地區有商務往來或親人朋友在當地以外，其實與我們很難扯上關係；但是閱聽人對這類新聞也感興趣，因為一方面有和我們一樣的人牽涉在這場災禍中，另一方面，這種災禍也同樣可能發生在我們所生活的地方。

人情趣味可組成展現的型態很多，它可以自成一格成為純人情趣味新聞、融入新聞成為含人情趣味新聞，亦可以納入特寫、也可成為新聞報導文學的重要組成元素。總之，它自己就可以以自我特有的風格呈現迷人的風貌，也能作為綠葉來陪襯紅花。

在拙著《我國報業守門人對人情趣味新聞之認知差距》中，探討人情趣味在媒體中出現的量化情形，因為是根據報業出現內容為依據，加上個人多年採訪及處理新聞經驗，將人情趣味區分為純人情趣味新聞及含人情趣味新聞兩大類，以適應研究限制。但絕非只有這兩種型態，特別在此說明。（徐慰真，《我國報業守門人對人情趣新聞之認知

差距》，p. 19)

另外，明尼蘇達大學教授查利(Mitchell V. Charnley)在*Reporting*一書中對於人情趣味適用範圍也有相同的看法。 (Mitchell V. Charnley, *Reporting*, 1975, p. 304)

依據現行大眾傳播從業人員的習慣，較多使用純人情趣味新聞，以及含人情趣味新聞兩種型態，而成為主流表達方式。還有把人情趣味瑣聞也列為一個項目。而《讀者文摘》所吸引人的報導，則是另外一種以人情趣味融入特寫的方式，效果令讀者感到閱讀的奧妙、欣喜及激動。此外，人情趣味的因素有八種，在下一節起詳述。

第一節　習性的需求

閱聽人生活上的習慣、興趣，以至於時尚，這種習性的需求，可以稱為同好。

這個世界之所以多采多姿，歸功於個人、團體、社會、民族以至於國家，表現出多元的風貌；但是從另外一方面它又能串聯從大到小不同的組成分子，形成時尚風潮，而展現新動力。君不見Hello Kitty以及日本拉麵風潮、迴力球、滑板車，乃至於哈日族、哈韓族的風行，都是明證。

球迷一拿到報紙先拿走體育版，看看伍茲如何化險為夷；釣魚同好每天搶報紙的戶外版，觀看哪裡有大咬；劉德華迷從機場出口到簽名會，以至於演唱會擠得水洩不通。有時覺得這些人是不是瘋過頭了，令其他不太熱中的人感到訝異。這種力量之大就是同好這個因素的最佳展現。

最近您是否到書局逛逛？（別逗了！您買這本書不在書局，難道是用e-commerce買的不成？）我要說的是，您是否用敏銳的眼光發現一些奇特的現象，像是食譜、旅遊、男女之事的書籍區，通常擠得不得了。妙的是有些書局把這些書籍整合成一區，也真是符合「飲食男女」，想想也真是有道理，這就是習性的吸引人之處吧！

這本書也有整合的技巧，那就是用新聞與廚藝結合，因為這兩個因素實在吸引人。在編輯台上經常有編輯自稱「廚師」，叫記者為「採買」的比喻，如果以產製過程來分析，也真的十分類似；這本書許多地方就從人情趣味新聞與廚藝的種種詳細分析。

習性的需求似乎是以個人化的比重為主，但是它引起的社會連動現象也不可忽視。只要主辦單位新聞一發布，馬上就能號召幾百甚至成千上萬的同好人潮。例如四輪驅動越野車旅遊、親子海濱露營、萬人登山……，千萬不要小看了它。

【新聞解析一】倔強的英格蘭小鎮規矩多

民國八十九年九月十四日，來自德通社的一則有關於人情趣味習性的新聞，看起來令人莞爾。在臺灣最近常鬧新聞的小酒館，近來成為風尚，而小酒館是英國的土產。全英國幾乎所有的城市、鄉鎮都有讓人可以喝上兩杯的小酒館。

新聞大意是，在英格蘭南部海邊有一個小鎮——「海邊的佛林頓鎮」，從一百五十年前形成聚落以來，就一直沒有小酒館，鎮民也很喜歡沒有小酒館的環境。不過，一家小酒館在鎮上開幕，偏巧開在二次大戰轟炸的小鎮那條街上，睹景思情、痛上加痛，居民們認為這個新事物是遭德軍轟炸以來最悲慘的事。小鎮居民有一半以上都是老人，

他們不承認自己是老骨董、老怪物，只是心情上不願意改變。這個小鎮依舊還有傲視全英國的奇特傳統規矩：不准遊覽車停在兩旁種了樹的道路上、不准在草地上打球、也不准上身沒穿衣服的女人和狗到海灘上。

　　新聞中，以現今與過去對比，加上老太太、老先生的訪問，變成了結實且有張力的的架構。妙的是，這則新聞用了人情趣味新聞典型的結構，運用小鎮傲人的傳統當作重要情節，把好戲放在後面。

　　這則新聞裡有幾個特點，風尚之所以席捲各地一定有其迷人的道理，這個小鎮也不能避免流行風潮。居民把小酒館的入侵，比擬成二次大戰被轟炸的痛苦經驗，偏巧竟然就又在那條街上，痛上加痛。兩段人物訪問分別在中尾段，實是高明之作。這則新聞讓人懷舊，又讓人覺得這些守舊人士的可愛。

【新聞解析二】英國保母最命苦

　　英國《泰晤士報》在民國八十九年九月十三日發出的一則新聞，跟我們相距將近八千公里，生活上關聯不大，但是卻能提供外國打工行情，讓讀者跟我們所處的環境相比，效果就十分吸引人，足供大家參考。

　　新聞大意是說，英國一項調查發現英國人每年支付大約四千五百億臺幣給家裡的幫傭，而這些幫傭裡奶媽的薪水卻是最低的。以工時來說，園丁每小時是六點四六英鎊，負責燙衣服的工人賺四點八五英鎊，奶媽的薪水最少，只有三點六四英鎊，大約一百八十塊臺幣。

　　英國有一成一的家庭經常請幫傭幫忙做家事。每戶平均一年要花三千五百英鎊付幫傭薪水。而請人幫忙做家事，主要是因為婦女出去

上班，沒時間做家事。

　　有人說工作越苦、社會地位越低、待遇越高。保母這一行在中外卻不適用，保母工作細瑣，如果照顧小孩疏忽還會有刑責。我們這裡國情雖然不一樣，但是兩千三百萬人口卻有近三十萬外勞，以住民來說，平均每一百人裡就有一位外國勞工；尤其星期天在中正紀念堂、中山北路天主教堂，形成了皮膚黝黑、外國語言聲波震人的群聚；每天晚上倒垃圾，這些外國朋友就在垃圾收集點聊天，久久忘歸，剛開始相當令人矚目，現在已經習慣了。

　　如果以英國標準，一戶幫傭支出大約一年十七萬五千新臺幣，這與我國外勞看護工、保母一年近二十萬相比也差不多。我們這兒家裡要請人幫傭，原因也都是主要收入者要出去做事，家裡有小孩、老人需要照顧。數字會說話，這則新聞挺有趣的。

【新聞解析三】廣邀廚師精英聚餐　菜單傷透腦筋

　　要請名廚聚餐，那就得花心思了，如果菜做得不好，在這一行就不必混了；所以侍候行家的菜單，就令人感到興趣。法新社在民國八十九年十月五日這則報導，敘述法國《米其林》老饕雜誌為了紀念創刊一百周年，要請歐洲三十八位《米其林》評選為三星級的一流大師傅在巴黎卡頓餐廳吃飯，令人眼睛一亮。

　　新聞大意是，大廚森德杭為了這一餐，準備了一九八八年出產的白酒。因為這種白酒配檸檬、薑汁，龍蝦奶油湯正合適。接著上桌的是香菇三吃的冷盤，有生吃、包餡、蘸醬，三種吃法。吃冷盤的時候配的是一九九〇年出產的香檳，因為這種香檳有秋天的味道。森德杭花了不少時間想主菜要用什麼肉，結果他決定用鴿子——甘草燒蘿蔔

加青椒來配鴿子。新聞最後也布置了一個出人意料的情節——森德杭說，廚子喜歡美食，不喜歡甜點，所以，這頓世紀大餐不會有甜食。不過，他準備了帶點辣味的蛋捲配波爾多葡萄酒。

看完這則新聞，讓我們吃慣中華料理的人感覺既高興又詭異；一般來說，主菜不是紅肉就是海鮮，這位大廚竟然跟中國菜有相同的想法，用的是飛禽——有創意。再者，大餐快結束時來客甜點，多麼滿足的事！新聞裡卻說廚師不喜歡甜食，結果他就改了點心，個人風格真強。一般來說，每個人都無法拒絕美食的誘惑，這則新聞非常吸引人。

【新聞解析四】女性又愛又恨的高跟鞋設計人魏偉業去世

無論穿上細細的高跟鞋走起路來，是婀娜多姿或疼痛難耐，多數女性都穿過這種鞋，而這種鞋已經列為正式服裝的項目。

設計這種讓女性又愛又恨的法國設計師魏偉業，十月二日在法國西南部土魯斯的家中過世，享年九十歲。美聯社在民國八十七年十月九日，新聞配合資料寫出了這則非常吸引人的報導。

新聞裡畫龍點睛的是，用了新聞事實勾勒出主題——魏偉業是大家公認改變一九三○到一九六○年代女性鞋子的人，當然他也改變了女性雙腳的形狀。魏偉業說過，他的設計是要把放蕩、前衛和高雅、古典融於一雙鞋子。

魏偉業有許多有名的忠實顧客，例如影星伊莉莎白泰勒、蘇菲亞羅蘭。他的傑作榮登英國女王伊莉莎白二世在一九五三年登基大典，那雙鞋是用小羊皮做的，上面鑲了三千顆石榴石。

　　高跟鞋我們都相當熟悉，經過這一則新聞報導，讀者認識了這位震撼服飾界的設計師，以及喜愛他作品的名人。尤其是魏偉業那段形容高跟鞋的話，集放蕩、前衛、高雅、古典於一體，回想一下也真是形容得既鮮活又有趣。

【新聞解析五】French fries大名陰錯陽差　名揚四海

　　炸薯條英文是French fries，為什麼是這個奇怪的字？美聯社在民國八十八年三月二日發出的一則外電，新聞中解釋了如今大家站在速食店櫃檯前很順口的點French fries，卻從來沒人追究為什麼大名是French fries的原委，以今說古讓我們上了一課，滿足了我們對人情趣味新聞習性的需求。

　　新聞大意是，美國紐約市近來風行薯條專賣店熱潮，這種店獨沽一味，只有薯條沒有別的。事實上這種食物源自於比利時，在當地是主食，講究的是個頭要粗大、內軟外脆。一次大戰時，一群美國大兵身在比利時法語區誤以為是在法國，吃到了這種美味薯條，日後也說不出到底是什麼法語菜名，就乾脆叫法國薯條，想不到陰錯陽差就此定名，名揚中外風行全球。這些薯條專賣店的醬料種類繁多，有傳統的番茄醬、波菜醬、芒果醬等，售價從美金兩塊五到七塊不等。

　　在結構上，先說專賣店的興起，再敘述有趣的歷史，最後介紹醬料、售價。這種結構如果隨意調動，效果就完全不一樣了；不信您試試看！

　　「炸薯條」在餐廳裡不是要角，但是缺了它總覺得少了些什麼，尤其滿餐廳都是那股子誘人的味道；如果趁熱吃，那種油脂飽滿、外脆內柔的口感實在迷人；它熱量高，卻難抗拒。尤其對小朋友，那種

喜愛的程度令人不解。犬子每次央求去麥當勞，別的可以不要，薯條絕不能缺。由此可證，飲食真是習性裡一個重要的因素。

【新聞解析六】英國女王愛拼圖　樂此不疲

把大人物的嗜好跟普羅大眾拉在一起，是個討人喜歡的新聞。美聯社在民國八十七年十一月七日的這則新聞，小朋友一定有興趣，因為英國女王伊莉莎白二世跟他們有相同的嗜好——喜歡拼圖。充分的掌握了習性、嗜好這個因素，成為人情趣味新聞。

新聞大意是，伊莉莎白女王加入了拼圖俱樂部有十二年了，俱樂部一年的年費不高，只要一千六百塊新臺幣。女王最喜歡借的是馬匹、小狗以及歷史人物拼圖。這家俱樂部的拼圖都是木頭做成的，比較不容易壞。盒子上也沒有參考圖片，拼起來難度高也比較刺激。每年耶誕節，女王到英國中部度假前，都會到俱樂部借個十二幅拼圖，好在度假時練就拼圖功力並打發時間。

習性是重要的人情趣味因素，尤其是大人物跟一般民眾有相同的嗜好，他們涉入的的程度，不管是高手還是初學乍練，都值得報導。近來，首長喝紅酒、打橋牌被批評，首長反擊說是生活品味、打橋牌的民眾反彈說是正常娛樂，就是一個例子。

第二節　同情心

任何人不論多麼吝嗇或自私，但對別人生命財產的安全，總有些同情的興趣。

民國八十八年的九二一大地震，一陣搖晃兩千多人喪生，樓垮地裂、災民住進了帳蓬、地慟人亦慟。全民慷慨捐出救濟物資、金錢，都是基於同情心這個因素。而有時一個陷入絕境的家庭，一經報導，各界捐出的善款，多得全家不知如何使用。

同情心這個因素並不能以事件大小來衡量，陷入困境的家庭、被人拐騙流離失所的孤兒、失足落入垃圾焚化爐的清潔隊員、無法自拔的煙毒犯、含辛茹苦撫育養子的侏儒夫妻卻被養子狠心遭棄……，每每令人同情，這也是人情趣味新聞打動閱聽人心弦的好材料。

另外，世界上天天都有情況不很嚴重的不幸事件，尤其是政治人物、鄉巴佬、滑稽人物的尷尬場面，有時令人發笑，有時對這些人產生憐憫跟同情。卓別林、勞來與哈台、豆豆先生飾演的小人物遭遇就是寫照。

當然有些緋聞、訴訟纏身的政治人物，比起東窗事發前衣著光鮮、意氣高昂，事後落淚、躲閃記者形成強烈對比，也是夠可憐的。不過讀者也要記得一句古龍的名言：「可憐之人必有可恨之處」，人生裡對於不平之處淡然處之，把這些事當做人情趣味又何妨。現代人生活緊張、苦悶，自己過得愉快最重要。

記得剛跑新聞，警察局的線民告訴我：「快來！」趕到分局，一名年輕女子神情漠然的被銬在刑警的辦公桌旁。原來她是嫁給本地人的華僑，生活適應困難，異想天開的在水門外偷了一個小舢舨，企圖回老家。當然，那時候是戒嚴時期，經濟又不發達，出國是不太容易。看到她天真的眼神，所顯露的事實就是她缺乏資訊，沒有朋友幫忙，同情之心油然而生，但又真教人不知從何說起。

【新聞解析一】椅子太舒服　梁上君子被捕

賊是可惡的，雖然也有專業技巧，但是跟騙子一樣，都是不為正道，取非分之利益。隨上文所說，可恨之人也有可憐之處，他們的遭遇也是新聞。美聯社在民國八十九年九月十二日就有這麼一則新聞，說的是西班牙馬德里有個小偷坐在一家診所的椅子上睡著了。

新聞大意是，這名二十七歲的男子晚上溜進這家診所，順利的偷了一個上了鎖的大鐵箱。後來他看到診所裡有一個依照人體工學設計的椅子，一時好奇，就坐了上去。沒想到這張椅子坐起來實在太舒服了，沒多久他就在椅子夢起周公了。診所員工上班的時候發現了這名小偷，立刻偷偷的打電話報警。等這名小偷一覺醒來，發現旁邊站的都是警察。警察可是不費吹灰之力，就逮住了這名睡得不省人事的小偷。

吸引人的是，東西已經到手，不跑人還待何時？竟然在舒服的椅子上睡著了，清醒時警伯在旁，真是情何以堪！無獨有偶的，《聯合報》在民國九十年四月二十二日也報導，一名竊賊進入民宅，被屋主的五隻狗圍攻，費了好大力氣躲進臥室，心想拒狗於門外反正也出不去，這時一陣疲累感湧上身來，躺在屋主的床上睡著了，下場也跟國外的例子一樣。

【新聞解析二】生孩子太多受不了，越南幹部要受罰

我們通常以自己的生活為一個基本架構循環運作，在這個框框以外的就是新鮮事，對比起來就會有同情、好奇的感覺。路透在民國七十九年九月二十六日就有這樣一則新聞。

　　新聞大意是，越南有七千九百萬人，每年的人口成長率是百分之一點七。為了怕人口爆炸，越南從一九九三年起實施兩個孩子恰恰好的政策。去年越南共產黨有四百多名幹部遭黨紀處分，其中有二十三人是因為孩子太多而受到了處罰。處罰的規定是住在鄉下的人，每多生一個，要罰十到三十公斤的穀子，住在城裡，在公家機關做事的人違反規定則不能加薪。

　　人們在「制度」下生存，而制度就是因應社會的需求而產生的，每個國家、地區都有不同的制度。縱然在我們這裏有些制度不能令人滿意，但是總是必須遵守，否則遭罰就划不來了。外國的制度如果跟本地相差太多，基於好奇及同情，就是一則好的人情趣味新聞。

　　試想，我們在這裡養兒育女多不容易，教育、醫療支出就令人頭大，還得時時注意他們的學業品格；情勢所逼，大多數人都不敢多生。而這些越南領導竟然多生小孩要被處分，也真令我們遵守兩個恰恰好的家長覺得不可思議。還有處罰的方式，都市跟鄉下因地制宜，看了讓我們這些外國人覺得匪夷所思。

【新聞解析三】待遇不如鴨　演員受氣

　　人自認是萬物之靈，總是看不起動物，如果人的境遇比動物差，那就產生了同情。德通社在民國八十九年九月二十六日發出的這則外電，很逗！

　　新聞大意是，英國喜劇演員史密斯在他的新戲中需要一隻鴨子當臨時演員，攬才過程曲折令人叫絕。一隻叫喬治的美洲家鴨坐著推車上臺兩分鐘，代價是三百六十英鎊，大約一萬八千塊臺幣。由於喬治

怯場，第二天他又換了一隻叫艾爾的鴨子。最令史密斯光火的是，鴨子的報酬竟然是一般演員的九倍。最後史密斯只好找真人演鴨子，免得生氣。換句話說，實際的狀況是人不如鴨。

這種心理也經常在我們的閒談當中出現，最近政治人物也經常用動物做比擬，例如「膽子比老鼠還要小」、行徑連「狗都不如」、「一粒老鼠屎壞了一鍋粥」，動物何辜，招誰惹誰了，也真為動物叫屈。最近失業問題嚴重，勞工上街頭怒吼要求執政當局重視就業權，演藝人員也帶頭舉旗吶喊，說日劇、韓劇充斥奪走了他們的生計，也令人同情。

【新聞解析四】 通膨錢小　小錢無用　乞丐抗議

乞丐社會地位低、衣衫襤褸、容貌枯槁，讓人同情；法新社在民國八十七年二月十八日的新聞，同情及趣味躍然紙上。

新聞大意是，印度中部的波帕爾城，有兩百多名乞丐遊行，要求總理取消面額太小的貨幣。這群乞丐的訴求是，五分、十分、二十分的銅幣在印度已經有五十年沒人用過，如今在路邊隨便買杯茶都得花兩塊錢，根本沒人收五分、十分的硬幣；他們要求政府收回銷毀這些硬幣，免得拿到這種錢還得說謝謝。

有一個笑話，乞丐向人乞討，拿到錢時表情不滿，問其究竟，答覆是他今天過生日，想吃牛排慶生。這則新聞妙在於有錢收就應該滿意，夫復何求？但是錢小不足以養廉，又另當別論了，當然不言謝。另外，乞丐們以小錢買不起一杯茶來比擬，也實在令人發笑，您見過臺北街頭的乞討人到7-Eleven買礦泉水嗎？

【新聞解析五】鷹丟魚轟炸　車頂遭殃　租車者無從解釋

有些事情發生了，卻無從解釋，可能自認倒楣，這種無辜的處境令人同情。《民生報》民國八十五年六月十八日登載了一篇美聯社發自底特律的一則外電，是把這種值得同情的情境，充分表達的一篇好報導。

新聞大意是，瑞吉伍德和友人開車到密西根湖附近，發現一隻鷹在他們頭頂上飛呀飛的，而牠的利爪上抓著一條仍在掙扎的魚。說時遲那時快，乒乓一聲巨響，掉下來的魚就把車頂砸凹了一大塊。對於這種邪門事兒，瑞吉伍德認為沒人會相信，但他還是拾起這條鯉魚做為證據，向租車公司經理據理力爭，經理說，「沒有人編得出這種故事，我在這一行做了十五年，這是我聽過最奇特的事。」

這篇新聞寫作有高明之處，一開始就是這個倒楣的人，見到車行經理之前，已經準備好了被轟炸的說詞為導言。幸虧這位經理相信了，不然只有認了；然而受的驚嚇又怎麼算呢？

就像是洗三溫暖，從淋浴室出來發現掛在牆上的浴巾不翼而飛，基於衛生原則又不能隨便拿別人的，只好枯坐等到風乾，到門口櫃檯小姐又要向你追繳用過的浴巾，那種心情真不知如何形容。

第三節　不尋常

跟常軌不一樣，就是不尋常。日子一成不變，沒有新鮮事，那多無聊？近代的人類，尤其是城市居民的生活已經比鄉村居民精采多了，

但是他們經常需要刺激才能紓解緊張的心情；臺灣地方不大，新鮮事卻不少，而且強度越來越強，像是看守所重刑犯趁颱風夜集體脫逃、高屏大橋一聲巨響斷裂、尹清楓案都已足夠成為電影題材的條件。

任何事情跟「最」字扯上關係，凡是不尋常的人物、風景絕秀的地方、驚心動魄的冒險事蹟、金氏世界紀錄……，都可以滿足人們這類慾望。

如果研究單位發布說：一顆一千年前的種子，在常溫下發芽順利結果，證實是番茄，人類可能在一千年前把番茄當作食物。怎樣？這個話題夠炫了吧！編輯大人一定會給它一個顯著的標題及夠分量的版面。

民國九十年五月三日《中國時報》報導，一位十四歲隨軍來臺、孑然一身的七十八歲老榮民蔣應龍花費了全部積蓄，以五十多萬元訂製了一具五千斤重的「天地同」花梨木棺材，為自己打造身後豪華住所，真是不尋常。另外，一位老太太住在墳場，一住就是十多年，為什麼？她說兒子不肖，敗光了家產，債臺高築，她說墳場一點也不可怕，反而很清靜，不尋常吧！

另外，您可以做個實驗，不過吃了虧千萬不要怪我，在此先聲明！通常放假前一天的旅遊版或戶外版都會介紹一處新景點，風景美麗、別有洞天……，第二天如果天氣好您就到現場試一試，保證您飽受塞車之苦，到了現場人山人海、萬頭鑽動，遊興大減；加上連餐廳都擠不進去、五臟廟也得跟著受罪，生一肚子氣。內子就是相信這種報導，記得淡水捷運開張，全家人被她說動，結果：如難民之旅、狼狽而歸；現在我就怕她拿著報紙發出驚訝的聲音說：「這個真好！」因為她一定又是發現了「熱鬧」的好去處。

【新聞解析一】 便民措施　英教堂將裝設提款機

不尋常是跟常規不合，換句話說就是「新鮮事」；路透在民國八十九年九月十七日教堂將裝設提款機的新聞寫得極不尋常。

新聞大意是，由於不敷成本，英國郵局、銀行紛紛從小鎮撤離，為了填補服務不足，英國政府有新點子，提議在小鎮的教堂裡裝提款機，英國國教高層也贊成這項計畫。有了正面意見，也得有反面的聲音，否則就太單薄了。前保守黨部長，現任英國皇家美術基金會主席的傳利就說，教堂是神聖的地方，教堂裡可以辦演唱會，但是，不可以放提款機。他更提出有利論點說，大家不應該忘記，耶穌把放高利貸的人趕出教堂的故事。

一般人認為教堂是人跟神聚會的地方，談錢就有那麼一點不搭調，這就是這個新聞的基點，而正反兩方的論點也各有令人相信的理由，更加重了不尋常的分量。

【新聞解析二】 長壽冰箱耐操五十年　硬朗如新

長久形成在腦海記憶裡的印象，就是尋常的事物，超出了這個範圍，就是不尋常。《大馬光明日報》在民國八十九年九月十八日就有這麼一則不尋常因素的新聞。

新聞大意說，馬來西亞安順地方有一位七十二歲的曾文瑜老先生，他五十年前花了兩百塊馬幣，買了　個英國做的、外及是鐵的冰箱。後來他開始賣冰箱，但是自己家裡的冰箱從沒壞過。五十年來，除了停電，冰箱從沒休息過，連零件都沒換過，可以說是百分之百的原裝貨。製造商曾經表示願意用一個新的冰箱和他換，但是，他沒答應，

因為他捨不得這個比他兒子還老的冰箱。

這個骨董冰箱還真硬朗，跟現代人買家電要求新功能、過幾年就丟的習慣完全不同。我結婚時心想家電要用久一點，都買高價品，結果十年一過全數汰舊換新。這則新聞也讓快結婚的朋友做參考。

【新聞解析三】荷蘭建築工變迦納國王
在荷蘭　他失業靠救濟金度日
在迦納　統治十萬臣民

傳奇具有相當的戲劇性，也是不尋常因素的具體實現。《中國時報》在民國八十九年一月九日，刊載一篇美聯社荷蘭阿姆斯特丹的外電，充滿了傳奇的情節。

新聞大意是，四十三歲的荷蘭建築工歐特，目前有兩種身分，一是失業靠救濟金度日、跟家人住在低收入戶國宅裡，另一個身分是在西非迦納伏塔河區統領十萬臣民的國王。

話說一九九五年，歐特到他太太居住的村落，被族人指認為故首長（其妻祖父）的轉世，他自己都不相信，迦納族人熱情勸進，就此黃袍加身。現在每當登基周年他就回迦納，接受萬民的慶祝歡呼，其餘時間他遠在荷蘭為迦納募款，並用電話、傳真管理國事。

這則新聞除了情節吸引人，在事實安排上也有獨到之處，例如，巧妙地利用對話及自問，「他們問我，當他們的國王如何？我看著他們，心想，你們準是發神經。」他的兩個兄弟也在場，經他翻譯知道村人的意思後，笑得差點嗆到說：「你，當國王？哈哈！」有意思的是，文中提到他在迦納權重位高、萬民擁戴，礙於規矩卻不能當眾吃喝、連上

廁所都有人護駕，令人覺得新奇。在最後，歐特說以前不相信轉世這種神話，現在卻認為是命中注定，這個結尾為全篇做了一個完整的結束。

這則新聞吸引人，在於強烈對比，像是失業勞工跟國王；萬人擁戴、受限於皇室不自由的規定；不信神話到冥冥注定。傳奇的遭遇，有如《乞丐王子》一劇的劇情。

【新聞解析四】鼾聲特大有特權

人們有特殊的體型、技能也是不尋常的因素。筆者民國七十年十一月十九日在《中廣新聞》撰寫的新聞，相當有趣。算一算這一則新聞有二十年了，真是壓箱底的歷史新聞，現在讀起來依舊會有微笑在心底浮現。

臺北市交通大隊的員警，因為執行任務的需要，每隔三天就得留隊夜宿一次。不過，有一位員警因為情形特殊，特准破例每天回家睡覺。

這位員警四十多歲，身材高大，睡覺時的鼾聲奇大，睡在宿舍裏，旁邊的人根本無法入眠，經過一夜折騰，弄得大家第二天全部無精打采、有如生了一場病一般。逼不得已，第三分隊的隊長把隊長室充當臥房讓給他睡，想不到他的鼾聲依舊能穿牆透壁，以排山倒海的聲勢襲擊每個人的耳膜。

最後，全隊的隊員一致同意替他輪值夜宿班，讓他每天回家睡覺，從此之後大家覺得夜夜安穩，真是造福隊友。這個月這位享有特權的員警調到違規車輛拖吊小組，兩個星期過去了，第三中隊的隊員還十分想念這位曾經吵得大家睡不著的員警。

　　這一則新聞有趣點在於這位員警特殊的生理特徵，鼾聲奇大的員
警以及他的同事都是值得同情的，最後的結尾處理得很得人意，大家
歡喜。

【新聞解析五】竊賊遇警盤查逃逸　靈堂前就捕

　　奇特的過程及結局也是不尋常的因素之一，中央社在民國七十二
年從高雄發出的一則新聞，讀後令人覺得巧得不可思議，有很高的人
情趣味成分。

　　新聞大意是，江姓及張姓嫌犯，凌晨共乘偷來的自小客車，行經
三多、復興路口遇到警方攔檢，而心虛逃逸。逃跑時撞壞了五輛轎車
及三輛機車，最後嫌犯逃到前鎮區和平二路光華國中旁一處靈堂前，
偏偏到這個節骨眼，車子卻熄火動彈不得，被隨後追趕的員警逮獲。

　　事情經過事實報導，通常在閱聽人的腦海裡卻激起延伸想法。這
則新聞雖然以不尋常為主，但是又兼具同情和天理昭昭、法網恢恢的
感覺。您是不是有同感？

第四節　進　步

　　理論上或實用的進步，這種進步將提高人們的物質、精神享受，
並改變社會經濟文化型態。

　　一種新抗生素，可以有效殺死具高抗藥性的細菌；最新發展成功
的噴射客機，速度及容量比現在的飛機高一倍，票價低一半；衛浴設

備新技術讓廁所不容易藏污納垢，永遠清潔溜溜，吸引人吧!

　　網路上購物、宅配、寬頻等新科技，在在影響著我們的生活，深深的影響人類的生活型態與經濟發展。

　　除了實用科學的進步，連學術思想的進展也包括在這個項目中。我們一直認為外國的「政權輪替」距離很遠，不會在我國出現，原因是國情不同；結果這個理論竟然在千禧年三月十八日總統大選實現，將來可能就會重複出現，成為一個常規。

　　試想近年來的改變，進步的情形很難想像。衛星通訊天涯若比鄰、人手一支大哥大、羈押權歸屬法官的人權考量、反歧視同性戀者、反菸運動，這些產品、觀念都進入我們的周遭，而且深深的影響著我們的生活。

【新聞解析一】模仿昆蟲　英研發微型無聲間諜飛機

　　科技上的進展，是人情趣味的一個吸引人的元素。《泰晤士報》在民國八十九年九月十三日的新聞，雖然跟一般閱聽人關係不大，但是會激起很大的興趣。

　　新聞大意是，長吻虻飛行速度慢，可以在花朵上方盤旋又可以同時採花蜜。科學家因而產生靈感，想出了用鼓動翅膀的方式讓飛機前進，進而設計了一種體積非常小的間諜飛機。這種小飛機有一百八十公分長，兩個翅膀各有一百五十公分，重量只有一百公克。由於飛機是靠翅膀拍打前進，所以聲音非常小，可以無聲無息的飛進恐怖分子占領的房了，拍攝恐怖分子的活動以及人質的情形。

　　新發明的功用、發明家的靈感都會吸引人，尤其讀到動物奇特的技巧，拓展了閱聽人自我的常識，可激起閱聽慾望。另外，根據多年

經驗,外電新聞只要報導一種新藥經過美國食品藥物管理局通過上市,新聞部就會接到無數病患家屬的電話,可見進步這個因素的重要性。

【新聞解析二】自己哈癢　自設防禦體系　自己不癢

人類不僅對外在事物像是太空、動物、環境充滿了好奇,對自己的身體也一直進行研究,探究人類身體的奇妙。像是德通社在民國八十九年九月十二日的這則科學家發現了自己哈自己為什麼不癢的原因的報導,就解答了一般人長久以來的疑問。

新聞大意是,英國倫敦大學「認知神經系」教授布來莫,利用腦斷層掃描和一個機器人,證明了人腦能判斷出哈癢的動作是誰做的。研究結果是,外來的哈癢動作會讓腦子後方,負責偵測外力入侵的部分的血流加速。要是哈癢是自己做的,血流就不會加快。腦子對外力的反應是為了保護自己,所以自己哈自己是不癢的。

這則新聞用科學的方法,終於解答了長久人們的疑問,而且講出人類生理的反應機制,寫得非常淺顯而有意思。

【新聞解析三】英國百餘年打小孩「合理責罰」的規定將
修正

上面兩則新聞說的都是科技,其實「觀念」的改變也是進步的範圍,像是《中國時報》在民國八十九年一月二十日,登載的美聯社倫敦外電就是一個很好的例子。

新聞大意是,話說英國從維多利亞女王時代就沿用了一百四十年,規定家長有「合理責罰」權。最近一名九歲的小男孩,不斷被繼父痛

殿，生父一氣之下告上法院，想不到繼父引用「合理責罰」規定無罪
開釋，一時輿論譁然。而原告更不服氣，上告「歐洲人權法庭」，最後
法庭裁定，英國這項法律不合時宜。於是英國政府將提出修正一八六
一年法律的建議案，禁止父母除了用手以外，不得以其他方式責打子
女，或敲打子女的頭、眼睛和耳朵。

　　小孩頑皮、不聽話，想必是大家既成的印象，尤其是小男生皮得
厲害；中國人流傳在大眾的想法是玉不琢不成器、棒頭出孝子，想不
到「德不孤」，在地球的另一邊也「必有鄰」。在新聞最後的資料也挺
有意思，提供家長及教育主管們參考。英國國會直到一九八六年才規
定公立學校不能體罰，私立學校十二年後禁止體罰。

第五節　競　爭

　　社會上自古至今充滿了形形色色的競爭行為，無論人與人爭、人
與天爭、甚至一個人的理智與情感之爭，都能引人入勝。

　　綁匪跟刑警鬥智、駭客與調查局之爭、湖人隊與超音速隊爭奪
NBA冠軍、超級電腦深藍與棋王對弈、波音公司與空中巴士爭奪市場、
政治人物爭權奪利、在野黨組成聯盟罷免總統；散布總統府緋聞案的
來源到底是誰，副總統與《新新聞》週刊各執一詞，閱聽人對過程結
果津津有味，實際上卻是競爭者的殊死戰；通緝犯是否冒被捕的危險，
回家探病危的妻子而陷入掙扎；被生父遺棄的小慈上法院打官司，都
是競爭的好題材。

　　人們愛看競爭，一方面是獨特的人物、壓縮的劇情、出人意料的

結局，在在吸引人。另外一方面，人們會把自己的喜好投注在新聞事件裡，加入新聞中的競爭行列；例如有些人會加入湖人隊、又有一些人愛超音速隊，贏了喝采、輸了惋惜。記不記得有人在選舉開票結果揭曉，心臟病發？顯示競爭的張力越強，越具有吸引力，這是人情趣味新聞的重要因素。

小兒子為今年才小學四年級，每天早上在餐桌上拿著一份報紙體育版，目不轉睛的看新聞，一邊咀嚼吐司還一邊唸唸有詞的說：「這個歐尼爾搞什麼鬼，昨天怎麼打得這麼差？」那種表情真教人噴飯，由這個例子您就知道競爭這個因素有多吸引人。

【新聞解析一】兩性平等另一章　噓噓有妙方

競爭可以從很多方面來談，政治、經濟、武力……，到處都可見競爭。縱然人類兩性平權已經喊得震天價響，競爭這個項目依舊是人情趣味新聞的重要因素。路透在民國八十九年九月十七日的一則報導運用人情趣味競爭的因素，就著墨得漂亮。

新聞大意是，荷蘭女性仰仗著一項名為「噓噓之友」的新發明，更與男性平起平坐了。因為女性可以藉這項新發明跟男性一樣站著解決噓噓問題。

新聞是從綺夢以前在印尼做事時說起，她經常為了找不到廁所方便而苦惱。她說，男同事可以野放，她卻必須找個草叢才能方便。而印尼的草叢常有毒蛇出沒，使得她必須憋尿。回到荷蘭，在公共場所又常發現女廁所外面大排長龍，於是，她決定發明一個能幫婦女解決方便問題的東西。

說明了動機，接著敘述過程。綺夢用雜誌封面捲成個漏斗形，交

給幾十個朋友試用，實驗成功量產時，是用防水紙板，有商標還有創意圖案。目前的產量是一天五萬個，售價一個要賣四塊九毛五荷蘭盾，大約六十塊臺幣。

這則新聞證明一件事，競爭是無時無刻到處可見、競爭不分大小。競爭雙方的態度、感想也值得報導，新聞最後一句話值得回味；一名客人說，男人最後一塊禁地也被女性突破了。

【新聞解析二】金門及馬祖　與美國總統競選辯論何干？

競爭在政治上有慘烈、粗暴、平和、細緻之分，每個競爭都吸引人。西元兩千年美國總統大選就是一個令人屏息以待的例子。而三場電視辯論尤為引人矚目，首場在臺北時間民國八十九年十月二日早上九點舉行。路透在前一天發出了一則〈美國選舉辯論憶舊〉的報導，一開始寫的是「記得金門和馬祖嗎?」用「記得金門和馬祖嗎?」當作導言，是因為金馬是美國總統選舉有史以來，第一場電視辯論的重要議題。打開了歷年來美國總統電視辯論的競爭花絮，閱後把塵封的記憶又恢復了。

在報導中列舉歷次辯論的競爭事實，例如，當年經驗豐富的尼克森會栽在少不更事的甘迺迪手裡，主要是因為甘迺迪在電視上侃侃而談，表現從容，而尼克森上電視以前，沒有刮鬍子，美國選民今天對那場辯論裡尼克森的印象，就只剩下他臉上的鬍碴子了。

一九七六年美國總統候選人再次在電視上辯論。一開始並不順利。電線短路，候選人的聲音送不出去，但畫面看得見，卡特和福特在臺上動也不敢動，這一站，就站了半個鐘頭，等線路修好才開始辯論。

接著，話題轉到關係輸贏的關鍵話語，辯論有一項原則，那就是

不確定的事不要說。在外交政策的辯論裡，福特說，蘇聯沒有控制東歐國家。有人說，就是這句話讓福特選輸了。

談到政治人物的機智，例如一九八〇年牛仔州長雷根和花生總統卡特辯論，雷根碰上嚴肅問題就帶著笑容對卡特說：「你又來了!」這句話美國人也忘不掉。而一般人認為當年大家會選雷根，主要是雷根在辯論結束前丟出去的那一句話。雷根當時問美國人：「你們比四年前過得好嗎?」（現在的在野黨可以使用這一招了，嘿! 嘿!）

四年後，老雷根碰上了民主黨副總統候選人孟岱爾。雷根知道，孟岱爾要在年紀上作文章，所以一開始就把話挑明了說。雷根說，這次選舉他不會把年紀當成議題來談。因為他不願意凸顯對手孟岱爾的年輕和經驗不足。雷根用對手的年輕來為自己的年齡問題解危，也是美國選民津津樂道的。當年，雷根順利的當選了連任。

一九九二年，柯林頓和當時的布希總統辯論。辯論的時候，布希不經意的看了兩次手表，觀眾印象深刻。而柯林頓仿效雷根對布希說的一句話，也讓美國民眾到現在還記憶猶新。柯林頓跟布希說：「共和黨執政十二年，選民已經給共和黨機會，現在該是民主黨幫共和黨收爛攤子的時候了。」

雖然是歷史回顧集錦，但是濃縮效果令人印象深刻。政治人物要敢言慎言、避重就輕、幽默、機智，應首推雷根。我們在民國八十九年初試政黨輪替，而雷根卻正是這方面的能手了。新聞最後用了裴洛的副總統候選人史塔岱將軍在辯論上說的兩句話，他說：「我是誰? 我來這做什麼?」用得真好!

【新聞解析三】印航空姐抗議逼迫減肥

抗爭也是競爭的重要成分，法新社在民國八十五年五月四日的這則新聞，令人微笑在心底。

新聞大意是，印度航空公司的空姐打算控告航空公司，因為公司下令體重過重的空姐要減肥，否則要把她們調往地勤工作。

接著要有抗爭一方的意見，報導引用一位不願透露姓名空姐的話說：她們一點也不胖，因為印度女性向來就比較豐滿，這不是她們的錯。這位空姐還說，這項命令是性別歧視，空服工會將會為她們在法庭上討回公道。

跟著敘述公司的理由說，印度航空公司面對私人航空公司僱用年輕貌美、身穿短裙的空姐競爭之下，對內部的空姐訂出的標準是：一百七十五公分高的空姐，體重不能超過六十九公斤；不過目前印航同樣身高的空姐最重的有七十八公斤。印航發言人表示：由於市場競爭，他們不得不採取因應措施。

我們看見許多抗爭，那種衝撞、石塊齊飛的激情場面震撼人心，這個抗爭事件，情節卻令旁觀者微笑。印航訂出這個標準也是無可奈何，而空姐的理由聽起來也振振有詞；仔細想一想就有疑問了，別家公司的空姐為什麼身材曼妙，年輕嗎？年紀大而體重過重也是罪過？

【新聞解析四】曼德拉一笑泯恩仇

競爭的過程及結果也能吸引人注意。英國廣播公司在民國八十四年十一月二十四日的這則新聞，以過去和現在的事實對比，把競爭寫得明快而有啟示。

　　新聞大意是，南非總統曼德拉和判他入獄、讓他坐牢二十七年的檢察官玉塔爾見面。當年立場尖銳衝突的兩人，共進午餐氣氛相當友善。玉塔爾三十多年前擔任檢察官時，負責處理曼德拉的案子，他控告曼德拉陰謀破壞種族隔離制度。在宴席上，玉塔爾稱讚曼德拉總統是一個謙卑的人，在短短時間裡，做了許多事情。曼德拉則把手搭在玉塔爾的肩上，他對記者說：那場審判和他在獄中的歲月，全都是過眼雲煙，沒有必要再提了。

　　以往聽人家說，世上沒有永遠的敵人，也沒有永遠的朋友，總認為是胡說；年紀稍長、見識稍多，認為也真有些道理。這個報導結構在配置上有力、明快，使接受訊息的人舒暢。另外政治人物也應該藉這個例子檢討一番。

【新聞解析五】打擊肥貓　英國廣播公司萬人大罷工

　　競爭雙方的理由、甚至給對方取的代名詞，也饒富人情趣味。法新社在民國八十七年十月二十一日的這則新聞，充分掌握了這個原則。

　　新聞大意是，英國廣播公司十月二十日晚上七點到十點，有一萬名員工罷工三小時，抗議的對象是「肥貓」！英國廣播公司的員工嘴裡說的肥貓，就是薪水太高、又自肥加薪的高級主管。其他主要事實有，英廣這次調薪，總經理加薪百分之九，一般員工只調高百分之四。英國廣播公司工程人員以及記者兩個工會聯合罷工。

　　接著總要有對方的意見，否則就不完整。事實包括，英國廣播公司董事長說，總經理調薪以後，一年收入是二十二萬英鎊，合一千一百萬新臺幣。比英格蘭銀行總裁的二十二萬七千英鎊要少，比英國民

營電視臺的總經理的薪水也少很多。

　　國內為民喉舌的民意代表也曾自肥，不過因為輿論壓力太大而作罷，想不到國外也一樣；不過，外國人叫這些自肥的人「肥貓」，讓我們的讀者眼耳一新，有創意！

第六節　懸　念

　　在有競爭因素的新聞以及其他各種新聞中，常有所謂懸心的因素，足以引起閱聽人注意。

　　挑戰熱氣球環遊世界紀錄的駕駛員能否成功？被綁肉票的安危，太空梭在太空發生機械故障，太空人如何脫困？大地震倒塌的大樓裡是否有生還者？颱風天爬山失蹤醫生的安危，商界大亨因案是否羈押？都是人情趣味的重要情節。

　　這種必須長時間等待結果的新聞事件，每一個過程、分分秒秒都扣人心弦，無論廣播、電視或是報紙都會掌握時間點，滿足閱聽人的需求，有的時候對當事人跟閱聽人是一種折磨，但也是媒體的賣點。

　　在心理因素來說，懸念像是一塊蓋在人們頭頂的烏雲，閱聽人等待著轉機；事件發展情況不是好就是壞，過程可能長、也可能短，但是這種在結果出爐以前的期待，總是掛在心裡、揮之不去。這種懸心的感覺，不一定與自身有關。如果強烈颱風來襲，您剛好在陸上警報範圍裡，必然擔心自家的安全、家人的安危；如果一切安好又聽新聞說有人失足落水、被土石流淹沒下落不明正在救援中，您就會盯著電視螢幕或者聽著收音機等待結果。同一個颱風，由自我輻射到其他人

的安危，也是人情趣味的重要元素。

如果越過空間，CNN突然現場實況轉播田納西州一個小孩掉入井裡，救難單位施救的畫面，您就會待在電視機前不會離開了；如果逼不得已要離開一會兒，一有機會還是會找這則新聞的後續發展。

您現在可以檢視自己的生活習慣與傳播的密切關係，早上打開日報就找尹清楓案有什麼進展、副總統與《新新聞》週刊到底誰說了更勁爆的事實、勢均力敵的小布希以及高爾到底誰入主白宮……，這就是這節內容的真實寫照。

【新聞解析一】 菲男子蒙面搶班機乘客財物得手空中跳傘逃逸

「結果會如何」是懸念的主要成分，也就是這個緣故讓閱聽人鼓起興趣繼續接觸媒體，《中國時報》在民國八十九年五月二十六日的報導就是一個實例。

（潘勛／綜合馬尼拉五月二十五日外電報導）一名男子持槍及手榴彈，劫持一架菲律賓航空公司國內線班機，洗劫機上其他一百九十名乘客及機員的財物，然後跳傘逃逸。

菲航PR812的A320型空中巴士客機，下午二時許自菲律賓南部納卯市起飛，目的地馬尼拉，機上載有一百七十八名乘客及十三名機組員。

馬尼拉機場總經理加納說，劫匪頭罩藍色滑雪護帽，還帶著泳鏡，在客機飛行途中闖入駕駛艙，要求機長折返納卯市，但機長以油料不足為由拒絕。一名乘客說，歹徒以一頂藍色軟帽罩住頭臉，從駕駛艙走出後，突然除下面具喝令拿出錢來，乘客只好交出身上財物。

　　機長杰內羅所表示，歹徒進入駕駛艙後，即揮著槍與拔開插鞘手榴彈對著正副駕駛和菲航機師，還誤開一槍。

　　杰內羅所說：「他很緊張，情緒很不穩定，並且說不照他說的去做，那麼大家就一起去死吧！」劫匪在整個過程中數度泫然欲泣，並說被家庭拋棄，而妻子與一名警察有染。歹徒曾強迫數名乘客與機上組員，一起幫他搜括乘客。

　　菲國空運署執行總監魯納表示，劫匪後來強迫機長降低客機航高，以便讓他平安跳機。結果客機在馬尼拉南郊上空六千英呎處盤旋，並將一處後艙門開啟，讓劫匪跳傘逃脫。搭乘本班機的馬尼拉第十三電視頻道的女記者柏那斯康尼表示，歹徒帶有繩索，顯然早已準備跳機。至於劫匪如何取得降落傘則不清楚。

　　乘客表示，後艙門打開後，強風直灌機內。一名男性機員只好把劫匪推出機外。而艙門直到飛機降落前都未能關閉，最後嚴重損壞。班機在起飛兩小時三十分鐘後平安降落馬尼拉機場，機上其他人員都平安無恙，但是否有劫機的共犯者還未釐清。

　　菲航案並不是歹徒洗劫客機而發橫財的第一樁。一九七一年，美國劫機犯庫柏也曾洗劫一架客機，搶了二十萬美金裝在一個袋子裡，在美國西北部山區跳傘逃脫，到今天未落網。案發幾年後，曾在該地區河岸找到六千元現鈔。

　　雖然這個空中大盜在道德、法律上是不應該，但是如此膽大、有奇想的人結局如何？實在吸引人。為了這個新聞，第二天我還在國際版找尋，結局是這位空中鬄匪摔死了，令人同情。如果他能跟那位美國空中搶匪一樣逃逸成功成為懸案，那就更吸引人了。

【新聞解析二】美國聰明貓失蹤　主人出錢尋找

跟上則解析一樣，新聞結果及過程曲折就能打動人心。對象包括人、事，甚至動物，尤其是可愛或有天賦異稟的動物。合眾國際社在民國八十五年十一月一日的這一則新聞，就是這個項目的實例。

新聞大意是，帝波是一隻六個月大、毛色灰白的小貓，今年七月牠的脖子被驅趕跳蚤的項圈勒住，差點窒息。結果聰明的牠按了九一一（與我國的一一九緊急求救電話功能相同）快速直撥電話按鍵，九一一值班人員聽到牠的哀嚎，立即派人協助救了牠一命，因此帝波一舉成名。這個星期二，帝波突然失蹤，只留下掉落在地上的繫繩。主人擔心牠可能被人抓走，而當天正是主人的生日，由於失貓之痛，主人陷入極端的頹喪；主人提供一百美金答謝找到帝波的人。不過到現在為止，還沒有任何消息。

【新聞解析三】零下急凍　女嬰奇蹟獲救

過程險惡、結局未定，尤其是一個小生命格外惹人憐愛。《民生報》在民國九十年二月二十八日綜合外電報導一個小嬰兒歷險的新聞，看後的那種心境難以形容。

新聞大意是，一名十三個月大的加拿大女嬰，隨母親及姊姊到朋友家過夜，夜裡，小女生只穿著紙尿布單獨走出戶外。當時室外溫度是攝氏零下二十四度，在雪地躺了幾個小時，她全身已凍僵，體溫降到攝氏十六度，心跳停止了兩小時，醫護人員想插氣管到她的喉嚨，都撐不開已凍僵的嘴，最後她卻奇蹟似地生還。

亞伯達省的史托勒利兒童醫院小兒科醫師凱恩表示，未來幾周，

整形外科醫師將決定是否要切除女嬰的部分四肢。

這則新聞的表現重點除了不尋常之外，懸念是非常重要的因素。描述也是非常細膩，加拿大報紙紛紛在頭版刊出女嬰睡在小床的照片，她紅咚咚的臉，小手包著繃帶，相當惹人愛憐。

在我們這裡，民國九十年四月二十二日花蓮舉行的全國中學運動會射箭練習場上，臺北縣明德中學女選手許淳瑛被箭射中頭顱，箭頭深入四點五公分，各新聞媒體都大篇幅報導。接著幾天，媒體都持續追蹤報導她的傷勢；其中，懸念的成分，顯而易見。

第七節　性別和年齡

任何新聞中，含有男女因素，常是閱聽人的最愛，年齡的重要性也不亞於性別；就新聞的觀點，中年實是人生最平凡的階段，兒童和老年這兩極端都比中年重要，尤其是早熟的兒童與不衰的老翁，在新聞中的趣味，與生命力洋溢的青年不相上下。

社會制度下的性別議題，像是兩性平權、第一位女性副總統的角色、職場性別是否歧視；男性女性在生理、心理、體能、壽命的差異，例如疼痛忍耐度、抗拒壓力程度的不同，也經常上新聞。

至於年齡，特殊才能的小孩、健步如飛的老翁、耳聰目明的老太太、體能人不如前的青年學子、疲憊的中年，種種人生階段的變化，都引人矚目。近來有一個現象突然興起，以往焦點都集中在老年、兒童兩個極端，一般人認為青少年、青年成長階段最重要的就是好好讀書，不必多言。但是突然興起的X、Y世代，他們的興趣、行為受到重

視，成為新興話題，值得重視。

【新聞解析一】 少年丈夫脾氣壞　痛毆年長妻子
岳母生氣訴請離婚

年紀小這個因素是新聞的動力來源，例如德通社在民國八十九年九月二十六日的這則報導，就很吸引人。

新聞大意是，一名今年十五歲的少年今天在法庭和大他十歲的妻子辦妥了離婚手續。

由於男主角穆罕默德的父親最近過世，他媽媽希望他盡快成家。上個月，穆罕默德和女主角馬莉安完成了終身大事。馬莉安的母親長年守寡，結婚以後小丈夫就搬到太太家住。沒兩天，他就露出了原形，經常毆打新婚妻子，還打他岳母。後來，他說他想家，就搬回家裡去住了。岳母忍無可忍向法院申請離婚，今天法院批准了這起離婚案。依照伊斯蘭教律法，男子十五歲，女子九歲就可以結婚。

這則新聞包括的事實很多，以平鋪直敘就可以說得明白。在我們這裡，臺北縣新店市一位五十一歲的卡拉OK老闆娘，跟十八歲的男友戀愛、訂婚，在社會上掀起了熱門話題；電視、廣播Call-in 節目熱烈瘋狂，就是一個本土例子。有沒有人仔細想過，為什麼老男少女配就是女方貪財？老女少男配就是愛情偉大？

【新聞解析二】 人瑞入籍宣誓　美移民局體貼到家

年紀大也是人情趣味新聞的賣點，法新社在民國八十五年十月十二日的新聞，就令人佩服老太太的年紀。

　　新聞大意是，一八九○年十月十二日出生在海地，今年一百零五歲的老婦人博拉尼，這個星期將宣誓成為美國公民；美國移民官員表示：他們將前往博拉尼位於馬里蘭州的家裡，為她舉行入籍宣誓儀式，到時候，博拉尼將成為美國最老入籍的公民。博拉尼是在子女的敦促下，上個月提出入籍申請，她的子女都已經是美國公民。

　　記不記得日本的雙胞胎姊妹金銀婆婆？她們開朗的笑容、天真的話語，一舉一動讓我們這些後生小輩佩服得不得了。

【新聞解析三】美十八歲少年競選副州長

　　如果要執行的工作或任務，遠超過一般人年齡的限制條件，那就是新聞了。例如美聯社在民國八十五年十一月十五日的這則新聞，讓我們這些大人自嘆弗如，年紀小的人，想必也認為有為者亦若是吧！

　　新聞大意是，美國加州一名十八歲的少年正式登記競選加州副州長，他將成為美國有史以來最年輕的副州長候選人。

　　接著運用新聞事實做現況敘述，包括了十八歲的傑格現在是西拉社區學院的學生，特別選在自己十八歲這一天，完成副州長登記手續。他將參加一九九八年副州長選舉。他的對手是州參議員萊斯里。傑格的發言人表示，傑格在高中時就有參選的念頭，儘管這次可能無法當選，但對傑格而言是一個重要的經驗。

　　新聞最後引用現行規定說，目前美國有加州、羅德島和威斯康辛三個州規定，只要年滿十八歲就可競選副州長，其餘各州都必須滿二十五歲以上，才有資格競選副州長。

　　記得有一位加拿大小女生為了不忍留鳥將被消滅，隻身以輕航機

帶領留鳥飛到美國，情節感人不說，小女生的年齡、能耐也是重要因素。

第八節　動　物

　　人類對動物也有著非常濃厚的興趣，這種興趣主要來自習性的需求和同情心。

　　動物對人類最初以實用價值為出發點，但是經過人類急速開發，造成環境汙染損及動物生存危機，繼而影響整個地球生態；環保先驅著作《寂靜的春天》問世以後，人類終於體認事實，以「人」為主的觀念，逐漸改為與動物和平共處而共享資源，形成主流思想；傳播媒體在這項任務中扮演重要角色。

　　雖然在本章把動物擺在最後一節，您是否注意到動物在新聞中的重要性？新任美國總統入主白宮，新聞焦點除了他的家人、室內裝潢以外，就是隨第一家庭進駐白宮的寵物了。布希夫人在眾目睽睽之下輕輕的踹了第一家庭的狗，想不到引起巨大波瀾，因為美國人愛狗成癡，這種動作讓他們完全不能接受。而柯林頓家裡的小貓「白襪」也不時出現在新聞中。殺人鯨威利重回北海、鯨豚阿通伯的野放，還引起一陣新聞熱潮。

　　救主人的忠犬、會算術的神牛、逃亡的猴王、珍貴的藍腹鷴、和善的母牛、體態優雅的馬、兼具美與力的豹……，每一種動物的生態習性都引人注意。如果加上跟人們發生的濃郁感情，那更是好題材。依據我個人的經驗，動物因素是人情趣味新聞入門課。不過要寫得好，就得下功夫了。

動物新聞之所以迷人，除了剛剛講的習性、外貌吸引人以外，人類那種跟動物比起來的自卑與自傲交織的複雜感覺，解析起來是很奇妙的。看見上天賦予動物們鮮豔的外表、漂亮的體型、特殊的技能、強悍的生存能力，不由得心生讚嘆之情；但是又有一種高智商的自傲，覺得雖無尖牙利嘴、強壯肌肉，卻因智慧超越了先天體能的不足，高居於萬物之靈的地位，不由得自傲起來。

其實，動物最令人愛的一點就是跟人類不一樣的地方，牠們沒有「心機」，牠們愛恨分明、絕不虛情假意。大多樂天知命、不貪得無厭，飽餐一頓後就休息玩耍、需求不多（縱然牠們有些行徑是有點「賊」，但也就是求溫飽而已）。不像人類貪心得不得了，「有吃還要拿」，有些名人私德不佳，卻恬不知恥地沽名釣譽。也有一些政治人物明明睜眼說瞎話，立場急轉彎，對以前的言論像是得了失憶症（咦！這種招式跟有位女演員不記得自己的年齡好像）。比起來，動物可愛多了！

跑動物園既有新聞，又有兒時回憶的樂趣，看到小朋友在園裡的歡笑，有別於政治人物的虛情假意，真是愉快！

【新聞解析一】手受傷　黑猩猩自強老實了

動物的一舉一動，都是值得報導的新聞，在人情趣味新聞裏占有重要地位；尤其是明星級的動物，特別引人矚目。例如筆者撰寫，在民國六十九年二月二十八日播出的《中廣新聞》，就是一個例子。

一向在臺北市立動物園以頑皮出名的黑猩猩自強，今天出奇的老實，顯得特別文靜，遊客都覺得奇怪。

原來黑猩猩自強昨天晚上，自己在打開鐵柵門的時候夾傷了右手的手指，造成中指及無名指的皮膚全部脫落，經過醫師的急診，手上

包滿了紗布。

今天自強起得很早,但是精神不太好,不理會任何人對牠的招呼,沒事的時候,牠嘴裡銜著一根稻草,眼睛望著天空,一臉無聊模樣。當獸醫師剛鐵棟要查看自強的傷口的時候,自強卻把受傷的手藏起來,不讓醫生看。

獸醫師剛鐵棟表示:自強非常聰明,牠能玩輪胎、走鋼索、吃西餐、翻筋斗,星期天的表演秀是動物園的重頭戲,每次都擠得水洩不通。自強一向是以調皮搗蛋出名,牠生氣的時候會把遊客給的東西丟回去,還會朝著遊客吐口水。自強這次受傷接受治療卻非常勇敢、一點也不怕疼。剛鐵棟說,預計一個星期自強就會痊癒,不過,這兩天要老實一點!

這則新聞的結構,以疑問開始,接著說明原因、黑猩猩的心情與表現,以及自強的特異功能;最後獸醫的那句醫囑,放的位置很妙。

【新聞解析二】變聲秀有效　喜鵲嚇倒貓

動物有特殊的智慧、技能,也可以大書特書。例如路透在民國八十九年八月二十一日這則聰明的白喜鵲新聞,能博您一笑。

新聞大意是,話說一隻小時候被欺負的白喜鵲,最近有了報仇的法寶了,因為牠學會了狗叫。

新聞其他重要事實有,這隻小鳥的主人艾瑪說,她養的這隻喜鵲才一個星期大的時候,差一點被一隻貓弄死。後來這隻白喜鵲只要看到會動的東西,牠就學。不久,喜鵲學會了人說話,也學會電話鈴聲。所以,艾瑪就教牠一些簡單的單字。前些日子,這隻喜鵲竟然學會了狗叫,現在,牠只要看到老仇家──貓,就會學狗叫。貓聽到狗叫聲

立即逃跑，再也沒有貓敢接近牠。

這隻小喜鵲的聰慧，以小欺大、扳回劣勢，令人莞爾。

【新聞解析三】胖猴子初試啼聲　大家不捧場　羞於見人

新聞大意是，昨天早上香港石硤尾公園忽然來了一隻身材肥胖的獼猴，這隻獼猴在公園裡跳上跳下的鬧了好一陣子。後來牠累了就蹲在樹上休息，引來了大批好奇的民眾。猴子一看有觀眾，立刻精神抖擻的和民眾打招呼、開玩笑。民眾一高興紛紛拿東西給牠吃。猴子坐在樹幹上，斜倚著身子，享受香蕉、水梨等「貢品」。吃飽了，猴子開始打盹。

過程交代之後，轉折立刻結尾，處理上很明快。重要事實是，沒想到，公園裡的小鳥開始唱歌，吵醒了猴子。猴子立刻站起來用牠那沙啞的聲音當小鳥的合音天使。沒多久，可能是小鳥嫌牠的歌聲不夠甜美，一隻隻的飛離了公園。猴子也覺得不好意思，只有低著頭走進樹叢消失了。

【新聞解析四】聯合國狗年薪十五萬美金　氣人

動物有特殊技能、特殊待遇，如果能詳盡說明就是人情趣味新聞了。美聯社在民國八十八年三月十日的一則新聞，在新聞室裏很多人談論，話題是「人不如狗」。對不起！王建煊先生，這句話比您先講兩年，早知道應該先去註冊。

新聞大意是，聯合國有一隻能聞出炸彈的狗，名叫傑瑞，牠的薪水是每小時六十美金，一天十小時，每星期上班五天，年薪就高達十五萬一千美金，比副秘書長的十四萬美金還多。

　　這則新聞不只上面的事實吸引人，下面的事實也挺有衝擊性：例如，這隻狗的薪水預算案，最近送到預算委員會議中審查，哥斯大黎加代表就大為不滿，他認為聯合國早就已經負債累累，現在還要花大筆銀子養一條狗，實在不像話。但是薪水比狗少的日本籍助理祕書長說，這隻狗絕對值這個價碼，因為這幾年，常常有來路不明的包裹寄到聯合國總部，要是沒有傑瑞先把關，大家都不安全。

　　人情趣味來源之廣，連聯合國也能為一隻狗討論半天，重要性不言而喻。

第 *3* 章

人情趣味新聞的來源

　　新聞採訪根據實際需要而配置人手，這是天經地義的事。由於社會變遷，分類採訪越分越細，如政黨、中央政府各部會、地方政府各局處、司法、警政、經濟、金融、軍事、外交、科技、文化、體育、影劇……，現在都有一定的採訪對象和來源(Source)，但是學者們及新聞工作者都說：人情趣味沒有一定的對象或來源。因為人情趣味的來源太廣，所有的人都是它的對象。至於來源，海德(Grant M. Hyde)教授指出：對人情趣味來說，並沒有標準的消息來源，很少記者知道如何去尋找它，最好的人情趣味新聞往往是由於機緣好。(Grant M. Hyde, *Newspaper Reporting*, p. 350)這真是人海茫茫中如何找人情趣味的真實寫照。

　　不過，海德教授認為：至少有些地方是比較容易找到人情趣味新聞，他舉出警察局裡的報案紀錄、審理小人物糾紛的簡易法庭、動物園、流浪犬處理中心、旅行觀光協會、導遊領隊組織、火車站等，通常都能找到人情趣味新聞。但他強調：任何一個城市、鄉鎮都充滿了人情趣味新聞，只要你對人情趣味新聞有明晰、正確的認識，再細心的去觀察所接觸的人，那麼，人情趣味新聞真是所謂「俯拾皆是」。

　　卡爾‧華倫(Carl Warren)教授也認為：如果你熟知什麼是人情趣味新聞，知道如何取捨、判斷，就容易找到人情趣味新聞。他列出一個簡表說明人情趣味新聞的來源，為了符合現今採訪範圍修改如下圖：

一般性
警察局　消防隊
法院　　監獄
眼線

動　物
動物園　水族館
動物保育區
博物館　馬戲團

兒　童
學校　　遊樂場
棄嬰收容所
孤兒院　尋人處

幽　默
演說　訪問
集會　運動
滑稽表演

同　情
醫院　　太平間
殯儀館　救濟院
慈善機構　戰區

冒　險
飛機場　碼頭
救護站　礦坑
旅行社團

奇　異
發明家集會
嗜好展覽
博物館　美術館
宗教社團　劇院

人情趣味

第一節　一般性來源

1.警察局 —— 警察的任務與民眾生活關係密切，警察局裡的報案及處理紀錄，常有感人的人情趣味新聞。例如：一位事寡母至孝的獨生子，不幸被醉漢駕車撞成殘廢；因細故大打出手傷及好友，悔恨萬分的青年；有偷窺癖好的房東裝設針孔攝影機，被女房客報警法辦；以工代賑的清潔工拾獲鉅款而誠實不昧……，警察局是人情趣味新聞的寶山。

【新聞解析一】搶匪新武器毛茸茸　別怕　沉著處理

跑警局新聞要有歸納刑案的本事，把近來相關案件整理訪問員警就可能有佳作。例如路透民國八十三年八月九日的一則新聞，消息來源就是警察局。

新聞大意是，愛爾蘭偷車賊發現：搶劫轎車或駕駛人的物品，最好的武器不是槍，而是「老鼠」。

新聞中重要的事實有，愛爾蘭最近發生好幾起用老鼠搶汽車的案例，歹徒看見開車女性在十字路口等綠燈時，就把一隻活老鼠從車窗丟進汽車裡。警方說，車內的女性往往被嚇得尖叫跳下車跑開，歹徒就趁機把車開走，或搶走車上的貴重物品。

最後提出因應方法是，警方勸告女性駕駛，在路口等綠燈時最好把車窗搖起來，萬一有人把老鼠丟進來，不要怕，把車開到遠一點的地方停下來，再把老鼠趕出去。

這則新聞把事實安排得很好，掌握了閱聽人需要不尋常的因素，另外還有教育駕駛人的功用。

【新聞解析二】拉斯維加斯的司機可以說話了！

當記者的人都知道，做這行並不容易，因為一則新聞有了線索，從計畫採訪到完成還得花不少力氣。採訪線索對了，就是好的開始；警察局線索擴及各行各業，可說是五花八門。美聯社在民國八十七年十月二日的新聞就很逗。

新聞大意是，曾經到過美國著名賭城拉斯維加斯國際機場的人也許注意到了，機場門口的遊覽車、轎車司機都挺安靜的。這倒不是拉斯維加斯當局特別照顧殘障人員，專門用語言障礙的人當司機，而是這些司機怕挨罰，所以噤若寒蟬。但是最近這項禁令放寬了。（運用假設、對比來吸引人）

跟著敘述緣由，以往怕司機在機場搶客人影響觀瞻，駕駛只要在機場嚷嚷「到飯店」或是「我們比較便宜」這樣的話，一被抓到就罰美金一萬元，相當於三十多萬新臺幣。因為繳不起罰款，司機們乾脆就不開口。

最後說明現況——主要事實有，最近交通局發現，拉斯維加斯不論是大客車、小客車的司機老大，一到機場就一言不發、呆若木雞的站在車子旁等客人上車，也實在不太像話，所以決定讓司機開口講話。可是也不能多說，因此訂個了打招呼的規則，規定駕駛能說什麼！不過能說的話也不多，一共只有「要幫忙嗎？早、您好、晚安」這四句話。雖然只有這四句話，卻大受遊覽車公司及司機的歡迎，因為他們不必再裝聾作啞了。

所以以線索來說，警察局只是一個入口網站，找到有用的資訊寫成新聞，還是要花力氣的。

【新聞解析三】三歲小孩玩大車毫髮無傷

警察局報案及處理的事很多，像是下面這一則新聞就是從警局來的，美聯社民國八十五年九月九日的新聞，就報導了一則不尋常兼具年齡因素的人情趣味新聞。

新聞大意是，美國德州上周末一名三歲男童趁媽媽打電話沒注意時，拿走了車鑰匙並且偷偷溜出大門，進而爬上四門房車；以他的身高當然搆不著方向盤，於是他站在駕駛座上發動引擎，車子就這樣緩緩開出。當警方發現的時候，這個小孩已經開了三條街，其間還經過兩個交通繁忙的十字路口。

讓警方大惑不解的是，這名男童不但穩穩的站在駕駛座上，而且毫髮未傷。警方說，這個小孩可能是想要買餅乾，因此沒對他開罰單。

【新聞解析四】兩小賊栽在防盜耶誕樹手裏

在警局裏碰到現行犯被逮，那機會最好，來一個問一個，到兩個問一雙；如果加上現場處理的員警、受害人全部到齊，那就功德圓滿了。美聯社在民國八十九年一月六日發出的這則新聞，難度不高，但是十分有趣。

新聞大意是，五十九歲商人威爾森的商店，上星期兩度被竊賊闖空門，損失慘重；前幾天他改裝了一株有防盜功能的耶誕樹，這種耶誕樹偵測到異常活動時，樹上的一對眼睛會突然張開，然後發出「耶

誕快樂」的聲音，接著高唱〈耶誕鈴聲〉的歌曲。

接著是說明案發經過，主要的事實有，為了抓賊特地搬到店裡睡覺的威爾森，昨天凌晨突然聽到耶誕樹在唱歌，起身一看，兩名小偷正在收銀機旁偷錢；他拿槍射中一人的臀部，另外一名小偷腳部中彈。這兩人隨後被趕到的警察逮捕。

【新聞解析五】囚犯生日　倫敦警局寄賀卡

下面這一則新聞，看了之後一定會讓你啞然失笑，路透在民國八十九年一月十九日發出的新聞，以不尋常及同情為出發點，妙不可言。

新聞大意是，英國倫敦警方最近突發奇想，凡是被判刑的重刑犯，到生日那一天都會接到倫敦警察局寄給他們的生日卡。

下面的事實是重點，敘述的事實分別有，接到卡片的囚犯不會很愉快，因為卡片封面是倫敦警察局的照片，封裡是牢房房門的相片跟一句賀詞，寫的是：「欣逢閣下生日，倫敦警察局永遠跟閣下在一起。」

最後以緣由為重點──這個點子是倫敦東區警察局長想出來的，他說：以往擔心受怕的都是被害人，現在警察決定讓罪犯感受一下害怕的滋味。他說，他要牢裡的煙毒、強盜犯知道，警察沒有忘了他們。

這則新聞簡單、俐落，採訪的對象不多。您會覺得這位局長實在會運用心理學，市民及議會絕對支持他，如果競選民意代表一定連任。鄭重給政界人士一個競選良方！

【新聞解析六】車禍良心不安　司機自殺身亡

世間事有令人悲憤、傷感、幽默的，下面這一則具同情的成分，消息來源就是警局。這裡介紹美聯社民國八十五年七月十七日發自東

京的新聞。

　　新聞大意是，一輛油罐車今天在東京市區發生重大車禍，車子翻覆起火燃燒，消防人員花了兩個小時才撲滅火勢，幸好沒有人傷亡。不過事件發生後，這名三十六歲的司機不知去向，沒多久警方據報發現司機在公園上吊自殺。

　　2.法院──地方法院也是記者最容易找到人情趣味新聞的地方，像是公證處，經常有動人的愛情故事：異國情侶打破國界限制，靠著電子郵件往來，有情人終成眷屬；不顧雙方家人反對的新人，毅然為愛出走。法庭上也是人情趣味新聞的主力來源：欲修理鄰家惡犬，與狗主人打得頭破血流，兩造互控傷害，結果法官判各打五十大板──拘役得易科罰款；爭奪子女歸屬權，庭上不惜惡言相向，法官勸導後和平收場；家屬爭遺產上法院，官司未決，亡者過世三年無法下葬……，記者可以在法庭的旁聽席上信手拈來，就是人情趣味新聞。

　　通常我們在電視新聞裡見到的法院新聞，真是沒有看頭，當事人躲躲閃閃，審理情形又看不到。反而倒是報紙的新聞可看性較高。

【新聞解析一】受害人遺照相伴　隨時警惕

　　法院的採訪，不外乎是到庭採訪、就是依據判決書寫報導。為了快速翔實報導，還是到庭採訪比較好。下面這一則法新社民國八十三年六月十二日的新聞，來源就是法院。

　　新聞大意是，現年二十二歲的羅培茲，是在酒醉駕車中撞上正要上教堂的一家人，結果車上父母當場死亡，兩名子女身受重傷；其中四歲的兒子全身癱瘓，目前仍住院治療，五歲的女兒則是手臂及骨盆

斷裂。法官判他十年有期徒刑，同時命令他將罹難者的遺照掛在牢房裏，以玆警惕。

在寫作上，當然要把原因及判決結果放在導言中。報導事實要處理的明確，千萬不要抄判決書，一堆法律名詞，加上甲方乙方的，令人看起來費眼力。

【新聞解析二】 在家打老公　出庭撞破頭
婦女要求和解不成
血濺法庭喚不回另一半

《中國時報》在民國八十八年七月十五日的這一則新聞，出處是法院，重要因素是不尋常及同情。

（廖志晃／南投報導）南投地方法院下午驚傳血濺法庭意外，一名林姓婦人因毆打丈夫被控傷害，第二次開庭時婦人要求丈夫撤回告訴跟她回家；被拒後，林婦竟以頭部猛撞桌角，當場血流如注，法庭一片驚愕。法警立即叫救護車將她送醫包紮後，林婦又重返法庭陳述，最後經開導後才自行離去。

【新聞解析三】 倒糞洩憤　吃上官司

出一口惡氣，當然平復了怒氣。尤其是做得轟轟烈烈，讓對方無地自容、狼狽不堪，心裡真是興奮、好樂；不過惹上官司就另當別論了。路透在民國八十四年十一月七日就發出來自法院的人情趣味新聞，很妙。

新聞大意是，六十六歲的英國農夫坎農，跟新堡市的西敏國家銀

行因為金融糾紛，纏訟五年，單是訴訟律師費就花了十萬英鎊。半個月前他實在氣不過，載著一車牛糞到西敏銀行洩憤。從此，行員每天上班都得穿雨鞋涉糞而過，銀行花了兩個星期才把牛糞清理乾淨。坎農被一狀告到法院，坎農可以交保候傳，但是要先賠償兩千英鎊也就是八萬元新臺幣，支付銀行的清潔費用。

【新聞解析四】熱情握手要罰錢

法新社民國八十三年六月三十日的新聞內容，組成的架構資料完全來自法庭，由不尋常及同情兩種元素激盪而成。

新聞大意是，一名熱情的馬拉威人由於跟總統夫人握手時握得太緊，結果被罰六美元的罰款。法官說，正常人應該學習良好的行為舉止，這位青年所表現的卻像是要破壞彼此的友好關係；當事人則辯稱，他是在迎接總統及總統夫人時，情緒激動才會有如此失態的舉動。

接著運用法官的理由做結尾，寫作事實有，法官表示，這種情形如果發生在前班達總統時代，那麼下場將不僅於此；據了解，班達總統在位時，曾經濫捕許多無辜分子，而且不經審判就把他們下獄。現任總統穆魯茲在上個月十七日贏得總統大選，結束了班達總統長達三十年的獨裁統治。

【新聞解析五】妻子每天搬動家具　丈夫訴請離婚獲准

法院的人情趣味大多著重在同情、不尋常因素，表達上以Why、How為導言的重要項目。原因是進到法院的法律訴訟，一定有覺得受委屈的一方，而結果是大家關心的重點。路透在民國八十九年十二月十九日就有這麼一個好例子。

　　新聞大意是，譚那夫妻倆今年都是六十二歲。譚那先生以妻子行為異常為理由要求離婚。他告訴法官，結婚三十八年以來，他太太每天都要搬動一下家具。家裡的桌子、椅子、電視，只要不是固定在地上、牆上的家具，每天都會換個地方，下班回家，總要再找一次沙發、找電視、找飯桌。他實在受不了了，因此希望離婚。

　　受委屈的境遇很吸引人，重要事實分別是，為了治好寶琳，譚那說他把房子也賣了，和寶琳搬進了一棟活動房屋。活動房屋裡家具多半是固定在地板上的，可是寶琳依舊搬動可以搬動的家具。忍受了一萬三千八百多個不斷變動的日子以後，譚那決定離開寶琳。寶琳則告訴法官，每個人都會有點小毛病，她的毛病是搬動家具。離婚以後，她會繼續幫家具換位子。為了讓兩個人都能找到自己想要的生活，法官批准了他們兩人的離婚案。

　　3.消防隊——與消防隊同時出任務，一樣可以得到品質及數量俱佳的人情趣味新聞，消防人員奮不顧身搶救火窟的嬰兒、老人、殘障，收藏家由於一生蒐集的寶貴標本付之一炬而嚎啕大哭，都是感人新聞。消防隊員全副武裝圍捕自主人家逃逸、到處闖禍的皮猴，打火兄弟身手俐落的摘取超大虎頭蜂窩、與侵入校園的蟒蛇纏鬥……，都經常出現在新聞中，博得閱聽人的青睞。

　　最近這幾年有線電視新聞網紛紛成立，消防隊的新聞很多，但是大多數出現的都是熾紅火焰、水柱、擔架，卻很少出現人情趣味新聞，殊為可惜。

【新聞解析一】倒楣到家　兩次遭雷擊

　　這一則美聯社民國八十三年九月四日的新聞，線索來自消防隊，

也訪問了受災戶，不尋常及同情的因素油然而生。

新聞大意是，美國北卡羅來納州伯比一戶人家，兩次遭到雷擊，雖然沒有人死亡，但是這家人覺得倒楣透了。

新聞的主要事實分別是，一九五一年的一天雷擊中他家，把他從沙發上打到地上，使他疼痛不已，雙眼二十四小時以後才能看到東西。然而就在四十三年後，伯比的兒子東尼也在家中被閃電擊中，當時他感覺彷彿全身在燃燒一樣。東尼覺得他這兩年一直不順，去年他跟太太離婚，他開哥哥的汽車出車禍，東尼說，這兩年倒楣透了。

【新聞解析二】消防隊警鐘壞　教徒餓壞了

這一則法新社在民國八十九年十二月十八日的新聞，說的是馬來西亞霹靂州太平市消防隊的警鐘壞了，市裡的伊斯蘭教教徒，沒聽到鐘響，都不敢開齋吃飯。賣點是為什麼以及如何，妙的是消防隊將來怎麼做。

新聞大意是，現在是回教的齋戒月，每天太陽出來到太陽下山的這段時間，不可以吃東西。太平市消防隊每天太陽下山以後，都會敲響警鐘通知市民可以開齋吃飯了。沒想到，齋戒開始以後的第二個星期，鐘壞了，沒聽到鐘響，大家以為齋戒還沒結束，都不敢開飯，每天非要等到天黑才敢吃。

消防隊發言人說，要修鐘不難，難的是要把鐘從十二公尺高的鐘樓上搬下來。

4.監獄——監獄是這個社會陰暗的一角，但是卻有各式各樣感人的人情趣味，痛改前非的青年發憤圖強考上研究所、人犯槍決前與女

友在監所完成婚禮、罪行重大的殺人犯臨終前完成入教受洗；律師因案入罪服刑，替牢友寫訴狀翻案成功；電影《綠色奇蹟》不是運用人情趣味深深打動人心的嗎？

【新聞解析一】囚犯用牙線鋸斷鐵牢逞兇

在監獄中一個封閉的環境，充滿人性善惡的地方，有很多的新聞來源。德通社在民國八十九年三月二十一日的一則以不尋常為因素的新聞，很吸引人。

新聞大意是，美國德州東部考菲監獄一名二十六歲犯人拉萊，將牙線塗上牙膏或其他物質，使牙線變得更鋒利，鋸斷了牢房的幾根欄杆，爬出牢房。他離開牢房後，殺害正要前往淋浴的四十一歲犯人里歐斯。警方懷疑這起兇殺案可能涉及監獄內部不同幫派間的恩怨。

【新聞解析二】英國一名殺人犯救了警衛一命！

監獄中的人有善有惡，並不是犯人就沒有善性。法新社民國八十五年九月五日在監獄中發現了這麼一則新聞。

新聞大意是，即將出獄的殺人犯休斯，在監獄中看電視時，負責監視他的警衛正在吃橘子。電話響起，警衛急忙的嚥下一片橘子，以便接電話，結果橘子卡住氣管，無法呼吸。休斯發現不對勁，先是拍打警衛的背部，無效後，他把警衛的身體翻過來擠壓前胸，終於把害人的橘子擠出喉嚨。警衛表示：他非常感謝休斯救了他一命。

5.眼線——這是一個非常重要的線索來源，記者靠這些人就構成了採訪網，有了線索（甚至一個電話、幾句暗語）加上後續採訪，一

篇報導佳作就出籠了。

　　記者對眼線通常視為私產，絕不輕易曝光。眼線神祕性高，說穿了就不值錢，我有一位記者朋友經常有獨家，經過一再逼問堅不吐實，直到更換採訪路線以後，才知道他的眼線竟然是醫院急診室駐衛警。近年來影劇娛樂新聞突然進佔重要版面，觀光飯店的門侍、餐廳的侍者、櫃檯接待人員擔任記者眼線的機會也大增。

　　記者沒有眼線，就像打仗沒有情報，觸角根本伸不出去，可憐得不得了。記者這一行真是難做，腦筋清晰、語文表達順暢，還要交友廣闊、講話要有分寸、行事有俠義之氣……，不過，最重要的是為人處事要「真誠」。跟線民相處是一種「藝術」，記者收入一般來說並不豐厚，也不可能動用採訪經費支付線民費用，也沒有執法人員的公權力，最多跟線索提供者吃個便飯，送個小禮物，以程度來說大部分是以朋友的身分交往，所以只有以誠相待了。

　　另外，有一點非常重要，線民需要「教育」。因為他們對新聞是外行，要擔任適任的線民，最少要懂得什麼是新聞，甚至媒體如何處理新聞，這樣才能產生良好溝通及默契，如此必能事半功倍。

　　有一個慘痛經驗，我初跑市政新聞，一位交通警員天天打電話告訴我，哪裡哪裡的號誌燈不亮，他認為那是重大新聞，我則不堪其擾；幸虧及早長談，否則弄擰了，這個朋友就丟了，新聞也斷線了！我這位朋友在那次教育之後，真是功力大進，「惠我良多」。此人現擔任高階警官，一直是我好友。另外，首長、企業家的司機、祕書也是眼線最佳人選。

【新聞解析一】推理小說女作家　大手筆打賞
小費二十萬

　　德通社民國八十九年十月五日轉述英國《泰晤士報》報導，專門寫推理小說的派翠西亞‧康薇爾，最近在英國鄉下吃了一頓飯，竟給了五千英鎊的小費，大約折合臺幣二十二萬五千元。想想看，這就是餐廳眼線的線索。

　　新聞大意是，康薇爾最近在英格蘭鄉下的天鵝飯店吃了一頓十二塊半英鎊，大約六百塊臺幣的自助餐。天鵝飯店正在舉辦幫旅館員工籌款的活動。英國觀光業不景氣，旅館業發起慈善募款活動，增加從業人員的收入。康薇爾說，要是大家都能夠自助，這個世界就美妙多了。所以，她吃完飯拿出金卡，在小費欄寫下了一千英鎊。一寫完，她就改變了主意，又把一千英鎊增加成了五千英鎊。

　　新聞最後引用了事實資料，強化了報導的內容。事實包括了，康薇爾寫了一系列以女法醫凱史卡佩塔為主角的推理小說。好萊塢一家公司去年和她簽約，付了她六千七百萬英鎊，大約三十億臺幣，成了全世界最有錢的女作家了。

【新聞解析二】泡泡女士樂逍遙

　　您周遭的人告訴你一些有趣的事，如果沒人報導過，趕快採訪，不要讓別人搶先。美聯社民國八十七年九月十七日就有一則不尋常人物的人情趣味新聞。

　　新聞大意是，住在美國加州聖塔克魯斯附近的人，都知道鎮上有一位愛吹肥皂泡的小姐。大部分的人不知道她叫什麼名字，不過鎮上

的人都叫她「泡泡女士」。破題用得好，引人注意。

　　接著敘述事實，這位喜歡吹肥皂泡泡的女士說，每個人都有困難、心情不好或者是無聊的時候，她讓自己放鬆的方法就是吹肥皂泡泡。「泡泡女士」一個星期平均要吹八小時的肥皂泡，一有空或心情不好，她就帶著肥皂水到公車站、橋上、公園，甚至大廈頂樓去吹泡泡。

　　最後寫各界對她的反應，像是「泡泡女士」多半在人車頻繁的地方紓解她的情緒，很多駕駛人會按喇叭、揮揮手，或是對她微笑。小孩子看到她就更樂了。通常她後面都有一群追逐泡泡的小朋友。

第二節　兒童的來源

　　1.學校──學校是絕大多數人必經的過程，不同家庭的小孩聚集在同一個場所，不同特質、個性的小朋友在一起，他們的互動激盪出美妙的詩篇。全班同學捐出撲滿裡的零用錢，給家逢巨變窮苦的同學；以調皮聞名的小搗蛋，協助警方抓到校門口搶劫案；兩個國小學生未經任何人指導，竟完成輔助教學軟體，震驚教育主管；國小自治幹部處罰同學，竟然讓同窗吞下五十元硬幣。

【新聞解析一】不想上課　老師茶裡下藥
　　　　　　　老師暈倒　小朋友嚇壞

　　《中國時報》民國八十三年六月二十二日這則新聞的寫法，應該是訪問了校長，雖然來源簡單，但寫出了學童的天真、不尋常、年齡小的人情趣味因素。

　　新聞大意是，為了不想上課，四名國小學生在老師的茶裡下藥，這個惡作劇害得老師昏倒。

　　臺南縣新營國小五年己班導師李金池管教學生嚴格，楊姓學生帶了安眠藥到學校炫耀，蘇姓、郭姓學童天真的認為，如果迷昏導師就不必上課，於是唆使鄭姓學童下藥。上午第一節下課時，在導師李金池的牛蒡茶裡放了七顆安眠藥，李老師喝了以後，在上第三節課時突然昏倒，經送醫急救已無大礙。

　　校長陳輝清叫四名學生到校長室，告知下藥的嚴重性，四人才知道事態嚴重，一直發抖，哭個不停。

【新聞解析二】十二歲天才少年
　　　　　　入醫學院專修精神科、整形外科

　　校園裡不尋常、年齡和性別的因素，是常見的人情趣味。合眾國際社民國八十三年五月九日的報導就是一個好例子。

　　新聞大意是，美國加州十二歲的天才兒童卡克阿巴迪，即將從加州大學畢業，今年秋天他將到當地醫學院就讀，完成他成為精神科和整形外科醫師的美夢。

　　接著報導次要的事實，加強了報導的力量。內容有，住在加州橘郡的卡克阿巴迪智商高達兩百以上，他出生時頭部比一般人都來得大，六個月大時就能講話，十八個月就能看書，到及齡上學時，因為智商太高沒有一個學校可以接納他。因此在上大學以前，完全沒有接受過正規教育，而是聘請老師到家裡指導。卡克阿巴迪的父親原籍伊朗，目前是一位汽車銷售員，而他的六個叔叔都是醫生。

【新聞解析三】日老師以身作則
　　　　　強迫學生吃垃圾桶中的剩飯

　　也是不尋常及同情的因素，美聯社在民國八十三年七月二十六日的報導，讀後除了同情學生，見過許多調皮搗蛋的學生，其實我也同情這位嚴厲的老師。

　　新聞大意是，日本靜岡縣一名小學老師，發現教室裏的垃圾桶裡有剩飯，一氣之下，先要傾倒剩飯的學生主動承認，但是沒有人承認；這名老師便率先從垃圾桶中沾了三粒米飯吃下，然後命令全班三十一位學童每人吃兩粒。學校的副校長表示，這名老師是要教導學生珍惜米飯。學生吃過了在垃圾桶中擺了兩天的米粒之後，沒有人出現不舒服的症狀，不過，學校校長和這名教師已經向申訴的家長道歉。

　　2.遊樂場——小孩上遊樂場是盡興，大人去是陪公子千金盡義務；不過，遊樂場鮮豔色彩的設備、轉動的遊樂機、四溢的爆玉米奶油香、叫人垂涎的熱狗香氣、擴音器裡傳來的音樂伴隨孩子們尖叫聲……，烘托出歡樂的氣氛；一個忘卻身上殘疾的小朋友、一個發願得全校第一名以遊樂場為獎賞遠道而來的小學生、忟離分居的父親跟兒子相會；遊樂器設計人因為兒子提供靈感、歷經多次失敗終於成真，喜極而泣，記者的筆觸應深及被訪者內心情感及舉止反應，挖掘動人的人情趣味新聞。

【新聞解析】實踐愛兒遺願　雙親打造殘障遊樂園

　　這一則路透在民國八十九年九月十八日的新聞，把氣氛表達得很好，令人同情、感動，是一則很棒的人情趣味新聞。

　　新聞大意是，三十九歲的巴拉克女士，她無法忘記幾個月前探望九個月大的兒子約拿丹的情景，這個孩子因為脊椎肌肉萎縮去世，如果活著，也要一輩子注定靠輪椅行動。再者，幾年前，巴拉克女士跟她的小孩到一座遊樂場的時候，她看見一位坐在輪椅上的女孩淚眼汪汪地看著其他小孩跑上跑下。

　　新聞的情節急轉，有了解決方式──巴拉克跟她的先生彼得在哀傷中，找到了一種紀念約拿丹並且幫助其他小孩的好方法，那就是建立一座可以讓用輪椅、支架的小朋友盡興玩耍的創新遊樂場。

　　跟著出現的事實有，當他們募集了三十萬元美金以及一千兩百位義工的幫忙，一九九六年十月在康州西哈特福猶太社區中心旁，「約拿丹之夢」全孩童可使用的遊樂場啟用了。這個無拘束遊樂場的定義，就是坐輪椅、拿助步器、拄柺杖的小孩，不需要拿掉裝備就可以玩場內七成以上的設備器具。現在約拿丹之夢是一系列全孩童遊樂場的藍圖。根據美國政府一九九五年的資料，美國有數百萬個小朋友是屬於行動不便的小孩。

　　這個報導吸引人，在於時空交錯，以事實架構起一個動人的故事。請注意，不用形容詞，依舊能打動人。

　　3.棄嬰收容所──棄嬰的人生一開始一定是悲慘的，丟棄自己的血肉有不得已的苦衷，而這個被遺棄的生命，讓人們憐惜，棄嬰日後的機運也無可預測，只要被報導，就會吸引眾多閱聽人的注意。棄嬰發現的地方、隨身的小飾物、健康狀況、特徵、院方給他取的暱稱、未具名媽媽的懺悔函，每個報導點都會烙印在人們的腦海，憐憫之心油然而起。

【新聞解析】保母照顧棄嬰　全心付出無怨無悔

《中國時報》在民國八十二年二月二十七日刊出了這一則充滿令人同情、覺得不尋常的新聞。寫作細緻、感人。

（記者黃錦彥屏東專訪）「我不認識她，但我愛生命，我愛她。」

四十六歲的護士陳花粉犧牲了兩年的時間、工作及收入，以愛心收容了一名大家都認為養不大的先天性心臟病棄嬰，而現在這名三歲女嬰因心臟病急需開刀，更需要社會大眾的愛心與關懷。

原名張靜的江靜惠，於兩年前在屏東市婦安婦產科出生後，先天性的心臟病及顎裂就注定了她坎坷的命運，當時她的雙親登記姓名是張恆賓、張麗真。

七十九年十一月，張靜在出生兩個月後，被送進屏東市愛心小兒科診所住院治療，沒有人想到，當時照顧她的護士竟然就是她的救命恩人。

張靜的病不是一般醫院可以治癒的，住了沒幾天只好出院，臨出院時，張靜的母親以自己的醫護知識有限，懇求陳花粉擔任保母照料張靜，陳花粉答應了，可是保母費只收到六個月，張靜的雙親就斷了音訊，陳花粉心裡清楚：「小張靜被遺棄了。」

這樣一條小生命，父母不知去向，有嚴重的心臟病、顎裂，連喝牛奶都會溢出嘴外的女嬰，誰會要她呢？可是陳花粉珍惜這條寶貴的生命，她不忍心遺棄她，她到處找她的父母，找不到，她就以超乎常人的愛心包容她、關懷她，並且養育她。

「生的請一邊，養的恩情大於天」這句臺灣俗語正可以形容陳花粉撫養張靜的情況。陳花粉明知張靜難養又花錢，卻寧可辭去護士的

工作，專心撫養張靜，本來陳花粉也可以在家託嬰，補貼家用。但照顧一個張靜卻有點忙不過來了，最多只能再託養一名嬰兒，而託養這名嬰兒的所得，卻又全部花在張靜身上。

陳花粉指出，張靜現在只有七公斤重，等於六、七個月大的嬰兒而已，由於多病體弱，脾氣就較壞，動不動就哭鬧，加上顎裂，迄今仍無法言語，只能呀呀嗚嗚地叫，照顧她也就更加吃力，幸好家人都能以愛心去關心她，感覺上已將張靜當成一家人。

陳花粉育有四女一男，大的今年就要考大學，小的還在讀國小六年級，她深知生命的可貴，有人勸她，又不是自己的小孩又沒有錢，不如把張靜丟給社會科或警察局，但她始終不肯這麼做。

兩年來，陳花粉一直沒有放棄找尋張靜的父母，八十年初，陳花粉終於在恆春鎮找到狠心遺棄張靜的雙親。陳花粉沒有苛責，只希望張靜的父母將張靜領回撫養，而張靜的母親似乎有悔意，隨陳花粉回到屏東市，在陳花粉家中學習如何照顧張靜，不過隔沒幾天，張靜的母親再度不告而別，而這次以後張靜的母親再沒有音訊了。

張靜即將於三月六日住進成大醫院動手術，陳花粉深知開刀的高度危險，而不開刀更危險，在此生死關頭，陳花粉懇求張靜的父母：「這個時候總該來看看自己的女兒了吧！」

4.孤兒院——孤兒跟棄嬰在人生路途上一樣坎坷，陰暗的過程令人疼惜。他們有不幸的身世、離奇的遭遇、更有人間的溫暖。這些小朋友都有一段不為人知的故事，雖然在院方照顧下衣食無虞，但與一般在父母悉心照料下的小孩相較，雖一樣年幼，舉止卻成熟許多。

終身付出的院長，義工大哥、大姐的故事，以及無名氏的善心人士義舉，甚至孤兒出身事業奮鬥有成的企業家，澤被孤兒院童的題材，

都令人動容。

5.**尋人處** ── 大型活動、人潮洶湧的地方，一定有走失的兒童。悔恨焦急的父母，分分秒秒巴望著電話機或者警用無線電，鈴聲響起，不是喜出望外，就是啞然失望。而他們的愛兒，這時可能依然在某個角落忘情的玩耍、也可能知道大事不好放聲大哭、也許正被一位好心的阿姨牽著往尋人處而來。這些時空及情節，如果用心觀察描述，一定是佳作。

記不記得有一件轟動臺北市的新聞，那就是一位媽媽衝進便利商店買東西，急急忙忙結帳出來，氣急敗壞的發現市虎（拖吊車）把車拖走了，連車上睡覺的小嬰兒也一併帶走，最後是喜劇落幕。然而這則新聞也促使市政府嚴格限制拖吊業者的作業方式。說也奇怪，我經常帶犬子出遊，分分秒秒注視著他，有時稍一閃神就不見他的蹤影，幾秒鐘他就憑那雙小短腿跑得那麼遠，奉勸現在或即將家裡有小朋友的本書讀者，千萬小心不要變成被訪人。而記者先生小姐也不必擔心，世界上大意的爸媽很多，這種新聞絕對不會少。

【新聞解析】下車買水　兒在後　上車忘記孩子

《中國時報》在民國八十九年四月二十四日的一則丟兒新聞，登上了全國版，可知人情趣味只要強度夠、內容好絕不會被埋沒。

（謝敏政報導）來自高雄的葉姓婦女周末駕駛自小客車，載兩個兒子到嘉義六腳鄉訪友後，昨日上午九時許，順路在太保市便利商店下車買水喝，但沒有注意到原本在後座睡夢中的十歲兒子尾隨下車後未再上車，竟糊裡糊塗就開車返回高雄，直到太保分駐所緊急聯繫，糊塗媽媽才在中午立即回程載回孩子，結束一場烏龍事件。

第三節　動物的來源

　　1.動物園——動物園裡的各種動物，各有奇特的習性、模樣，顯現造物者的神奇及偉大。對動物的描述，例如：威嚴的獅子、憂鬱的猩猩、像掛上彩色面具的彩面狒狒、高雅的孔雀、急如閃電的花豹、急躁的猴子、自得其樂的河馬、纖柔的金絲猴、貪婪的土狼……，各種珍禽異獸擬人化的描述，都會引起閱聽大眾的青睞。

　　動物的習性也是人情趣味新聞的重要來源，例如：猴子沒事上下跳躍，外行人弄不清楚還以為牠正在練另類外丹功，其實猴子跟人類一樣講求生活空間，為了保持領地安全，這是一種告訴其他同宗不要侵入的方式。不懂這個訊息的二楞子再往前走，那就免不了扭打一場了。不懂規矩的小輩，碰到一般猴子還好，犯到身強體壯有如相撲力士的猴王，那就慘極了！保證牠頭破血流，從此深記教訓。電影《上帝也瘋狂》裡一個情節說，犀牛是原野世界裡的消防隊員，只要發現有火，一定前來用大腳踩熄，有意思吧！

　　動物園裡新進動物一定是新聞焦點，科屬、習性、產地、模樣、特殊運送方式、技巧……，就看記者如何掌握了。像是無尾熊、國王企鵝在臺北木柵動物園掀起的熱潮就是好例子，連隨同來的獸醫、無尾熊吃的特殊尤佳利樹葉得遠從老家澳洲空運來臺，都是新聞。

　　動物園裡的動物生老病死的生命過程也是新聞，例如：壽命最長的人工飼養大象去世、老虎產子舐犢情深，這種新聞讓人感動。像老是吐口水、丟香蕉皮、欺負籠外遊客的黑猩猩「自強」，就是我們這一代中年臺北人不可磨滅的記憶。

　　不過，採訪動物園要有技巧，飼養組要勤跑，動物醫院也不能忽略。一般來說，動物園不喜歡外人到動物醫院。理由一是怕病菌傳播，其二是，動物生病、死亡，難免容易被人解讀成照顧不良。

　　就像是前交通部政務次長陳樹曦先生的口頭禪："No news is good news"，而當時的動物園就是相當好的奉行者。記得寫了幾次動物生病、去世的新聞之後，每到動物園就有專人陪伴（很像是地陪兼公安），那種不自在不知從何說起。幸虧跟獸醫們交情好，加上對動物園環境很熟，每次到各園區點名，就會發現少了哪幾隻動物，容易發現新聞線索。

【新聞解析一】獅子長癩　王者之風何在？

　　跑動物園比較專業，而且能找到好題材的方法，要訣是勤跑獸醫室。民國六十八年八月一日由筆者撰寫在中廣播出的新聞，就是從動物醫院找到的。

　　你能想像威嚴的獅子卻長了一身癩皮，是如何的無奈？臺北市立動物園正在解決這個苦惱的問題。

　　市立動物園有十隻獅子，其中有八隻已經感染癩皮症，經過採樣發現是感染了青黴跟黑黴。受感染的獅子患處正在脫毛，脾氣暴躁。獸醫師剛鐵棟說，在外國獅子得癩皮症的情形也時常發生，臺北地區高溫多雨，加上梅雨期間濕度高，是引起獅子得皮膚病的主要原因。

　　對於如何治療這些獅子，剛鐵棟獸醫表示，獅子本來就生在乾燥的地區，對洗澡沒什麼興趣，所以不可能強迫牠們洗澡實施藥浴治療。對獅子打針效果有限，所以決定把藥做成藥丸夾帶在食物中餵給這些萬獸之王吃。

這則新聞引人注意，新聞寫法是表現病獅的無奈及同情。

【新聞解析二】猩猩老公愛看電視　猩猩老婆得憂鬱症

動物園的新聞有一部分是從飼養組管理人員問來的，美聯社在民國八十九年一月六日就有一則有關動物習性的報導，使人覺得擬人化寫法格外討好。

新聞大意是，俄羅斯聖彼得堡動物園有對紅毛猩猩，夫妻倆最近添了一隻猩猩寶寶，管理人員為了指導這兩口子帶孩子，特別準備了一部介紹猩猩育兒的錄影帶，想不到卻出現了副作用。

管理員發現雄猩猩跟男人一樣，有了電視就顧不了太太跟孩子。猩猩媽媽受到冷落，得了產後憂鬱症，也懶得照顧小猩猩。結果管理人員只好人代「猩」職，暗暗叫苦。

2.水族館——水族館的展示項目更是炫麗繽紛，優游的水中生物多采多姿，牠們的型態、習性也能吸引人們注意。尤其大型的水族館，像是加州聖地牙哥海洋世界裡的成員，經常就是被報導的對象，想必您還記得殺人鯨凱哥，牠離開表演場重回北海的盛況。採訪水族館的技巧大多與動物園相近，讀者可舉一反三，加以運用。

【新聞解析】殺人鯨凱哥　漫漫長路　終回北海老家

殺人鯨凱哥一臉笑意的模樣實在討喜，牠演過電影，千萬人看過牠在海洋世界水族館的精采表演。牠在世人的矚目下回歸北海老家，《聯合報》民國八十七年九月十一日的報導寫得感人。

（本報綜合十日外電）經過九小時的飛行，在與人類親密生活十

九年，且還成為電影明星的全球最知名的虎鯨「凱哥」，今天一路平安
的抵達颳著勁風的冰島故鄉，進入為牠特製的海上鯨欄中，為牠日後
放生大海作準備。

　　在全球媒體代表與工作人員的掌聲中，「凱哥」游入家鄉海域，看
到牠在將近兩歲時被捕後即闊別的浪潮，也重新聽到大海的聲音。當
被緩緩降入水中時，「凱哥」緩緩的移動身體，多年好友的四名潛水伕
幫忙，「凱哥」離開降下牠的吊帶，接著潛身下水，順著鯨欄慢慢的游
了幾圈。

　　3.動物保育區 —— 這是近年來保育觀念興起的產物，是維持人類
與大自然和平共容的一個特區。在這裡讓動物、植物保有適宜牠們生
存的棲息地。例如：每一年關渡水鳥保育區、屏東墾丁國家公園都會
有候鳥過境的新聞，甚至臺南七股濕地黑面琵鷺的生態（哈哈！有位
鄉土型現今還相當活躍的「偉大政治家」，當時不識這種瀕臨絕種的保
育動物，在國會殿堂稱之「黑面琵琶鷺」，引為全國笑談）。動物的習
性與人的情感交織，是適當的切入點。

【新聞解析一】夏日舞者——栗喉蜂虎　珍貴紀錄片上映

　　《中廣新聞》在民國八十九年十月十二日播出了這則有關保育區
的新聞，交代清楚、寫作細緻、生動是特點。

　　披著鮮豔橄欖綠的金門特有的美麗候鳥「栗喉蜂虎」，個頭小、又
好動活潑，號稱「夏日舞者」；在臺灣民眾來說，是一生難得一見的鳥
類，在金門，牠卻是每年夏天必到的訪客。牠們在金門築巢、繁殖，
形成金門鳥類生態的一大特色。

　　金門國家公園成立五周年了，金門國家公園管理處舉辦了一連串

的活動，其中最吸引人的，就是雙鯉濕地自然中心的盛大開幕。金管處表示，從慈湖到雙鯉湖這一段古寧頭雙鯉濕地，每年冬季都會有許多稀有的候鳥來過冬，是金門自然生態最豐富的地方，而一種叫做「栗喉蜂虎」的夏季候鳥，身軀呈現鮮豔的橄欖綠，更是臺灣看不到的美麗鳥兒。「栗喉蜂虎」每年三月下旬由南方飛到金門，進行生命中一個重要階段，那就是繁殖、撫育下一代。十月份會回到南洋過冬。牠的特殊生態是在土堤上挖洞築巢，因為活潑好動有「夏日舞者」的稱號。

金管處也特地拍攝了一支十六厘米的生態紀錄片，專門介紹栗喉蜂虎的生命歷程，讓遊客更能深入了解金門之美。拍攝這部紀錄片的鄧文彬花了三年心血，忍受夏天酷熱的天氣，長時間在沙地偽裝等候鏡頭，又得不時向駐軍解釋，二十三分鐘的影片花了三年心血。其中有一幕，一群栗喉蜂虎集體驅逐一條入侵巢位的臺灣南蛇非常精采。

【新聞解析二】環保組織鉅資買巴美拉環礁　保育新天地

這則《聯合報》民國八十九年五月五日的新聞，把歷史、現況、傳奇融為一體，敘述得很好。

（本報綜合五日外電報導）為保存其原始生態，環保組織「自然保育協會」決定買下巴美拉環礁。位於中太平洋的巴美拉環礁由五十二個小島組成，總面積兩百七十二公頃，是熱帶太平洋最原始的處女地之一。自然保育協會是從夏威夷的富拉德—里歐家族買下這群無人居住的小島及其銜接的珊瑚礁與礁湖。富拉德—里歐家族已擁有環礁近八十年。巴美拉環礁雖是私人產業，但環礁被視為美國領地，歸內政部管轄。

巴美拉環礁的兩百餘年歷史十分生動有趣，民間傳說它是一艘遇難海盜船埋藏印加寶藏的金銀島，所有珍奇寶物就埋在一棵棕櫚樹下，此外，環礁還盛傳是個受到詛咒的島嶼。由於許多上岸的水手最後都發生不幸，有人因此說巴美拉是個不幸的地方。巴美拉環礁還在一宗離奇謀殺案扮演要角，案件後來被寫成一本暢銷書，還被拍成專為電視拍攝的電影。巴美拉雖被視為生態研究的絕佳地點，但在一九七〇年代險些成為核廢料傾倒場。此外，二次大戰時，巴美拉一度曾是美國海軍的中途站，島上建有跑道與其他設施，但所有設施都已報廢且掩沒在叢林間。巴美拉現在已杳無人跡。

自然保育協會要保護巴美拉，是因其珊瑚種類是佛羅里達珊瑚群島的五倍，也是夏威夷的三倍。它是全球最大且罕見的路上無脊椎動物椰子蟹，以及一種紅腳鰹鳥的棲息地。此地的鰹鳥之多，僅次於有各種獨特動物棲息的加拉巴哥群島。此外，虎斑鮫、圓頭鯨、瓶鼻海豚、玳瑁龜、巨蛤都是巴美拉水域的生物。

4.博物館──這是一個很好的採訪點，可惜在本國出線機率度不高。其實博物館不但有豐富典藏，還有少為人知的研究人員，那真是人情趣味的寶藏。試想，如果一位考古學家經過多年考證，證實狗在五萬年前就跟人類共同生活，所以，狗是人類最長久的朋友，這個報導夠分量吧！

【新聞解析】澳洲科學界
以DNA複製絕種塔斯馬尼亞虎

從博物館研究人員的口中找到線索，集合了科技、歷史等因素，產生了這則有人情趣味的新聞。《聯合報》在民國八十九年九月五日登

出了這則精練的報導。

　　（本報綜合雪梨四日外電報導）澳洲科學家今天表示，他們已經從泡在酒精裡的塔斯馬尼亞幼虎屍體中，取出完好的去氧核糖核酸(DNA)，希望在數年內利用基因工程技術複製，使這種已經絕種的動物重現於世。

　　科學家一年前在博物館儲藏室發現這具幼虎屍體後，即希望能夠複製。這種老虎只生存在澳洲南部塔斯馬尼亞省。一九三六年，最後一隻飼養的塔斯馬尼亞虎死後，這種老虎從此絕種。

　　這頭幼虎並不是唯一屍體獲得保存的塔斯馬尼亞虎，牠只是比較幸運，屍體從一八六六年開始即保存在酒精中。其他的塔斯馬尼亞虎屍體都保存在福馬林中，福馬林會破壞DNA。

　　記者這一行就是要找值得報導的題目，要勤快才有成果；經過多年，我終於承認而且樂在其中的「跑」新聞，當然現在時代變化太快，採訪倚賴科技變得更方便，衛星、e-mail、網站……，便利多了，但要報導最真實，而且跟受訪人建立堅實的互動關係，還是得用跑的。當然科技進步了，現在不必用雙腿跑，只要踩油門、坐捷運就行了，既然省力許多，您就多跑絕不會吃虧、好處多多，不動就會外表癡肥、膽固醇過高、稿量太少、長官臉色難看……。

　　5.馬戲團──馬戲團在趨勢上已經沒落，不過，還是有機會看到這種令人興奮的表演。馬戲團裡的動物都是經過訓練，能表演各種技巧、模仿人類的動作、表演驚險的技藝。不過，在漂亮純熟的動作的背後，牠們的身世、艱苦的訓練過程、與馴獸師的互動、人類的感情，都是採訪的重點。

【新聞解析】馬戲團大象抓狂踩死人

　　動物的不幸遭遇、命運，值得大書特書。美聯社在民國八十三年八月二十二日發出一則馬戲團意外的報導，同情因素讓人震驚。

　　新聞大意是，美國夏威夷檀香山，二十日下午發生馬戲團大象抓狂意外事件。當時這個馬戲團正進行大象表演，馴獸師走向大象隊伍，在最前面的二十一歲大象突然衝向馴獸師，把他舉起扔出去，並踐踏馴獸師。隨後這隻大象衝出場外在街上亂逛，檀香山警方趕到現場立即把這隻大象格斃。推擠間有十三人受傷。這是這家馬戲團一個星期以來，發生的第二次大象肇事意外。

第四節　同情的來源

　　1.醫院 —— 進入醫院的人（我想除了產婦及整容患者及保外就醫的犯人，他們心情愉快以外）經歷病痛應該都是值得同情的，但是這大多數上不了新聞，除非是特殊的病症（費盡父母心力尋找名醫的黏多醣寶寶）、病患治療過程受盡千辛萬苦、以意志力不向病魔屈服的病患（周大觀鋸掉一條腿還樂觀地說，還有一條腿要暢遊世界）、意外事故的傷患（斷橋、翻車、火災……的傷者）、精神病患者、恐慌症患者集體治療相互扶持、先天有缺憾、奇遇等等。有人吉星高照，我有一位同事一天在公園散步，突然一位路人趨前問他的身體狀況，建議他去檢查，我的那些同事覺得有些突兀，但是一經檢查，確如那個路人所言，趕緊治療脫離了苦難；別急！還有後續，經過打聽那位路人原來是一位醫界佼佼者，退休後仍不忘救人……，這都是報導的題材。

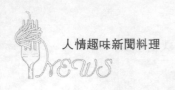

　　另外，有些人亟待救援，像是經濟陷入困境、命運多舛、開刀手術臨時缺少RH陰性血液等線索，在醫院社會服務部、公關部門都會找到。

【新聞解析一】全球最胖婦女過世

　　醫學是一門專業，一般人對複雜的醫藥知識都認為難懂，除了要常跑各科以外，對於特殊的病例、人物，醫院裡通常有發言人或公關單位提供新聞資料。美聯社在民國八十三年七月二十日的這則新聞，導言簡潔「全球最胖的婦女伊格今天去世，得年三十四歲。」軀幹的事實內容，處理得很好。

　　新聞大意是，美國密西根州弗林特的赫里醫學中心發言人歐格拉迪表示，伊格體重五百四十四公斤，去年曾經進行六個月減肥計畫，體重一度減輕了兩百二十七公斤。伊格去年七月出院後，由於飲食無度，體重又不斷增加，歐格拉迪並沒有宣布伊格的死亡原因。

【新聞解析二】天津小孩要壓歲錢　磕頭頸椎受傷

　　同樣是醫院新聞，法新社在民國八十五年二月二十六日農曆年過了不久，掌握不尋常及同情的因素，組成了一則吸引目光的人情趣味新聞。我們小時候還流行磕頭，現在小朋友只消鞠躬，說些吉祥話即可了。

　　新聞大意是，天津一名七歲小孩，因為過年期間為了拿壓歲錢，兩天之內竟然磕頭磕了一百一十四次，結果造成第三、四節頸椎嚴重歪曲而送醫救治。儘管如此，這名夏姓少年對紅包收入感到滿意，因為他賺到兩千九百五十元人民幣。

2.**太平間、殯儀館**——這兩個地方是人生旅途的終點，有人曾說：人的一輩子，不管是轟轟烈烈或是渾渾噩噩、一生平順、命運多舛，其實就是一本收支帳目，不管是盈是虧，結算的這一天就在這兩個地方。太平間及殯儀館瀰漫著哀淒的氣氛，除非必要一般人少去為妙，但是記者這個職業，非去採訪不可。往生的人遺留的這本帳裡，有太多感人的人情趣味新聞正待發掘。一位非常受尊敬的前輩去世，公祭的時候十多位黑衣女士，她們大多用黑紗覆面，分別在靈位前放置一朵紅玫瑰後立即離去，後來才知道這些黑衣女士全是這位前輩的紅粉知已，為何有此緣分，耐人尋味。

【新聞解析一】殯儀館等死　五天後被救回

下面這則新聞，許多媒體都有，看了真是不知如何啟口，情節不尋常有如羅生門。不幸，誰的錯？新聞說的是花蓮市一名七十八歲的劉老太太，病重昏迷，被家人送到殯儀館停屍間躺了五天等死，經民眾檢舉，警方強制送醫。劉老太太在醫院裡生命跡象穩定。《聯合報》在民國八十九年十月二十四日做了詳細的報導。

新聞大意是，劉老太太有三個兒子，並有孫子女多人，劉老太太在八十七年跌傷，經送醫治癒後送到安養中心，由於患糖尿病，到今年八月十九日送花蓮醫院住院治療。

接著以時間點發生的事實來敘述經過。九月二十八日老太太已休克多天，背部及腿部褥瘡嚴重，醫師表示要鋸掉雙腿，家屬認為老人家受不了，於是辦理出院。醫院交付空白死亡證明申請書，交代如在二十四小時死亡，要家屬填妥送回醫院。家屬說，當天就由葬儀社將老太太送往殯儀館停屍間，原因是家裡沒有地方可放。

最後附帶的事實有，花蓮市公所民政課經辦殯儀館業務的課員黃淑鳳，一大早就調查殯儀館管理人員何以讓未往生者送進停屍間「等死」。潘姓管理員說，老太太的家屬要求僅託放一天，第二天發現還未往生，曾要求家屬搬離，家屬不肯；潘姓管理員已經請辭。

【新聞解析二】男子愛車　至死不渝

路透在民國八十三年八月十九日的這則人情趣味新聞，是以雙「不尋常」情況呈現，一是新聞主角的痴，二是家屬的決定；兩個不尋常的因素，令人驚異。

新聞大意是，英格蘭西部布里斯脫的五十二歲男子坦哲爾是一位卡車司機，最近去世，臨終前交代家人，他要與他的那輛一九六四年雷鳥敞篷轎車愛車一起入土。

骨董車經紀商估計，這部一九六四年份的雷鳥敞篷轎車應該可以賣到三萬英鎊，相當於五萬美金。但是為了完成坦哲爾的心願，家屬還是決定把這輛骨董車壓縮之後，葬在它主人的身邊。

【新聞解析三】再見一郎　思念成河
　　　　　　　追思行船人　大哥大姐齊聚
　　　　　　　陳盈潔哭紅眼　余天眼紅紅

這則新聞吸引人，一方面是主角陳一郎一生起伏，令人感嘆；另一方面是寫作細膩、真情流露。以《民生報》在民國九十年三月二十日的新聞做為實例。

（記者施心媛報導）二月四日因肝癌過世的陳一郎，昨天眾多好

友在來來飯店舉行追思會。余天、阿吉仔、陳盈潔等好友，都前來追思哀悼，場面哀悽肅穆。許多人聽著陳一郎的歌曲，都流下思念的眼淚。

陳盈潔哭得雙眼都腫了，她用顫抖的聲音說：「一郎是個大而化之的人，他突然離開，這一、二個月我非常痛苦，只要聽到他的歌，我就受不了。」

曾與陳一郎同在名冠唱片的周嘉莉，回想與陳一郎的往事就悲從中來。「我們常常坐著老闆許安進的賓士轎車一起去上通告，我常看一郎大哥心事很多的樣子，有一次就問他，你有沒有跟別人說過心內話？他搖搖頭說：沒有。我就告訴他哪一天晚上想講心事，可以打電話給我。有一天晚上，他真的打電話給我，跟我講了很多心事，他告訴我，他活到現在，身邊什麼貴重的東西都沒有，就連鑽戒也沒有半顆。」

有一回周嘉莉和陳一郎要到金門勞軍，臨行前，周嘉莉偷看了陳一郎的身分證，發現勞軍當天是陳一郎的生日。「我去勞軍前，就去銀樓買了一只旁邊只有幾顆小碎鑽的玉戒指，想要在臺上送給他。」

當天陳一郎唱完歌，所有的歌手就一個一個獻花給他。接著周嘉莉就把準備好的戒指送給陳一郎。後來一郎大哥下了臺，就到後臺跟我說：阿妹仔，謝謝你。「這是我頭一次看到一郎大哥掉眼淚。」周嘉莉講到這段往事時，已經泣不成聲。

阿吉仔因為錯失陳一郎出殯的日子，這陣子覺得十分懊惱，昨天他特地從南部趕上來，阿吉仔以沉痛地語氣說：「我以後再也聽不到有人用那樣的聲音叫我『少年仔』了」。

余天紅著眼眶，說起陳一郎的演藝人生，十分感嘆無奈。「他在演藝圈有二十幾年的時間，有光芒的日子，也有光芒不見的日子，我相信他對演藝界的無情殘酷，體認一定很深，才會交代親人，如果他走

了，一切從簡。」

3.救濟院、慈善機構——社會福利做得再完善，還是有陰暗的一面；相對地，救濟院及慈善機構就擔負平衡的角色。在這裡有各種案例因為同情的因素值得報導。廣慈博愛院的老人經常上報，一般人的印象就是這些人難搞，其實，這些老人家的經歷，真是值得同情。

近年來，由於社會型態改變，連慈善機構也轉型，各種慈善機構如雨後春筍成立，如專收植物人的、智障的、殘障的……，採訪的重點除了不幸的個案，甚至社會善行義舉都在範圍之內。臺北市有一家知名的紅葉蛋糕店，許老闆不論颱風下雨，每天清早親自送蛋黃到孤兒院（做蛋糕只需要蛋白），一送就是二十多年，後來這些救濟院因為經濟情況改善表示不要了才停止，這種精神真是可佩。

許老闆當初隻身來臺三餐不繼，幸虧碰到貴人，到美軍宿舍打工的那位雇主太太是位烹飪高手，見他年輕且有悟性就傾全力教導，練就他一身好手藝。許老闆成立蛋糕店時正為店名煩惱，當時紅葉少棒隊獲世界少棒冠軍，名震中外，因而當時就決定取名「紅葉」。當蛋糕店賺錢，許老闆從新聞中知道臺東縣紅葉村距離市區遙遠，送傷患就醫困難，立即捐出兩輛原裝救護車給紅葉村。許老闆已經過世多年，他做的這些善行，鮮為人知，在此以饗讀者。

最近看到報導，日本阪神大地震組合屋災民的紀錄片，雖然是過了很久的事了，現在看起來惻隱之心依舊油然而生。九二一大地震全民捐輸，這種同情的力量有多麼感人！記者朋友們切記！切記！

4.戰區——人類是萬物之靈，而相互殘殺實在是世間悲劇，尤其是國與國、種族與種族、不同宗教的衝突，不用方法和解，卻用野蠻的方式、先進的武器屠殺對方，以武力強迫對方就範，強權之蠻橫令

人憎恨。

戰爭之可怕，戰事之激烈，如果能從難民收容所採訪，必能引人矚目，絕不是軍事發言人發表的新聞能比。基於人道精神，發揮人性光輝，戰區的採訪能提高層次，讓人類覺醒不要再讓殘酷的歷史重演。

【新聞解析】塞拉耶佛圍城一千日

這本書裡的新聞解析幾乎全部是輕鬆的例子，寫到這個例子，是心裡最沉重的一節。這則新聞把慘絕人寰的戰場，描述得令人動容，讀後的感覺，像是受到了強烈撞擊，久久仍能感到那種痛楚。鄭重的推薦中央社轉譯路透民國八十四年一月二日的報導給您，這篇報導分上下兩個長篇，因為篇幅的限制，擇重要事實來解說，非常感人。

一名只著睡衣的年輕婦女，赤腳走過冰凍的泥地，沿著陡斜的堤坡爬下去，涉足浸身於塞拉耶佛市的米亞卡河，顯然想要投水自盡。急流使勁拉扯她的衣服，她一個踉蹌跌入水中，一眨眼功夫，水面上只剩下她一綹秀髮，不久就完全失去了蹤影。驚懼萬分的岸上人們，躍入水中試圖拉她一把，結果是枉然。這名尋短的女子是被塞拉耶佛圍困給逼瘋的。到今年十二月三十一日，圍城正好屆滿一千日。

接著在新聞中說明，這個悲慘故事發生在兩天前，她的命運沒有人知道；但是內戰爆發到今天三十二個月過去了，死於波士尼亞和塞爾維亞狙擊手與槍砲下的塞拉耶佛居民不下一萬人，塞拉耶佛的公墓處處隆起新墳，受傷的居民數目已達五萬人。

新聞中敘述的重要事實有，現在決心保疆衛土的波士尼亞軍隊，與在塞城四周掘壕備戰的塞裔部隊對陣。雖然雙方在耶誕節前一天達成了停火協定，塞城四周炮火幾乎消失，當地人卻不認為這種平靜能

夠持久。畢竟波國爆發內戰以來，前後已達成數十次停火協議……。

第五節　幽默的來源

　　幽默的人情趣味新聞，在這七大來源裡最不容易獲得，也最難寫得好，街頭巷尾經常有令人會心一笑的素材，但是寫作不佳、取材不妥，常流為諷刺當事人的尖酸作品，所以要切記此點，寫作技巧容後跟各位再討論。

　　1.演說──一場演說短則三十分鐘，長則兩個小時，在這種長時間的講話表演中，如果內容平鋪直敘，結果一定枯燥得毫無生氣可言。主講人為了讓聽眾吸收內容，一定拿出全部家當傾囊相授，高段的演講人也會安排重點，分段製造高潮，並在適當的時候製造「笑」果，這就跟本節有關係了。

　　如果您愛聽相聲，一定會發現跟演講的手法相近，在適當的時間丟出「包袱」（也就是高潮、笑果），維持聽眾注意力集中而不渙散。

　　演講的幽默，大多跟主講人本身氣質有關。當然本身就有幽默細胞，加上精心設計，那效果一定好得不得了。如果幽默細胞稍嫌不足，但是經過巧思安排，也可以接受。如果一點細胞也沒有，偏偏又把包袱弄擰了，全場人笑倒，主講人就不好玩了。我有一位政界好友，在國外時間過長中文生疏，剛上任就應邀演講有關施政抱負，當然要讚賞前任首長的貢獻，他嘰咕講了一堆，話鋒一轉他說要「繼承遺志」，弄得全場先是寂靜無聲、繼而竊竊私語間雜掩不住的笑聲，我們以為是他故意丟的包袱，事後這位仁兄還很認真的問記者為什麼會這樣，煞是幽默！

　　「幽默」這個譯名來自幽默大師林語堂先生，茲引述他的著作的一段文字，為幽默做實證：

　　我創造「幽默」這個譯文，人家都叫我「幽默大師」。這個叫法一直沿用下來。並不因為我是一流的幽默家（我是最嚴肅的人），而在缺乏幽默的假復古世界裡，我是頭一個鼓吹幽默重要的人。現在這個名詞用得很普遍。甚至產生動詞的用法，「幽他一默」，意指嘲弄或取笑一個人。

　　林先生聞名國際時，我還是中學生；腦海裡記得最清楚的就是下面這一段：

　　有一次，我在臺北參加某院校的畢業典禮，很多人發表長篇大論。輪到我講話，已經十一點半了。我站起來說，「演講要像迷你裙，愈短愈好。」話一出口，觀眾鴉雀無聲，然後爆出哄堂大笑。報章紛紛引用，變成我靈機一動所說的最佳笑話之一。（林語堂，《八十自述》，遠景出版社，pp. 52–53）

　　從大師的這席話可以知道，幽默雖然有些是天生自然，但是，也可以盡心追尋，終有所成就；尤其是明知對這方面欠缺，但是在周遭有限條件下努力發揮幽默感，就算是不能成為名家，最少讓自己和別人心神領會、大家高興，不是一件樂事嗎？

　　2.訪問 —— 在這個來源方面，演講者及被訪人表達方面不完全一樣，演講人把主題準備好，以精采的架構及內容，用驚濤拍岸的攻勢迎向聽眾，所得的回響是掌聲、哄堂大笑或竊竊私語；而訪問出現的型態，是以記者提問，被訪人回答、解釋；問得普通，答得也就不起勁，有如擊鐘，叩重則聲洪；有記者欲訪愛因斯坦，諾貝爾得主應聲

「可」，不過有一條件，就是要看過愛因斯坦重要著作後再進行訪問。這一下，整得這位無冕王「粉慘」，光是研究入門理論就累得半死。說到此處也有所感，假若有一天，一位生嫩的幼齒記者，問你一些他自己完全不懂的題目，是跟他從ABC談起？還是簡單回覆？想必愛因斯坦老爺爺吃過苦頭，決定讓記者成長到可以談問題再來訪問，困擾就少多了，也是明智之舉。

「採訪是記者與被訪人之間智慧的交流」，記者要掌握問題流向、注意被訪人應答的重點、追問忽略的細節。除了鉅細靡遺的事實以外，重要的是要注意受訪人特殊的氣質及智慧，尤其是幽默的表現。千萬不要忽略這一點，在訪問稿裡有了這個成分，那就是一篇有活力、有光彩的報導。

已故中央研究院院長吳大猷是一位令人尊敬的學者，他有崇高學術地位，訪問這位老人家非得好好做功課不行。有一次記者結束了訪談，就隨興談談大師的生活點滴，看到屋裡許多獎座，記者好奇隨口問了一下，吳大師嫌這些獎座太占地方，不過他說這些東西也不是完全無用，他發現用來砸破核桃力道剛好、最管用。妙哉！人家千辛萬苦競相追求的獎座，他老人家嫌太占空間，還發現獎座妙用。這位大師日常生活的細節，呈現他天真、幽默的一面。

幽默性格或許來自天性，但是如果存心製造，也可以有很好的效果。前美國總統雷根常在電視機之前表演他的幽默，一方面固然是因為他天生具有幽默細胞，但其實也是他在這方面特別用心。

雷根一向要求在幕僚擬好的演講稿中，預留三分鐘講笑話的時間，以增加聽眾的興趣、鼓動全場的氣氛，並製造新聞情節。可見包裝政治人物的形象，是必須精心設計的。

3.**集會** —— 來自集會的人情趣味新聞是比較容易找到，寫作也是

容易表達的。集會有各種型態，如園遊會、酒會、研討會、婚宴、餐會……，參與的主持人、司儀、貴賓為了氣氛都會使出全力、絕招，讓氣氛High到最高點；如果掌握這些人的動態、講話、表情，就有佳作出籠。

　　有些反應奇佳的人在某些場合，隨口就會出現智慧、機智的話語，惹得其他人捧腹，不過有時對當事人嫌惡毒了一些。

　　大作家蕭伯納赴宴遲到，匆匆入席見正好烤乳豬上菜，對旁座說：真好！我就坐在豬的旁邊！此話一出只見隔壁胖女士怒目而視，蕭大文豪定睛一看認得此人，這女士為人一向不太友善，他立即指著那道菜解釋說：「對不起！我說的是這一隻！」yea！真是夠毒。

　　最近就有一個來自集會的實例，演出者、報導者的表現都是佳作，特別與大家分享。

【新聞解析一】白宮晚宴　柯林頓搞笑自娛娛人
　　　　　　妙語如珠　一展跛鴨總統幽默一面
　　　　　　播放自製影片　極盡自嘲能事舉座絕倒

　　幽默的集會新聞寫作要掌握氣氛，勾勒要傳神，那當然主角要出色。上文曾經說過雷根的機智、幽默實在高段。其實，柯林頓也是不遑多讓。《中國時報》在民國八十九年五月二日就有這麼一篇描述柯林頓高度幽默、自嘲的報導。

　　（黃建育／綜合一日華盛頓外電報導）任期雖然只剩下幾個月，但心情顯得相當愉快的美國總統柯林頓，在前天為採訪白宮的記者所舉行的年度晚宴上，妙語如珠、搞笑動作盡出，讓外界見識到這位美國元首輕鬆的一面。

　　柯林頓在這項有兩千六百位記者、編輯、政治人物及各界名流參加的晚宴上，除諷刺一干政敵及共和黨國會議員之外，更不忘時時尋自己開心。宴會結束前，他甚至播放了一段由白宮製作的影片，諷刺自己在第二任──也是最後一任──任期行將結束前，所面臨這段整天無所事事時光的窘境，而大部分內容是反諷外界對他下臺後何去何從的推測。

　　柯林頓首先開玩笑地說：「你們這些人可能認為我正在撰寫回憶錄，其實，我才不管什麼回憶錄呢！我關心的是如何寫履歷表。」

　　然後，他在一片掌聲及笑聲中繼續這段獨白：「本人可能會考慮在另一國家找個主管工作做。當然，我會選擇留在八大工業國家內。」

　　柯林頓接著把箭頭指向去年試圖彈劾他的國會議員，他以嘲諷的同情口吻說：「共和黨議員已經進入倒數計時階段，他們只剩下七個月的時間可以調查本人……，這麼少的時間，卻還有這麼多未回答的問題。舉例說，本人這幾個月瘦了十磅。這些肉都跑哪兒去了？為何我還沒向獨立檢察官舉證呢？」

　　此外，柯林頓也拿可能與德州州長小布希搭檔競選下屆總統的麥肯參議員開玩笑。由於麥肯在越戰時曾當過幾年的北越戰俘，柯林頓因而打趣說：「難道他吃苦還沒吃夠嗎？」

　　不過，這場長達三個多小時的晚宴之高潮，是播放一段柯林頓自我嘲弄的短片，凸顯這位「跛鴨總統」在即將交出大權之前，如何打發這段百般無聊的時光。只見影片中的柯林頓閒得不斷摺紙、或在洗衣間內看著烘乾機旋轉、或與參謀總長聯席會議主席薛爾頓將軍下棋。他開玩笑地說，自己最引以為豪的是贏了這盤棋。

　　另外，片中的柯林頓跟一般家居男人簡直沒兩樣，得時時修剪草坪、洗車，甚至為目前忙著競選參議員的妻子希拉蕊準備午餐、追著

嬌妻的座車送飯盒。

　　影片結束之後，賣力演出的柯林頓，受到了在場所有人士一致起立鼓掌。

【新聞解析二】緊追不捨提問　英廣記者勇得採訪獎

　　這則在頒獎典禮中採訪的人情趣味新聞很妙，筆下的政治人物大概古今中外皆然，而特殊的就是這位因為以「孤藤纏老樹」、「鍥而不捨」戰略得獎的記者。法新社在民國八十七年五月十六日的新聞，內容是英國廣播公司的一名電視記者，去年一連問了一名部長同一個問題連續十四次，獲得英國皇家電視學會頒發的電視採訪獎，讓讀者莞爾。

　　新聞大意是，去年英國有報導指出，內政部長霍華德跟獄政司長劉易士對獄政管理看法不同。報導說，霍華德強迫劉易士接受他的看法。這名記者問霍華德，他有沒有強迫劉易士，霍華德答覆時避重就輕。接著，這名記者又問他有沒有，霍華德又打高空。記者再問，一共問了十四次同一個問題。雖然，這名記者最後還是沒有問出所以然，但是他得到英國電視界的最高榮譽。

【新聞解析三】黃昆輝講話　一秒鐘值四十五萬元

　　通常議會新聞採訪真是無趣，冗長的報告加上煩人的數字，一堆人吵來吵去讓人耳膜長繭，但是細心觀察仍有人情趣味新聞。就像筆者民國六十九年六月十三日在《中廣新聞》的報導，就是一個例子。妙的是換算出數字，以及新聞中的對話及結尾。

　　臺北市政府教育局長黃昆輝，今天說了一分五十秒的話值新臺幣

五千多萬元。

臺北市議會教育審查會今天審查木柵新動物園的特別預算，市議員荊鳳崗、羅世凱表示：十三億多元的水電跟整地工程有灌水的現象，所以建議打八折通過。接著要求官員做三分鐘說明。

列席的教育局長黃昆輝站起來說：預算的「預」字就是估計的意思，如果發包以後有剩餘還是要繳庫的，現在刪減太多會影響工程品質，對不起參觀的小朋友以及住在裡面的動物。

在旁邊計時的市議員秦茂松表示：黃局長這席話相當有道理，他建議再加百分之五。教育審查會召集人高惠子跟其他議員仔細商量以後，十三億的預算打八五折通過。

事後秦茂松議員對黃昆輝局長說，這一分五十秒報告就增加五千萬元實在很值錢。黃昆輝接口說：「讓我再講十分鐘好不好？」全體議員都搖手說「不必了！」

4.滑稽表演——這個來源來自於才藝表演，像是中國傳統的相聲、南方滑稽，以及西方流行的脫口秀等；大部分在於模仿甚至引申、擴大時下政治人物、新聞主角的表現；如果表演得好，那真是唯妙唯肖，修理當事人的絕妙功夫，教人捧腹。此類表演藝術在我國因為國情的關係，以往較少涉及政治，如今國內興起的模仿脫口秀（例如最近相當走紅的「李祖惜」、表演總統秀的「唐從聖」、倪敏然演的「附總統」、高凌風飾「星雲大師」、大炳的「謝漲停」，真教人捧腹）以及相聲段子也有趨向褒貶政治人物的走勢。但是，在國外這種表演歷久不衰，走紅得不得了，大到全美黃金檔電視節目、小到小酒吧，都有他們的地盤。

這類人情趣味來源層次，比演說、訪問要稍低，但是大眾娛樂也

有它迷人的地方，畢竟含有幽默的成分加上娛樂效果，否則，在競爭激烈的大眾傳播界維持不了多久就銷聲匿跡了。記者在採訪這個來源時，要把握跟現今有關的話題、社會風尚，加上表演人的精采演出，一定有所收穫。國內有一位歌星兼綜藝演員——費玉清，歌聲清亮、人也長得清秀，他的模仿、笑話（尤其是成人的），真是教人絕倒。

第六節　奇異的來源

1.發明家集會——人類生活的條件需要舒適、有效率，發明家就是重要的推手。發明家從發現問題、構思、試驗、成果，處處都是採訪切入點，我國近年來在發明界享有盛名，每次國際發明大展在數量及質量都獲得豐收，證明國人的智慧以及保護智慧財產的努力成果。

我自市政新聞起家，第一次採訪發明展是中小學學生的科學作品展，一到會場各櫃檯仔細一瞧令我大吃一驚，有些作品真是極富創意。於是決定把展覽會有趣的發明做成系列報導，想不到效果很好，後來每年成為我固定的採訪事件，不但不以為苦，反而樂此不疲。

採訪發明家本身要有物理、化學、電子、機械……等相當知識，另外，一般發明家不善表達，有時要運用採訪技巧，讓這些害羞或沒有被記者訪問過的金頭腦說清楚講明白，用有趣、簡單的文字報導，深入淺出，一定可以吸引閱聽人的注意。

【新聞解析一】油條少吃　人生是彩色的

這則人情趣味新聞就是在會場找到的，新聞裡面的小朋友，如今可能都已經結婚生子。雖然新聞是我寫的，日後也有不少實驗支持了

這些小朋友的研究結果；但是燒餅油條實在太吸引人了，有時為了解饞，會裝著不知道冒險一下。介紹筆者民國七十年三月二十二日在《中廣新聞》播出的報導。

如果您去吃燒餅油條，發現炸油條的油是黑色的，最好不要吃，否則處理這些汙油的就是您的肝臟，會傷害你的身體！

臺北市師大附中國中部一年級的蘇怡仁、張雅芬、朱淑貞等十四位同學，在這次臺北市中小學科學展裡，以「炸久的油對白老鼠的影響」的研究，得到了特優獎。

在實驗當中，同學們把大白鼠分為正常營養組跟偏低營養組，然後再把這兩組分為新鮮油組跟炸油組；結果發現：低營養的炸油組老鼠發育不良、代謝跟解毒能力也差，並且有輕微瀉肚子、脫毛的現象，而且肝臟腫大。

這些同學在結論裡呼籲：炸久的黑油摻了新油，不能使舊油的毒質消失，反而會擴散引起複雜的化學反應，而目前大部分豆漿店炸油條是舊油加新油的方式，一直用到油變黑為止。另外，豆漿店把剩下的黑油跟麵粉混合做成燒餅、油餅或酥餅，這樣一來，真正處理廢油的是一般顧客大眾的肝臟，這一點應該值得注意。

【新聞解析二】機車加沙拉油　每加侖開一百六十公里

新發明通常有記者會說明以昭告世人，而寫這類新聞要讓閱聽人易懂且感覺興趣。《民生報》民國九十年二月二十八日所登載美聯社的報導就讓人有興趣。

新聞大意是，在美國賓州阿爾賓的汽車修理店老闆本尼契，組裝了一輛以沙拉油為燃料的哈雷機車「胖小子」牌摩托車。機車運轉的

聲響像電鑽聲，排氣的氣味很像剛出爐的麥當勞炸薯條。每加侖沙拉油可行駛一百六十公里。機車最大時速只能達一百一十二公里，但是燃料成本略高於石油。

　　2.嗜好展覽──經濟發展、社會多元，使得人們有更多時間、金錢花在嗜好上。像是集郵、煙斗、字畫、骨董、錢幣，甚至臺北近年來還有美食大展、休閒旅遊特展，因為門票價格不菲當時外界並不看好，結果第一天就把會場擠爆了，所以主辦單位信心大增，每年擴大舉辦。

　　在這個來源裡，展出的東西都有一段故事，尤其歷史長遠的天王級骨董滄桑史，就夠吸引人了。例如香港佳士得拍賣會上製造的高潮，從拍賣項目的介紹、到各方搶標、鹿死誰手，都是新聞。

　　清朝發行的大龍郵票大四方聯，全世界到今天還剩下幾張？值多少錢？不瞞您說，不要大四方聯，只要一小單張，您這輩子、下輩子都不用愁了！心嚮往之呀！

【新聞解析】骨董郵票220萬美金賣出

　　《美國之音》在民國八十五年十一月九日的這則新聞來源是拍賣會，讓集郵迷看上半天，不集郵的人也會注意到它不尋常的因素。

　　新聞大意是，世界上最珍貴的一枚單張郵票，也就是人們所說的「黃色三先令」，最近在蘇黎世拍賣場以兩百二十萬美元高價賣出，相當於新臺幣五千四百萬元。這枚一八五○年的瑞典郵票最初價格是二個瑞典幣（先令），因而有「黃色三先令」之稱，六年前它的拍賣價是一百多萬美金，六年後它的身價又暴增一倍。

3.博物館、美術館 —— 博物館、美術館也是一個寶庫，如果能沒事逛逛、多看些資料，並跟研究人員多接觸，一定有所收穫。採訪技巧如同展覽嗜好，請舉一反三，發揚光大。

【新聞解析一】銅牛角經不起折磨　小朋友手下留情

這則新聞真的是找到的，話說跑臺北市政路線，有一天經過博物館門前，看見銅牛的角搖搖欲墜，就近博物館問個詳細。現在經過襄陽路看見銅牛依然矗立，心中不禁泛起舊時記憶。介紹筆者民國六十八年五月二十三日在《中廣新聞》撰寫的報導。

臺灣省立博物館呼籲小朋友們,新公園門口的那兩隻銅牛可以騎，但是千萬不要再去扳牠們的犄角。

省立博物館副研究員何勛堯說，那兩隻銅牛裡由黃銅鑄造、犄角比較長的是公牛，紅銅鑄造比較胖的那隻是母牛。鑄造時間距離現在已經五十多年，本來是放在圓山的神社當貢品，身上還有大東亞地圖，牠們在日本投降後由省立博物館接收，從民國五十年開始在新公園門口展出，到今天為止在博物館門口站崗也有十八年了。

何勛堯說，這兩隻銅牛是用澆模方式做成的，所以各個部位厚薄不一樣，最厚的地方在頸部有兩吋左右，最薄的地方是腹部。因為小朋友到新公園都會去騎牛，把銅牛磨得發亮，但是有些小朋友喜歡扳牛的犄角，已經把角弄斷了兩次，最近才把它焊好。希望大家去玩的時候，要多多愛護這兩隻銅牛！

【新聞解析二】《麵包師傅的女兒》有枚戒指
　　　　　　拉斐爾最後畫作
　　　　　　專家修復該畫時發現模特兒戒指被蓋掉

　　藝術品中的新發現、加上歷史的描述，往往就成為一則很好的人
情趣味新聞。《聯合報》在民國八十九年十二月二十一日有關拉斐爾遺
作的報導，就充滿了不尋常的因素。

　　（本報綜合羅馬十八日外電報導）義大利畫家拉斐爾最後一幅作
品《麵包師傅的女兒》今天在羅馬展出。畫中人瑪芙莉塔露蒂是拉斐
爾不可一日或缺的美女，也是造成拉斐爾縱慾過度、英年早逝的「禍
水」。

　　更有趣的是，專家在修復該畫期間，發現露蒂左手無名指的紅寶
石戒指，竟然被拉斐爾塗蓋掉。

　　《麵包師傅的女兒》今年六月至十一月進行修補，而今大功告成，
義大利文化部長梅蘭德利親自介紹給世人。畫中美女坦露酥胸面帶神
祕微笑，拉斐爾在她左臂的藍色緞帶下簽下自己大名。今天是歷來第
一次揭露這名迷惑拉斐爾的美女，無名指上竟然戴有一枚紅寶石戒指。
專家在修復時，塗掉一層顏料，戒指赫然出現。

　　修復師馬特洛提說：「起初我們不知道她的手指有名堂，經過X光
照射才發現有枚戒指被覆蓋了，塗層應該是拉斐爾後來加上去的。好
像是拉斐爾先送給她戒指，後來不知何故索回，所以又把戒指塗掉。」

　　藝術史家指出，一五一八年拉斐爾在羅馬創作壁畫，瘋狂愛上露
蒂，常以她入畫。一五二○年拉斐爾去世，得年三十七，《麵包師傅的
女兒》也就是在這一年創作，是一幅未完成的作品。拉斐爾死後，露

蒂也到聖阿波隆尼亞修道院靜修。

4.劇院——想不到吧！劇院也會有人情趣味新聞。劇院表演是團隊的組合創作，奇異的劇情、演員、布景、道具、聲光、劇中人跟現實人生的巧合、新手法、新科技、新創意……等等因素，在在吸引大眾的注意。百老匯舞臺劇《貓》一演就是十八年，連落幕也成為全球新聞。

【新聞解析】妻狗夢舞臺劇　喜劇加哀愁

報導戲曲創作要掌握內容的精髓，讓閱聽人產生興趣。而其中的特點就是人情趣味的賣點。《民生報》八十九年十月十二日的這則報導，從導言破題到軀幹，都非常吸引人，可以說也是一種創作。

（記者紀慧玲報導）戲一開始，在床上。男人被一場噩夢驚醒，婚禮前夕有人背叛。戲劇繼續潛行，還是在床上。妻子被夢驚醒，夢裡，臺北盆地沉淪。

這是黎煥雄改編駱以軍同名小說《妻夢狗》幾個場景構想之一。一向被認為風格詩意，但色彩黯淡、主題嚴肅沉重的河左岸劇團，這次一改作品哀愁調調，一向不搞笑的黎煥雄說，他嘗試把喜劇氣氛與哀愁調調放在一起。

5.宗教社團——人類精神文明的主要支柱就是宗教，它既莊嚴又深入人們的生活。古今中外出現過多少堅強意志力加上宗教力量，而創造的奇蹟、奇事。雖然子不語怪力亂神，但不可否認的是，宗教的力量是驚人的。慈濟胼手胝足的成長茁壯過程，多麼吸引人，如何讓那些信眾堅信不移？有哪些奇異事蹟？都是值得報導的題材。另外，

曉雲大師發願不蓋廟、不做住持、全心辦教育，只靠賣畫、募款就建了華梵大學，光這一點就夠吸引人了。

　　而一個不可救藥的惡漢，一夕受宗教感召幡然悔悟，處處行善。雖然是經常出現在戲劇中的情節，但如果找到實例，那也是不錯的新聞，這種題材永遠是新聞。

【新聞解析】撒旦信仰流行　教宗為教友驅魔教

　　在國內宗教路線通常併歸社團，一般來說跑也跑不出什麼大新聞。不過，民國八十九年九月二十五日，德通社的這位記者倒是心細，整合最近的社會現象並擴大採訪，就有這麼一則驅魔的人情趣味新聞。

　　新聞大意是，由於撒旦信仰越來越流行，在義大利最近覺得自己著魔的人也越來越多，不少主教經常受邀驅魔，連教宗也加入驅魔行列。

　　接著在新聞中使用最近的事實，延續新聞的強度。事實有，為了照顧著魔的信徒，梵蒂岡正準備印一本義大利文的驅魔手冊。以往的驅魔手冊都是用拉丁文寫的。新手冊裡有一些新的驅魔祈禱文，新手冊也教神父防止魔派人士滲透的方法。據說，教宗最近也幫人驅過魔。前幾天，有一名十九歲的女孩見了教宗就胡言亂語。教宗把她帶到一邊，為她祈禱了半個鐘頭，這名女孩的神智才恢復正常。

　　為了加強新聞廣度，記者又以訪問加強了新聞結構；事實有，國際大法師協會的阿莫神父在訪問的時候說，由於失去了信仰，歐洲現在被惡魔附身的人比以前多了。而一名專門研究驅魔術的神父則說，據他估計，全世界有十七億五千八百六十四萬零一百七十六個惡魔，不過，他沒說他是怎麼算出來的。安東內利樞機主教說，最近請神職

人員驅魔的人越來越多，不過，不少人根本就沒有邪魔附身，只是自己嚇自己。所以，他要神父驅魔以前特別小心，沒有必要就不要驅魔。

第七節　冒險的來源

　　人類與生俱來的一項衝動，那就是冒險；不管大到近乎瘋狂的上天下海，熱氣球環遊世界、登上世界頂峰、劉寧生的帆船環球之旅，小到個人普通旅行，甚至已經納入全民運動的股市、大家樂……，都有冒險的成分。

　　每年四、五月是各上市公司開股東會的時候，有一天經過臺北市民生東路，交通嚴重堵塞，定睛一看，幾千人排成的長龍，排隊領股東會紀念品，有些人手上還有許多其他公司的領條，臺灣民間涉入股市的影響力，真是讓人震撼。敝國人民充分顯現「愛拚才會贏」的冒險精神，靠投資一夕致富、跌到傾家蕩產的新聞層出不窮（國內的十信、鴻源、台鳳、安峰、國產……，國外的鬱金香熱、密西西比公司、南海泡沫）；大眾一窩蜂無知的現象，連大科學家牛頓也吃了虧，牛頓也曾購買南海股票，有人問他對南海股票後事看法時，他說：我會計算天體運轉，但是無法計算一般人瘋狂的程度。（呂紹煒，《中國時報》，88.05.05, p. 3）就算不牽涉個人利益關係，這種新聞讓人愛看。

　　1.飛機場、碼頭──這就是交通的重要起訖點，進出的人形形色色，其中就有您要找的對象；當然你的眼線最好就是航空公司、輪船櫃檯接待人員，境管局、海關工作人員……，只要有特殊人士就通報一聲，那新聞就來了。個人或團體的冒險過程、成員特殊經歷、情境的描述……，都是報導重點而引人入勝。

【新聞解析一】撞船「小魚吃大魚」
九十噸的穩晉十號船首凹陷
兩千噸的東海六號……沉了

　　跑港區、機場新聞通常都有專人，有如特別行政區。在裡面發生的事情由路線記者全包，不管是犯罪、大人物、名人到訪、人情趣味全權處理。《聯合晚報》八十三年八月八日就有這麼一件離奇的人情趣味新聞。

　　（記者修瑞瑩／高雄報導）高雄港凌晨受到道格颱風影響，發生一起「小魚吃大魚」的意外撞船事件。九十噸的「穩晉十號」工作船，航經四十九號碼頭時，被強勁的西北風吹往岸邊，撞上停在岸邊的兩千噸級「東海六號」商船，使東海六號在短短半小時內沉沒，而穩晉十號僅船首略微凹陷，上午吸引許多人到碼頭圍觀，都認為不可思議。

【新聞解析二】被困十二天　幸運小貓獲救

　　這則新聞發生地在機場，路透在民國八十三年七月十三日發出一則美國一隻小貓被困在一架波音七四七飛機上十二天之後，幸運地活著被救出來的新聞。

　　新聞大意說，小貓的名字是塔比莎，六月三十日隨主人搭飛機從紐約到洛杉磯途中，從行李箱的貓籠中跑出，航空公司幾度遍尋不著，就放棄搜索。貓主人前天向紐約州法庭提起告訴，控告航空公司搜尋工作做得不確實。

　　新聞後段的事實有，在美國保護動物組織的幫忙下，航空公司昨天同意把飛機飛到一處安靜地點，讓貓主人單獨上機，找尋塔比莎。

皇天不負苦心人，經過九個小時的輕聲呼喚與搜尋，塔比莎終於重回主人懷抱。十二天不曾進食與喝水的塔比莎，健康狀況還不錯。

2.救護站——冒險成功的主角當然會成為英雄，不過周延的計畫有時也會碰到不可抗拒的因素，遭致危險而告失敗。這個點就是新聞的採訪前線，不管是冒險的主角或是進入危險環境的救援人員，都是新聞事件的主角。需注意的是，記者要有救難常識、身強體壯，不要妨礙救災進行，並且掌握最便捷的通訊器材做迅速的報導。幾次山難救援以及九二一大地震，記者除了個人通訊裝備，還情商使用救難單位的無線電，搭便車、直升機，發揮了媒體快速報導的功能。

【新聞解析】日本漁夫漂流四十六天獲救　恨透了吃魚

美聯社民國八十五年八月二日的一則新聞，敘述了一位漁夫遇難獲救，內容交代清晰，尤其是訪問當事人的感想，令人同情。

新聞大意是，六十四歲的日本漁夫宮里，六月十六日由琉球出海捕魚，途中漁船引擎壞了，在海上漂流了四十六天，這段期間他全靠雨水及抓來的鮪魚維生。

在新聞中提到的事實有，日本海上防衛廳人員在距離琉球兩千公里的海上發現了宮里的蹤跡。除了體重由原來的七十公斤，瘦成三十五公斤以外，宮里身體狀況還不錯，沒有其他健康問題，不過，警方還是強制他到醫院檢查。宮里表示，這段期間全靠魚維生，一提到魚他就覺得惡心。

3.旅行社團——冒險通常需要旅行社協助處理舟車飛機等交通工具以及安排住宿餐飲補給，這一個採訪點，不但可以提供冒險隊的計

畫，還能掌握進度、現況，非常重要。另外，各個社團也同樣的有冒險計畫，例如登山、泛舟、飛行、潛水協會，也可以找到報導題材。

【新聞解析】九寨溝雪景　美不勝收

寫景要傳真，才能吸引人，不過，要寫得好就得有功力。《民生報》八十九年十月十三日的這篇報導，就是一個成功的例子。

（記者吳學銘報導）中國大陸四川省著名的九寨溝，在前兩天下了入秋以來的第一場雪，這場秋雪宣告今年九寨溝的旅遊接近尾聲，但九寨溝一年中風光最絢爛的時候，也正屬此時，溝內成千上萬種變色葉，受深秋影響，營造出五顏六色，美不勝收。風光最美的時候，畫上句點，這就是九寨溝的魅力。

第4章

採訪人情趣味新聞
記者的條件

　　近來政界流行「條件說」，意思是說某個職位需要學歷、經歷，其實真正的理由就是已經選定了目標，條件說是保護自己在日後被攻擊的解套祕方。條件說的濫用已讓一般人產生惡感。不過，現代社會從事任何事情，都得有合格的能手才會有好成績。例如要成為一個專業廚藝高手，就得具備食品營養、衛生、刀功、火候、食材挑選的能力，然後還得參加職業證照考試。

　　綜觀有關新聞採訪的書籍，其中並無採訪人情趣味新聞記者條件的專章，所以在本章按照一般教科書中「記者的條件」為分類基礎，參酌實際人情趣味需要而撰成。

　　美國著名報人普立茲(Joseph Pulitzer)曾說，一個成功的記者，必須預定目標從艱苦訓練而成。他必須從學校、家庭、社會、事業及水災、火災、戰爭種種痛苦經驗中逐漸成長。

　　普立茲的這段話到今天依舊適用，只是現代社會分工更細，新學科、新行業如雨後春筍，記者除了新聞採訪寫作、新聞道德、傳播理論以外，還得深入採訪的路線，成為專家。除了普立茲的條件說，還可以列出十幾種條件。而要在一章當中說明白並不容易，且報導人情趣味新聞有一些特殊要求，在這裡只能以舉舉大者做介紹。這表示，

本章所寫的應該是基本要求，也就是基本功。

第一節　淵博的知識

　　美國廣播公司《夜線》節目主持人兼採訪記者的泰德・柯布樂(Ted Koppel)，名列《套出真相》(*Interview America's Top Interviewers*)一書中的傑出記者；談到成功之道，他認為：良好的學識涵養是必要的。在從事新聞界之前，他研究過新聞學、擔任過老師、鑽研過政治和歷史，這些都是他進入新聞界之前的基礎。(Jack Huber & Dean Diggins,《套出真相》, p. 59)

　　現代的記者角色，已經跟以前大不相同。新聞系的學生修一百多個學分，如果就憑這些成為記者，面對這樣一個分工精密、各行各業紛紛創新的情形，他們自己會覺得困惑，社會也會對他們擔心不已；且政治、經濟、社會、文化在現今社會都有複雜的因果和背景相互糾葛，沒有相當的學識為基礎，工作是極其困難，這些基礎建立於良好的學校教育。再者還要靠記者本人的好學、敬業才行。

　　早在一八八〇年，美國《紐約太陽報》採訪主任丹納就說過一句名言：「記者必須是個全能的人，他所受的教育必須有廣泛的基礎，他知道的事情越多，他工作的路子越廣，一個無知的人，永無前途。」

　　由於人情趣味新聞散布於各個角落，各路線都有人情趣味新聞的線索，尤其這個大千世界包羅萬象，事件紛雜，只有淵博的知識才足以有能力跨線，寫得深入，而寫好真實、準確的人情趣味新聞報導。

第二節　深刻的觀察

　　閱聽人對於媒體的感覺，通常以「眼見為信」、「耳聽為憑」，這是對媒體的讚譽，記者也都以這種要求為己任。要達到這個要求就要深刻的觀察。記者有了：⑴淵博的知識為基礎。⑵以敏銳的眼光接觸事實。包括：A.用科學的方法驗證事實的真偽，B.用歷史的眼光分析事物的歷史；綜合驗證分析之後，再跳脫可能羈絆的死角，達到精確、負責的採訪。

　　新聞與歷史的關係密切，今天的新聞就是明天的歷史。有人批評新聞不比歷史細緻、精確，這是當然。原因是史家可用長時間蒐集資料，記者要在截稿時間的壓力下完成報導，自然免不了失誤。雖說如此，這絕不是記者錯誤報導的藉口，而必須更小心、深刻的觀察，以審閱事實為最高職志。

　　觀察一件事物的因果關係，和它在整個歷史發展中所占的地位。譬如廢除國民大會的問題，記者如能了解這個問題的歷史趨勢，報導這個新聞時，他下筆的分量和立場，自然和一個沒有這種修養的記者，迥然不同。至於糾纏多年的核四問題也是一個好例子。

　　社會上有許多偽裝陷阱和騙局，足以影響記者的良知和判斷。記者用以破除這些障礙的武器，就是用科學家的眼光去觀察。所謂科學就是接近事實，譬如說一位總統候選人的競選演說，一個政黨為了選票所訂的政策，有時就需要記者做精確的分析。

　　一定有人說，講了這麼多都是大方針，如何訓練自己的觀察力？新聞教育沒有忽略這一點，在密蘇里新聞學院的採訪課，會突然進來

一批印地安人打扮的人鼓譟而去，老師立即要學生寫下有幾個人、時間、穿著、動作等細節，以考驗學生的臨場觀察力，而這一批原住民是老師邀請高一班的學長扮演的。而政大先期新聞系採訪課，就近去木柵指南宮戶外教學，回來就要考階梯有幾階、途中景色、遊客數目等細節，最近也有老師利用錄影帶觀看電影，結束就考劇情表現的事實。其實這就是深刻觀察的基礎，您可以從日常生活中做訓練，一方面訓練敏銳的觀察力，順便加強記憶力，好處多多，多用腦避免癡呆症提早到來。

在人情趣味新聞採訪方面，由於這種新聞的特色在於能打動人心，所以任何細節都必須掌握，被訪人的形貌、神態、周遭環境、特殊用語，如此才能有豐富的事實；在寫作時資源不虞匱乏，自然有出色的作品。

舉恩尼派爾報導夏威夷的部分文字為例子，您看看他的觀察多細緻：

夏威夷對他們那位偉大游泳家卡哈那莫庫的態度，幾乎到了虔敬的程度，他的個性與舉止行為近於至善，使得他幾乎成為古老夏威夷的偉大象徵。

卡哈那莫庫為已知的最偉大游泳家之一，年方二十歲，已成為舉世運動界的英雄，他參加過一九一二、一九二〇、一九二四與一九三二年四屆奧林匹克運動會。此外，他曾保持了游泳的多項世界紀錄，滿屋子都是他獲獎的獎杯，還有許多獎杯分散在全城朋友的辦公室裡。

卡哈那莫庫沒有結婚，我遇見他時，他已四十七歲了。——大塊頭、身材好、很英俊，他在你身旁巍然屹立，體重九十五公斤，沒有一點肥膘，雖然他那一度漆黑的頭髮，現在已成了鐵灰色，卻能對中

年說「呸」，他現在幾乎每天下午，都在威基基海灘玩街浪板。(《恩尼派爾全集——四十八州天下》，p. 237)

第三節 人文的關懷

這方面可分兩個層面來說：一是對人類包括個人社會的關懷，另一個方面，就是對其他動物，以至於全球環境生態的關懷。

每一個人都是人類社會的一分子，縱然有不同的種族、年齡、宗教、學歷、經歷……，但對人權尊重是一樣的。最近我們可以感受到的優遇殘障、老人、幼兒、原住民等政策，就是長久忽略某些族群之後的覺醒。甚至近來警政單位正式行文各單位，不得在嫌犯後面張貼罪行大字報，這都是人權的保障、人本的基本要求。

人類生而平等，這是二十世紀揭櫫世界的宣言，這個理想目前還正在推動尚未終止；其實背後的意涵，就是生而平等的基本條件依舊沒有達成，還有很多我們沒有做到的地方仍有待努力。先天的以及後天的不平等，只能靠社會制度加以補救，做到最低的底線。社會上有許多令人同情、感傷的事件亟待援助，記者應該以事實報導、以社會的巨大資源，協助這些陷入困境的個人及團體，弭平社會不平的地方，發揮人類相互支援、人溺己溺人飢己飢的偉大情操。

至於更大環境的人本關懷，試想人類以自我為出發點，為求改善生活品質，利用科技大量使用地球資源，結果造成的汙染、資源的枯竭，整個生態受到了影響，致使不少生物絕滅，令人惋惜。幸虧近年來人類體認到自己僅是地球村的一員，應該與其他生物和平共處。

人本的概念也就是我們中國人的悲憫惻隱之心，人情趣味新聞採

訪寫作，如抱著這種仁人之心以及仁物之心，作品必然洋溢著人性的
光輝，讓人回味不已。

第四節　高尚的道德

　　各行各業成為專業之後，就會有職業道德的產生，也就是中國人
通俗的語彙——行規。採訪記者應該遵守的道德項目，至少可寫出幾
十項，但是以現在新聞事業的需求，下面四種是必要的：

　　1.責任心——在西方認為新聞業是民主國家的第四階級，為穩固
社會的基礎。而新聞事業除了要在經濟上自給自足以外，還要肩負守
望、聯繫、傳遞文化、娛樂的功能。大眾傳播媒體既要維持經營成本、
講求經營績效、保障投資，又要肩負社會責任，其實並行不悖。

　　因為現在世界潮流都朝民營化，政府一方面無預算支應國營媒體，
另一方面，如果政府主導媒體人事經費，有箝制媒體的顧慮，所以，
近來黨政軍退出媒體喊得震天價響。而大眾傳播媒體基本上出售給閱
聽人的訊息是商品，但也是履行社會大眾託付的責任。

　　既然有了新聞自由，相對地就有責任，這種權力應以不損害國家
利益和社會福祉為原則。有人說扒糞新聞弄得厲害會動搖國本，如果
沒有傳播媒體這個監督機制，那這個社會不知成什麼樣子了。雖然扒
糞引起震撼、人心浮動，但如能引起正面的改革，那也是功德一件。
像是美國《華盛頓郵報》，在巨大壓力下窮追不捨的挖掘水門事件，善
盡職責，令人敬佩。

　　2.爭取新聞自由的意志——新聞事業經過多少前輩前仆後繼爭
取、抗爭，終於得到了今天新聞自由的成果；經過長時間跟執政者、

既得利益團體的抗爭，獲得社會大眾的認同，新聞自由已經成為現代基本人權的一部分。自由得來不易，消失也快，所以，現在的新聞人員既要成為新聞自由的爭取者也是保衛者。

記者在合理、合法的範圍之內，要充分發揮責任感，不畏艱難，執行社會託付的任務，縱使再多的壓力也要勇往直前。

3.獨立的立場 —— 世界上的新聞事業近兩世紀的演變，經過官報時期、黨報時期、現代報業時期。我國也經過官報、外人在華辦報、政論報紙的興起、黨報、自由報業的過程，到今天為止，新聞自由得以達到相當程度，可是憑良心說，要達到完全獨立的新聞事業，還有相當距離。

威脅新聞媒體獨立立場的因素，有政治、經濟、人情等方面，最終目的就是不要損害被報導單位或個人的利益。新聞事業的存在基石就是國家利益與公共福祉，高於特定團體或個人的利益。

新聞自由分內外兩種，一般人把注意力放在新聞媒體對外在環境的部分，這當然也對；不過，有些是跟媒體內部結構有關，老闆的喜好關係著新聞處理結果。一個朋友送我一個牌子，上面寫著：

OFFICE RULE:

NO.1　THE BOSS IS ALWAYS RIGHT.

NO.2　IF THE BOSS IS WRONG, SEE RULE NO. 1.

您想，老闆喜歡一個老唱反調的伙計嗎？答案非常明顯，所以在這種壓力之下，有些人會很狗腿，深獲長官喜歡，有些人會少碰老闆痛恨的觀點，以趨吉避凶。這種現象如今已經不甚明顯，因為老闆也愛惜名聲，動輒以個人觀點喜好、利益主導新聞已經少見，但是不能說沒有，新聞從業人員應對方法應該有定見。

4.準確、客觀、公正──新聞媒體面對的是全體閱聽人，必須接受全民的檢驗，如果不能堅守準確、客觀、公正的立場，媒體的公信力就是負數，必將受到淘汰的命運。

現代社會之所以進步，就是對事物之精密的探究，無論工具的、研究方法的進步，都是以準確為基本要求。傳播媒體報導新聞，第一要務就是準確；縱然阻礙準確的因素很多，受限於時間、空間的嚴酷限制，新聞要達到百分之百的正確，是不可能的任務；但是，這是社會大眾所信賴的專業資訊來源，追求準確是傳播媒體的挑戰，也是追求的目標。否則信譽殆失，閱聽人自然會流失。

每個人觀察事物，受限於自我學識、經歷、成長環境，各有各的著眼點，當然有不同的結果；甚至同一個人在不同的角度、不同的三度空間看一個花瓶，也會有不同的陳述。為了避免不客觀，新聞界用了純淨新聞只報導事實，把新聞與特寫、評論分開，正反兩方意見併陳，希望做到客觀。雖然如此，依舊有質疑的聲音，所以，追求客觀的要求是永無止境的。

公正也是新聞事業生存的基石之一，如果因為預存立場而報導偏頗，自然對被批評的一方不利，除了遭致反彈、面臨法律訴訟，也會遭致閱聽人的不滿，這樣的新聞媒體是自取滅亡。新聞媒體對於利害衝突任何一方的意見都要報導，不能只見一方的意見，而失之公允。另外，記者千萬不能因為大眾好奇心、或者少數人的利益，而傷害任何人的名譽。而新聞媒體也要有承認錯誤的雅量，發現有誤就要承認並且道歉，要知道，縱然以同樣版面、同等面積、篇幅、時間更正，隔一天出現，依舊不能恢復當事人的精神、名譽的損害。

人情趣味新聞的賣點，就是它滿足閱聽人興趣，引人入勝。有些時候，記者以為反正是一則動人的小新聞，影響性不大，就渲染部分

情節增加了可讀性，認為小瑕不掩大瑜，其實這種失真犯了職業上的嚴重錯誤，對當事人不公平，對閱聽人是一種欺騙。正因為有犯意，就不可原諒，而且不知悔改的話，將來一定會出大錯。

第五節　新聞鼻

　　外行人看熱鬧，內行人看門道，這就是外行人跟內行人專業上的不同。基於專業上的需求，記者對於何者是新聞、新聞價值高低都有一種直覺判斷，而內化成一種辨識能力，這就是新聞鼻。每個新聞人員都必備這項本能，如果不具備，或是敏感度不高，那就會經常漏新聞，表現不佳，弄得灰頭土臉。

　　以採訪記者而言，新聞鼻的解釋，應該包括下列四項：

　　1.有辨識何種消息能使讀者感到興趣的能力。

　　2.有辨識事件本身雖不重要，但卻能引出其他重要新聞線索的能力。

　　3.有辨識在一則新聞的許多材料中，何者為最重要的能力。

　　4.有辨識手上有的消息裡，某一部分可寫成其他重要新聞的能力。

　　新聞鼻有人認為是天生的，因為有的人具備高度的這項本能，真是天賦異稟。但是，另外一個說法是新聞鼻是鍛鍊出來的，記者每天觀察其他媒體的內容，除了做比較、蒐集資料、檢討得失以外，還有一個非常重要的理由，就是訓練自己的新聞敏感度，判斷自己的新聞鼻正確與否。所以，新聞鼻也可以是練出來的。

　　新聞鼻只是新聞作業流程的前端，如果只有此能力而不去努力的追，結果就是只有藍圖，卻沒有施工的工程。

例如：臺灣交通史上一宗重要新聞——民國六十年代公路局臺北基隆線班車車禍，記者追問司機肇事原因，整個車隊駕駛都抱怨煞車不靈，主管置之不理，追查之後發現全車隊煞車系統有瑕疵，整個事件的後續採購、賠償、懲處，引起社會大眾的關切。

另外，飛機上的空中餐飲殘羹剩肴到哪裡去了？記者一問就弄出了大獨家——製成了餿水油——出售給不知情的社會大眾吃下肚了，記者多問一句，就有了大新聞。

有的時候看到盡職的記者在那裡發呆，或者是沉思，千萬不要以為他們怠工，他們在思考、再思考，在新聞線索裡打轉。在訪問時抓到機會絕不放鬆，追根究柢，這樣才能善盡職責、做好專業需求。

人情趣味新聞最重要的採訪要領，就是要讓新聞鼻永遠保持警覺，千萬不要遲鈍。一定要蒐集整個事件的任何細節，不要偷懶，否則就會讓大好新聞從身邊溜走，而後悔不已。

第六節　幽默感

幽默可分三方面來說，一、永遠把嚴重的事情以愉悅眼光來看的能力。二、一人或一個團體被特定事件所逗樂。三、事件的本質讓你歡笑。(*Collins Cobuild English Language Dictionary*, p. 711)

依照字面解釋，幽默與喜劇(Comedy)、逗樂(Fun)相近；但是以深一層來說，幽默是處處可見，不管是讓人會心一笑、或是捧腹大笑，雖脫不了喜劇或逗樂的型態，但是流傳長久以及達到較高意境的幽默，卻是來自於機智(Wit)或智慧(Wisdom)。

在《華航雜誌》八十九年一月號上，看到賴德先生寫的一篇有關

幽默感的短文；文中敘述大文豪蕭伯納的新戲上演，他特別託人送兩張入場券，給當時已經下臺但人緣不好的前首相邱吉爾；在短箋中說希望邱吉爾親臨觀賞，如果他還有朋友的話（英文中的特殊用法，把附屬子句放在後面。就是這個子句用在這裡才毒得厲害）。邱吉爾也不遑多讓馬上提筆回信，他在信中說：因有要事，實在無法觀賞，希望還有下一次能參加，如果還有蕭伯納新戲的話。

這兩位老先生實在可愛，都聰明過人且都夠毒，最妙的是，都能運用高度幽默感，調侃對方保障了自己的尊嚴。

人情趣味新聞比起其他新聞採訪寫作，在幽默感方面尤其要突出，因為人情趣味新聞的一個賣點就在幽默。而記者自我對幽默的認知要強，還要多多練習寫作才會有佳作，否則浪費一個好題材那多可惜！

另外，經過二十多年媒體生涯，我倒是要把我的經驗告訴大家，有些新聞是有發稿時效壓力，要在極短時間完成報導，急得滿身大汗，上氣不接下氣，回想起真是狼狽不已。有一回一位記者說累得像狗一樣，想不到不遠處傳來一位同業微弱的聲音：「我累得比狗都還不如，老弟！」哈哈！如果有這種情形發生，請您改變一下心情，搶時間的要求不能改變，但是心情上要處之泰然。否則，犯了身心俱疲的職業病，健保掛號費雖付得起，身體健康亮紅燈就不好玩了。

還有，記者長時間一直處於無奈的就是要「等」；事件的發展掌握在別人手中，基於職責又不敢擅離職守，那就只好跟他們耗時間。那種時間消耗戰，真是讓人意志體力沉淪。有時看見電影的情節，戰壕裡的士兵在開火前打撲克牌，那種情境他們真是會充分利用時間；而我們的同業雖不能如此，最少也可運用幽默的第一點解釋，處處往好處想，讓自己過得高興點。最不濟的打算，反正要耗時間也可閉目養神，養足體力以待下個新聞挑戰。

第 5 章

人情趣味新聞的採訪

第一節　尋遍天下　俯拾皆得

　　就像是第三章開頭所說的，人情趣味新聞的來源到處都是，只是要有方法，否則茫茫人海，有如海底撈針，吃力不討好。其實，尋遍天下人情趣味新聞採訪廣度會加大，只侷限於小地方也會有不少，多到俯拾皆可得。千萬不要認為非得像恩尼派爾一樣上山下海、走遍天下才會有人情趣味新聞。

　　一般來說，採訪像筵席的採買，方式有兩種。有些情況是事先挑定主題，像是做海鮮大餐，設定好菜單上菜場。另外一種就是上菜場後發現可用之材，機動搭配成佳餚。照說應該是設定菜色再去採購為佳，但是，人情趣味新聞通常是聽到線索才開始動手，也就是上菜場去碰機會，發現了好食材再決定做什麼。這時才進入設計菜色的階段，而研究大餐的計畫。次序前後雖然與正常程序不一樣，前一段的特色是沒有預設立場、先看到中意的主菜材料，後一段才繼續採買副菜材料，與一般筵席先定菜色計畫的採買不同，不過到第二階段計畫採購就相同了。

　　下面這個實例，就是一個絕妙模式：先找到機會以後才計畫採買；

像是民國八十八年一月十九日駐巴爾地摩的路透記者Charles Cohen，寫紀念愛倫坡去世五十年的報導：敘述一名全身黑色打扮的神祕人士，五十年來在驚悚作家愛倫坡的冥誕日，都會到他墳上悼祭，並且留下半瓶法國白蘭地和三朵紅玫瑰的故事。

採訪角度之引人、時機之恰當、布局之巧妙、寫作之洗練，就令我感佩不已。這篇報導一定要收錄在本書的理由，是證明地方記者在採訪轄區裡的精心之作，電文傳到遠在地球的彼端，打動了許多讀者的心，激起人們的好奇，並帶動大家的情緒，多麼好的一篇報導！

新聞大意是，愛倫坡一百九十歲的冥誕，十個人天沒亮就到了西敏教堂的墓園。沒想到每年出現的那名年紀不小、病痛纏身的神秘客沒出現。原來，那名老人已經過世，現在有位年輕一點的神祕客接替了他的任務。（悵惘及希望同時出現）

跟著述說愛倫坡的生前資料，包括了他是美國第一個登上國際舞臺的作家。他寫的恐怖小說最有名，而他的偵探小說也很有名。也有人認為柯南‧道爾寫福爾摩斯就是受到他的影響。愛倫坡雖然在文學上成績斐然，他本人卻相當悽慘。愛倫坡在波士頓出生，兩歲父母雙亡成了孤兒。維吉尼亞州一個富有家庭收留了他，不過他遭到維吉尼亞大學以及西點軍校退學以後，他們也不要他了。後來他又參軍，稍後判了軍法，也成了酒鬼。一八四九年，他以四十歲的英年過世。

結束了資料說明，緊接著跳進現在，文中指出，過了一個世紀，一九四九年，那位神秘客開始每年按時在一月十九日零時到五時之間，帶一瓶藍帶白蘭地和三朵紅玫瑰到他墳上，喝上幾口，悼念一番，再把沒喝玩的白蘭地和玫瑰花留在墓地上。幾年前，這名穿著黑大衣，戴著一頂禮帽的人在墳上留了張字條，字條上寫著：傳統必須延續下

去，火盡薪傳。

　　文章在布局上跟著懸疑就來了，到底會不會持續？……從那時候起，有兩名五十多歲的人士就接替了老人的工作，每年到愛倫坡的墳上為他慶生。今年其中一人，三點不到就到了墓園，朝著墳墓深深地一鞠躬，留了一張字條寫著：原來到墳上致祭的人已經死了，但是，我們將繼承這項傳統。這項傳統已經傳遍了世界。愛湊熱鬧的日本人，每年也有人帶幾瓶清酒去攪和的。

　　以上這個例子，有些資料早就可以準備好，只等到那一天到現場採訪即可，甚至神祕黑衣客到與不到，A計畫與B計畫也可以事先推演，完成初稿。時候一到就可下筆快快交稿，漂亮的完成任務。

　　卜少夫先生民國八十九年十一月四日在香港辭世，少夫先生所創《新聞天地》十月停刊，亦成廣陵。看《新聞天地》時隔多年，內容不復牢記，但封面上有「天地間皆是新聞，新聞中另有天地」一聯，實在是這節的最佳詮釋。

第二節　鍥而不捨

　　我們知道記者的工作量極度不平均，此處所說的不平均是指受季節性因素影響，某些新聞人氣正旺（例如政權交替、金融風暴、八掌溪、尹清楓案、台開弊案、《台灣論》、墾丁龍坑生態保護區油汙染、內閣閣員換人……），擔綱的記者就快累斃了；由於版面有限，其他路線的記者很可能就要喝涼水、涼快涼快了。

　　路線記者忙碌、清閒，有如汪洋大海，潮起潮落；人情趣味新聞

在新聞媒體處理過程中，一般被視為弱勢；這不能怪記者、編輯，媒體上下一致要達成又快又重要的戰略目標，跟搶財產一樣，誰會先把價值低的東西，列為第一優先？

所以，記者在忙碌的時候優先處理硬性新聞，這是可以諒解的事實，不過也要隨時隨地的去挖掘人情趣味新聞。而正處於喝涼水階段的記者朋友，這時千萬不要覺得該放個小假、小寐一會兒，而是該出去找新聞，尤其是人情趣味新聞的時候。因為每天上桌的都是川菜，胃口會麻痺，上來一道口味不同的別系菜色，別說閱聽人愛，連編輯大人也愛。記者朋友切記千萬不要給自己找藉口，跑人情趣味新聞是有成就的工作，更要鍥而不捨。

採訪新聞鍥而不捨的精神，就像廚藝大師尋找理想的食材一樣；一定要找到合適的材料，絕不用代用品，一點妥協的空間也沒有。有經驗的採買一定在市場先逛一圈，看貨色、詢價錢，貨比三家到最後才出手，免得先買了以後發現更好的菜色，覺得後悔。這是一種堅持、一種對選材的執著。

近來看有線電視日本臺，日本人真有一套，廚師挑食材真是很囉唆，米要買某地、豆腐要某地某家、連醬油也指定商家，幸虧不是在我國公家單位，否則一定做不成，或者被移送法辦，因為我國公務機構必須嚴格遵守採購法。

記者的天職就是撒下綿密的採訪網，對新聞追根究柢，他要隨時保持旺盛的企圖心，自始至終以意志力克服困難，完成採訪的權利及義務，這是不爭的事實。

但是做記者最怕的就是——做了一段時間，對採訪的路線有「一切都如常」的感覺（依照個人狀況不同，症狀出現時機、輕重也不一樣）。這時採訪起來好像提不起勁兒，別人寫了一拖拉庫，自己卻喃喃

自語：「沒什麼嘛！神經病！炒舊東西！日常新聞嘛！」請注意，問題來了！

　　到這階段有人不予理會，日子像是「外甥打燈籠」──照舊，了不起有一點怠工，長官發現不對勁就稍微振作應付一下，不過，這位記者的事業從此就玩完了！採訪新聞接觸新事實的速率，剛跑新聞就像是乾海綿浸到水裡面，努力而快速的吸收，等到一定程度之後就停止，甚至靜止。如果這是記者的一個成長過程，新聞室裡的長官就會說：「不長進。」

　　有些人就會回想自己做了些什麼，左思右想不得其解，最後覺得沒有成就感，也就轉業了。新聞界有很多人才不明究裡就這樣消失了，真是可惜！我國新聞從業人員可能都在競爭狀態下，不願表達個人情緒，而新聞界每每要求成品，卻鮮少注意員工心理輔導。新聞主管一方面太忙，另一方面能熬到管理階層也必須有超人的能耐，天賦異稟吧！以他們的自我標準看部屬碰到的問題是人之常情。人才流失，其實是企業進步的絆腳石，新聞界是否應該設立心理輔導的「張老師」，新聞業的老闆們請三思！

　　筆者歷經新聞部記者、採訪組副組長、組長、副理，看過許多記者大朋友、小朋友，從青澀到成熟，從新進到退職，不難看出從困境掙脫的歷程；除了自我修煉一途（花費時間、精力太多並不經濟），最佳的途徑就是有過來人以經驗相授，指出一條明路，比無頭亂鑽有效得多。唉！為了許多可能進入困境的朋友著想，我在這裡多花一點Key-in功夫，做一點功德，渡一渡迷途的羔羊。

　　以下提出慰真處方(Wei-Jen's Remedy)。此祕笈不輕易授人，閱後請深記腦海，並隨時勤練招式，必能打通任督二脈、氣運全身、身輕如燕、練就一身金鐘罩、十八般武藝樣樣精通……，哈哈！

切記，千萬不要給您的長官及老闆透露此祕笈，要讓他們驚訝才有效果！

慰真處方

1.提升採訪的層次 —— 不是要把例行新聞(Routine News)放棄，否則你的主管會嫌你太懶、沒有鬥志，這樣不太好；為了擺脫困境，必須有新的方向及刺激，你要更深入的進入採訪路線，擺脫平淡、膚淺的新聞事件，找到更深入、更高層次的新聞主體。

例如：每一年都有蔬菜供需失調，如果只報導產量、價格，那就太遜了，為什麼？是天候？病蟲害？農業政策？人為炒作？找出原因及對策，不但善盡言責，對自己的採訪必有助益。試想與農業主管、學者談問題，人家把你當平起平坐的對象，那種受尊重的感覺，一定跟先前到人家那裡取資訊的局面大不相同。

試想您是有一手廚藝，受限於材料卻只能做幾樣菜；如果能跨越限制、融合其他菜系的優點，不是更有成就感嗎？

2.找出新切入點 —— 以往報導方式是不是「行禮如儀」？慌慌張張的到現場，記下臺上人的講話，眼光四處瀏覽沒什麼異常，收拾收拾就走了？同樣的頒獎典禮，可能受獎人背後的那雙推手，就是一篇好報導，這樣就能處處新奇、點點新穎，而走出平淡無奇的採訪模式。

說到這裡，就要奉勸擔任採訪的朋友們在現場早到遲退，會有意想不到的收穫。有些政治領袖堅持按表操課，節目安排得分秒不差；有些大官卻不受時間表的限制，行程隨他高興。記得以前植樹節是個大節日，按照慣例總統在當天必然在大公園裡植樹紀念；故總統經國先生原訂上午九點在臺北市介壽公園種樹，想不到他老人家八點就到現場、五分鐘後就完成任務，揚長而去。採訪記者們準時到達現場，

只見樹挺立在那裡、卻不見植樹人蹤跡，全部傻眼，每人心裡暗暗叫苦，但是在當時威權時代又不能發作，只能怪自己來晚了，走為上策，趕快想辦法補漏。

只有一位攝影記者當天家裡沒準備早餐，心想早點出門在介壽公園附近燒餅油條店將就填飽肚子；想不到一到公園附近警衛森嚴，擠滿了黑頭車，擠進去搶拍一張就成了獨家。

這件事還有後續，這位仁兄在植樹節當天是全臺北最紅的人，每個媒體都急著找他要相片，如果要不到，那就是漏大了，幸好他沒躲起來，同業每人一張，大家歡喜。而主辦單位臺北市政府以後幾年也特別在植樹節當天，為提前到場的記者們準備早餐。好玩吧！

當然以上是可遇不可求的事，但是如果早到現場跟有關人士多聊點相關話題，一定比別人趕場似的採訪要好很多。另一方面，採訪對象對閣下一定印象深刻，奠下交往的根基。這樣一舉數得，不是很好嗎？

就像廚師做菜一樣，老是標準化的配料、同樣的程序，最多保持一定水準，看不出創意，很沒成就感對不對？常客吃多了也會膩。所以，少油、少鹽、輕淡健康新主張，深獲老饕讚許。君不見法國主廚一定到桌邊受讚揚，滿臉得意狀，就是已經到達受尊重的大師意境。「君子不器」這句話可用在很多方面，想起來還真有用，材料入菜要大膽創新，水果入菜、藥膳能夠蔚為風潮，不就是好例子嗎？

3.回復正常作息 —— 記者生涯有時被人誤解為接近權力核心、整天光鮮亮麗；可惜，真正的情況是：工時超長、運動量不足、心情緊繃，每次應酬人餐菜色相同，能吃、愛吃的菜就那幾個，熱量超過標準、纖維質嚴重不足，極其不生理環保。想想看，這種生活模式，折舊必然驚人，體力衰退不言可喻。如果回歸正常飲食、作息時間，將

可點燃生生不息的身體動力。

聽過一個笑話，有人大老遠從美國中西部到紐約，站在街頭一刻鐘就打道回府，問他原因，他回答：每天在鄉下太無聊了，隔幾年來一次紐約，嘗試一下都市人吵雜的經驗就好。這就像日常生活的飲食一樣，每天大魚大肉總不是好事，一方面有損健康，另一方面三天牛排大餐，保證第四天看見牛排就沒胃口了。以上說的是一般人，我倒是對政商的那些領導人佩服不已，天天大魚大肉、應酬不斷、見仇人還得有風度，真是非常人的生活方式。可能就是強烈的企圖心支撐才能如此表現吧！

4.知足樂道——有更好的條件、做同樣的工作，甚至有升官的機會，不跳槽就是「傻」，就這一點請不要鄙視這種行徑，因為這是人之常情；但是經過這一陣媒體工作人員大搬風換血風潮，結果證明跳槽不一定好，因為風險性太大。聰明的讀者您可以回想一下，跳槽的媒體從業人員得到好處的並不多見，反倒是越跳越差的人，比比皆是。

俗話說：「做一行怨一行」，這是一種自我投射的心理反應，認為自己入錯行、跟錯了老闆；可是您知道嗎？媒體老闆雖然好像過得很好（我不是幫他們說話），其實他們也很辛苦。我認識一位電視臺的總經理，他每天一到辦公室，第一件事就是先看放在桌上的兩張報表，一分是昨天的收視率，另一分是當天財務收支；我問他為什麼這麼緊張，他說不是他特別，每一家電視臺的總經理每天都在同一時間做同一動作；媒體競爭之激烈簡直是頭破血流、你死我活。閣下的困擾，比起經營人的壓力，可說是輕鬆多了。

如果您是媒體工作人，所得可以養廉，把自己的工作做好，沒漏新聞就能過關，有獨家就是對自己的肯定，生活裡「簡單」就是美，不是嗎？你每天對比其他媒體的內容，老闆比收視率、銷量、廣告；

你負責採訪路線上的表現，老闆要扛起媒體營收的成敗，其實都是
「比」，只是壓力大小不同而已。有了這一點認知，您就會知足樂道
了。

　　5.開發人情趣味新聞──真不好意思，上面寫了這麼多，終於寫
到重點了。如果照著跑道一圈又一圈跑步，景色相同必然索然無味，
例如超級馬拉松，繞著操場連跑二十四小時，選手們以超強的體力及
意志，都會出現「撞牆效應」，何況你我這種凡人？

　　如果跑出跑道，在綠地上或跑上司令臺，回頭看景色，你一定會
目光一亮，高大的肯氏南洋杉、清秀的小葉欖仁、長滿艷黃色花朵的
臺灣欒樹、清麗脫俗的蜘蛛百合，絕對讓你駐足不忍離去。寫慣了硬
性新聞，硬梆梆毫無變化，就像用餐換個口味必然增加食慾──面對
千變萬化的題材，多采多姿的內容，巧妙的高潮部署，必然燃起源源
不絕的動力，走出採訪寫作枯竭的困境。

　　小兒子為就怕星期天在家開伙，理由是吃了六天家常菜，等待第
七天外食打牙祭是一種享受,結果星期天晚上在家換成海鮮義大利麵、
日式火鍋等新鮮菜色，吃得乾乾淨淨，胃口如此，人生亦如此。

　　以往我們計算世代是以二十、十年為計算標準，現在的辦公室生
態是以五年、甚至兩年為一個世代，很可怕吧！其實您看看周遭，五
年資歷就是資深記者了，後浪以迅雷不及掩耳的速度掩蓋了前浪，如
果換你當成新聞室主管，一進辦公室就見一堆耆老，心中有何感覺？
是不是該把他們換掉，帶領一支年輕隊伍打仗的感覺一定不錯。為了
不讓別人把你當成人瑞，請看下面這段私房話。

　　人到中年的迷惘，就像是爬山到了頂點，眼見後生小輩來不及拭
汗的往上爬，自己似乎已經到了顛峰往後只有下坡，那種悵惘不知如
何是好。尤其我國各行各業都呈現急速世代交替的狀態，任職久了，

後生小輩口口聲聲大哥大姐的稱呼，但是就怕那種視你如「老賊」的眼光。年紀、年資到一定程度，兒子女兒嫌你煩，老伴嫌你囉嗦，長官嫌你意見多，你陷入困境了嗎？人情趣味新聞就是重建信心、審視自我、以欣賞的態度看周遭的妙方。如果閣下正進入採訪困境，不妨試試「慰真處方」，病情一定大有改善。

第三節　新聞價值的判斷

一般新聞組織的作業程序，都是把空間與時間注入客觀化、常規化，來配合作業的節奏，進行新聞的採訪與編輯。

美國明尼蘇達大學李金銓教授認為，在空間上有人形容新聞採訪有如捕魚，網子越大、越密，打到的魚也越多。以地域性來說，把新聞分為全國性和地方性，但大部分的全國性新聞集中在幾個重要城市；其次以機構或組織為著眼點，一定以現有的、正式大機構為主要目標。在題材方面，還沒經過社會認可的人與事（例如分歧分子、婦女解放運動、同性戀合法化）在事件發展初期，通常是新聞媒體不願碰觸的議題，如果報導的話也是採取質疑的態度。（李金銓，《大眾傳播理論》，pp. 68–69）

新聞單位對於時間與新聞類化方面，就實際狀況來說已經練就一套應對規則，而且運作順暢。俗話說，兵來將擋、水來土掩，上有政策、下有對策，形容得真是傳神。

新聞單位把新聞粗略分為：硬性、軟性、突發、發展中、繼續中新聞，便於版別分類。而在時間區化方面：以我國報業來說，既然在臺灣就以中原標準時間為基準，本地政治、經濟、市政等新聞配合臺

灣地區作息時間，外電新聞大多以臺灣午夜為截止時間，除非有重大新聞挖版，其餘就是靠這種模式，日復一日進行。大規模的廣播電視媒體，就以二十四小時配備人力，稿量方面也是真能配合，臺灣清早美洲剛好晚上，重要新聞一堆，到中午本地、東亞新聞逐漸進稿，晚上本地新聞已經快結束，歐洲開始發稿，這種繞著地球跑的方式，實在配得真巧！

注意！學者專家認為軟性新聞項目中，人情趣味，無時間性，不一定要在嚴格的截稿時間內寫完。這類新聞事先可以搜集、寫作和編輯，時機到來馬上可以派上用場。新聞組織可以先指派專人去做，以便騰出人手，應付突發事件。

綜合以上所述，在時間及空間的限制之下，人情趣味新聞的地位就很明顯了；不過，人情趣味新聞衝破限制，躍居顯著版面也屢見不鮮，一方面是新聞性的需求，另一方面是記者養案（刑警常用的手法），在周末假日或稿量少時突破重圍上版了。

近來編輯作業的需求，都希望一個新聞事件分好幾條新聞處理；這是寫人情趣味新聞的好機會，把有人情趣味的部分單獨處理，也是一個寫作途徑。

事實上，採訪就像買菜，乾貨講究產地、品級，鮑魚、干貝等屬於高貴食材，可當主菜，而生鮮部分就要講求鮮度。菜場商家何其多，菜種又多得令人眼花撩亂，懂得買菜的人眼光一掃就找到目標，真有如弱水三千只取一瓢；做一桌菜，需要的材料有限（就像新聞單位受限版面、時段一樣），不需要的食材，就是沒有價值。

第四節　採訪的準備

1.**自尊心** —— 成功的記者一定具有高度的自尊心，這種修養能使記者在進行訪問時表現出不卑不亢的力量。但是有些記者因為自卑的性格，訪問時畏首畏尾，形同乞討。但也有態度嚴峻，猶如閻王斷獄。

如果以擬人化概括形容，刺蝟、小白兔，這是採訪記者通常出現的態度；當然不可否認的此種表現方式，牽涉到記者個人風格，但是否適當，值得探討。在人情趣味新聞採訪上，由於大多涉及沒有接觸採訪經驗的民眾，態度上應該溫和，但堅持新聞專業意理。

被喻為「或許當今世界上最老練的政治採訪記者」歐安娜・法拉西(Oriana Fallaci)，膽敢因為不戴面紗而與柯梅尼起衝突，導致柯梅尼拂袖而去，她堅持兩個半小時不離開位子，終於達成訪問。

麥克・華理士(Mike Wallace)，哥倫比亞廣播公司《六十分鐘》節目主持人，被人稱為老虎及掠奪者，對被訪人來說那真是一位難纏的對象。(《套出真相》，p. 35)

在我印象當中，有些同業朋友在行事態度上令人有深刻印象，他們對採訪對象的態度，冷靜有如外科醫生，咬住話題絕不鬆口，而訪談之間，面無表情只見冷峻的眼神。有一次跟被訪對象聊天，他談起被一位同業訪問的經驗，他說：跟那位記者的眼神接觸，直覺的感覺就是要說實話。要有這種氣質不容易吧！

我的好友前中廣記者劉屏、美國之音的周幼康，都不只一次的指出：美國民眾喜愛記者像是一把手術刀，當眾解剖新聞人物；在他們而言雖然更接近事實，但是親眼看見政客們被逼到死角，慌亂招架、

驚愕、憤怒，更有一層娛樂的效果。

不過，在我們的現實社會中，也經常接觸到記者低聲下氣的採訪策略，為了五斗米周旋於採訪對象，實在有失專業意理。

寫了這麼多，究竟答案是什麼？想必聰明的讀者一定會會心的一笑……「不必當兔子、也不必扮刺蝟。」你就是一位有為、有守的專業人員，敬重當事人，也希望別人尊重你。報導人情趣味新聞記者的態度，尤其要溫和。因為接觸的目標大多是沒有被訪問經驗的人，在形式上已經處於不平等狀態，所以非但不能嚴峻還得適當引導。

國人對於專業的認知較為欠缺且缺乏尊敬，一方面一般大眾對某些專業地位評價不高，而業者也不求改進層次，形成惡性循環。例如，中國人對廚師這種古老服務業的社會地位，認為反正是伺候人家吃飯，很平常、重要性不高，所以評價就不甚高；另外，業者也不求改進，以最基本的要求來說，你什麼時候看見廚房裡廚師穿著制式服裝、廚房用具弄得乾乾淨淨、整整齊齊的？有人說過，千萬別去餐廳廚房，這跟了解拉法葉艦軍購案一樣，東西吸引人，環境跟過程卻糟糕透了。

2.了解問題──記者採訪的本錢，除了採訪技巧以外，最基本的要求就是對採訪對象、事件的認識。假若身負採訪任務，到了現場發現對事件一點兒也不了解，那就無法做好採訪工作了。

各位看倌，我們經常勸別人，要為對方設身處地想一想；以被訪人來說，碰到一位什麼都不了解的記者，問的問題真是無厘頭，交代清楚就不知道要花多少時間，還要害怕他老兄不知寫出什麼，弄不好被閱聽人誤會，遭行家恥笑沒水準。而記者本身如果不了解問題，那也是痛苦得不得了，碰到好的受訪人有耐心，如果遇上修養不好的可能當場翻臉。

換個場景，如果到菜場採買，一去看到都是菜，什麼菜都不認識，

那從何下手？隨便買就做不出好菜了。根據經驗，產地大雨後蔬果品質差，千萬不要對貼上特價標籤的西瓜動心，興匆匆買了之後，一切開絕對是水瓜瓜，甜味盡失、組織結構鬆散，一肚子窩囊氣；如果颱風、東北季風強勁，漁船不出海，攤上的都是冰過的存貨、鮮度差矣！除了近海及養殖魚，其餘就不必考慮。河川枯水期因為汙染嚴重，蚵、蜆也少買。

買菜純粹屬於經驗累積，採訪也是一樣。對於問題深切的認知，一方面讓採訪任務順利，另一方面採訪的氣魄也大。這一點記者朋友絕不能疏忽。

第五節　爭取採訪機會

1.了解對象——記者碰到採訪主題時，第一個反應就是找「誰」?找到合適的對象才能作有意義的採訪。所以記者的生存條件之一就是有一本完整的被採訪人紀錄，其中包括姓名、出生年月、職位、政黨傾向、學歷、經歷、專長、著作等。最重要的是住所及辦公室電話，甚至祕書的資料，因為訪問重要人物，一定要透過祕書這一關。

最近新聞網如雨後春筍般成立，重要的型態就是「快」，除了要有充沛的採訪人力，另外一項重要利器就是完整的採訪對象資料庫。我見過某些電視臺、電臺的資料庫，分類之詳盡、搜尋之順手，真是方便。甚至還有某位受訪人表達不佳、會放人鴿子等註記。不過，建立此種資料要花費許多人力、時間，媒體及記者均視之為私人財產而不對外公開。

人情趣味新聞採訪難，了解對方是一個主要因素；因為線索找到

之後，你就發現要找的主角不是一般熟識的人，而他的背景又不全。此時只有靠提供線索的人以及警察局、戶政、電信公司等，才能找到相關的人。

買菜也是一樣，到哪個地方可以買到要的東西，當採買的人心裡都有譜，哪個攤位的品質適合，哪個老闆誠信度如何，心中自有一把尺。如果要的材料找不到，還可以向熟悉的攤商打聽。這樣買東西就輕而易舉，不必穿梭市場卻空手而回了。

2.設法接近——跟採訪對象初次見面最好親自直接到訪，程序上應該先以電話約定時間、地點，然後持名片往訪；不過，當事件緊急，也只有直搗黃龍。另外，有些新聞事件主角因自身利益不願曝光，記者就必須靠自己及媒體的影響力和魅力而接觸到目標人選。

有時候記者認為此次採訪必須成功，為了減少可能的困難，常常找到熟悉對方家人或朋友寫介紹信或打電話，這種方法很有效，一方面被訪對象信任感提高，另一方面多了一層私誼關係，難以推卸。

人情趣味新聞大多屬於單純個案，有時訪問一次以後就不再見面，如果說是短線操作，這也是事實，這種形式造成接觸難度高。所以，碰到這種情形時，記者要動用跟新聞主角有關係的人，其中包括了同學、同鄉、同事、親戚、朋友……，以接近受訪人。

最後這一點非常重要，跟重要人員打交道，通常得經過祕書這一關，所以跟祕書要保持良好關係。祕書有兩項重要工作就是(1)「過濾」電話，(2)「安排」約會，這兩項工作跟記者是否能達成採訪大有關係。有人靠跟祕書關係好達成採訪，也有人修理祕書，弄得祕書心生恐懼或厭煩而不得不安排採訪。當然也有祕書修理記者的情形發生。筆者也曾做過祕書，經常碰到難纏的記者小朋友，不禁回想當年採訪時對付祕書的手法，似乎得到報應！現在想起來，肺腑之言是：做人和為

貴，除非不得已，實在不必使出惡招。

　　另外，有些記者想辦法在車上貼了許多公務通行證，層級越高越好（車子最好是黑頭車），大多能穿越管制區暢行無阻。

　　3.耐心等待——傳播媒體到今天又惹人愛又令人討厭，愛你的人巴不得有機會上媒體，打響知名度；陷入緋聞、刑案的新聞人物，躲記者都來不及。但是新聞人物碰到敏感問題不願意接觸記者時，記者就要另闢蹊徑了。如果此人終日行蹤飄忽，可以到他家等候。或是他親朋好友家守候。例如前省長宋楚瑜請辭待命後就行蹤杳然，他周遭好友就遭記者採訪網籠罩，苦不堪言。而像是金融弊案、緋聞主角，只要案情曝光，通常也是躲起來避風頭，記者到這時候就要拿出渾身解數，以全心找人為第一要務。

　　所謂耐心，並不是指餐風露宿、竟日等待，或是孤藤纏老樹、死纏爛打，而是訓練記者不浮躁，能做長期的等待與追尋。一項政策實施後的追蹤也是重要新聞，像是教育制度大翻新的多元入學，學界叫了半天終於上路，但是反應如何？還有訪問大人物，除了各種阻礙以外，要有耐心等對方的處理程序；筆者在民國八十八年為訪問連戰副總統談千禧年，從寫企畫書、訪問題綱、敲定訪談時間，到訪問完成費時一個多月。真是需要耐心。

　　4.非常方法——人情趣味新聞通常不用此法，因為衝突性不高沒有必要。一般硬性新聞採訪上，如果以上方式不能奏效，那就只能寄望非常方法了！但須注意的是，不能離開新聞專業及道德標準太遠。

　　如果對方故意避不見面，記者不妨在新聞中說明找不到這個人的經過，如此可以暴露他不見記者的事實，社會上輿論自然不會對他諒解。而記者透過新聞人物身邊的祕書、朋友放話，交代對方或官方的證據、發言的嚴重性，此新聞人物八成就會現身了。記者有時碰到被

訪人堅不吐實的狀況，會用不利當事人的假事實，逼迫當事人情緒激動說出真話。例如：公車票價調整方案，明明已定案但祕而不宣，臺北市政府以前沒有交通局，公車業務由建設局主管，建設局長說：「不說」，他就是不說。此時有一位同業突然說，公車業者大罵建設局不守信用，講好全票十二元，結果怕議會反對私自降成十元，坑了業者討好議會，他們準備罷駛抗議。建設局長情急之下連忙說：「這些笨蛋！依照原案根本沒改」，記者大笑、歡欣鼓舞呼嘯而去，大大的局長室，只留下懊惱不已的局長。

第六節　如何進行採訪

　　1.解除對方恐懼——進行訪問時有如雙方交鋒，除非雙方熟識，否則很難勢均力敵；如果受訪者沒有受訪經驗，一碰到記者就渾身不自在、答話失序，當然訪問效果必定不佳。尤其記者發現受訪者不能進入情況，只要眼神出現煩躁、不耐，奇怪的是：這種情緒馬上會傳染給對方，成為惡性循環。當然這是一個不佳的採訪。

　　而電子媒體的ENG加上廣播的麥克風，對於受訪人來說，更是猶如面對殺人武器。記得出道時跑市政新聞，當時臺北市長是李登輝先生。李先生當時勤跑基層，通常有大批記者隨行，但李市長對採訪不甚熟練，經常是對麥克風講話聲音太小；為求清晰，麥克風就越逼近他的嘴巴，聲音就越小，結果是錄出來的聲音充滿了呼吸聲，轉折斷句的地方都是這個、嗯嗯、啊啊，廣播記者為了順利播出，剪錄音帶剪到手軟，真是廣播記者殺手。不過，後來李先生當總統執政十二年，每當上臺致詞，必然聲音高亢、夾雜民間俚語、凸顯的手勢表情，簡

直是不可同日而語。李先生有此功力，應該謝謝記者們的鍛鍊；被採訪的功力是可以訓練的，這是一個明證。有意從政的先生小姐切記，切記！

　　陳水扁總統，出道時是臺北市議員，筆者當時跑市政新聞，見過阿扁質詢的特色：言詞銳利、咄咄逼人，雖然當時圍於是市政層次，深度不及立法委員時的表現，但是已顯現強硬、意志堅強的特色。當市議員時期與記者相處，有如南投特產——青梅，外青內澀，受訪時緊張、需較長時間準備。至立委階段已經純熟，競選演講技巧已達高水準，我的好友陳哲明（也就是現今大大有名的公孫策）觀看阿扁政見會，聽到阿扁高舉右手講到「死嘛甘願」，臺下掌聲雷動，哲明低聲自言自語「當選了！」由此可見其充分掌握群眾情緒的技巧。

　　阿扁到臺北市長階段表現出個人特色，能以輕鬆語調化解困境（「有那麼嚴重嗎？」），還能消遣對手，提出反證，突圍而出。

　　筆者見過美式採訪時的暖身(Warm-up)過程，訪問之前從握手、閒談被訪人的家鄉、就讀學校……，解除被訪人的緊張。本國記者比較聰明省事，忙都忙得不可開交，哪有這麼多時間磨蹭？暖身這一點就免了，一見面就單刀直入見真章。難怪外國的現場訪問內容細緻，被訪與訪問者都揮灑自如，其實是有原因的。

　　記者應該以一種特質，能夠讓受訪者信任；記者表現出毫無惡意，他的目的只是要受訪者說出事實。就像《六十分鐘》(60 Minutes)主持人華理士訪問一位會計師，他跟這位受訪人說：現場只有你跟我，而這會計師竟然相信，其實這段現場訪談有四千萬人同時收看。（《套出真相》，p. 39）

　　上一節說過了，採訪就像是受訪及訪問者的一場對陣，遊戲規則由誰主導？總有一個章法。如何做到解除對方恐懼？希望您把握以下

幾點：

　　⑴進退有據：在提問題之後其實就是我方發球，等待對方回應，如果對方以長篇數字或辭藻堆砌，要客氣的導回主題。因為記者是在一個公平的地位執行任務，如果對方不誠懇的回答而浪費時間，記者有權利要求回到主題。就像買菜，如果牛肉灌水、臭魚爛蝦、冬蟲夏草裡有鉛塊，您不必多花時間，掉頭就走是上策。

　　⑵脫離桎梏：記者通常會碰到一個難題，那就是受訪對象提出要求匿名或訪談內容不列入記錄。如果答應可能為了誠信原則，就被綁死了；如果不答應，訪談勢必就此中斷，一個到手的線索就跑了。記者碰到這種情形，應該讓對方知道訊息來源不只一方，還可以從其他途徑知道，不會動彈不得。應該讓對方領略到，即使他不跟你合作，你還有其他方法可以得到消息。人情趣味新聞的對象如果提出這樣的條件，就要加以疏導，並且提出您的立場，當然記者可以用陳水扁常用的一句話：「有這麼嚴重嗎？」以無害為理由，就可以輕鬆解決了！

　　當採買的道理亦同，這家的貨色不錯但是老闆太黑心，您大可告訴他別家的報價，讓他自己去考慮。不過，據我的經驗，本地攤商碰到這種情形修養稍差，臉色難看，有時還會撕破臉、惡言相向。所以為了求其和氣，不說話，找另一家吧！

　　⑶鉅細靡遺：要把新聞事實弄得清清楚楚，當然是成功採訪的必備因素；採訪新手通常會悔恨忘了問某些部分，到寫稿時氣得搥胸頓足，結果不外是再找到新聞人物被他譏笑一番、鼓起勇氣再問；如果找不到，只好對那個細節避重就輕，甚至不談。總之，這樣不甚專業。不過，出此狀況也不必覺得難堪，有時採訪老手也照樣捅此樓子。

　　解決的方法就是傾聽對方的講話。很多記者為了採訪進度流暢，或是貪多、什麼問題都問，只等待對方話鋒一停就迫不及待的推出下

一題，結果像吃日本料理，樣多量少；最糟糕的是記者弄不清楚對方說些什麼，唏哩呼嚕就過去了，結果報導根本無重點，答案裡隱藏有重要訊息沒有追問，弄砸了一項採訪任務。

買菜時要多問，有時攤子太小，或者為了銷售策略，有些菜色是放在菜攤子下面，要多問再商量價錢，有時會有意想不到的收穫。

(4)庖丁解牛：面對一位受訪人就有如一座寶山，其中有無限的寶物正待開發；如果開發方法不對，那就是一堆垃圾。對不起……把受訪對象當成物品，不過，這可能是最適切的比喻。

庖丁解牛描述的手之所觸、肩之所倚、足之所履、膝之所踦，這都是表象，每當訪問之前，對受訪人就有明確的認知，訪問進行時對問題有如解牛，「每至於族，吾見其難為，怵然為戒，視為止，行為遲。動刀甚微，謋然已解，如土委地。」（出自《莊子》〈養生主〉）訪問時脈絡清晰，加上理性的歸納，即時尋找問題的走向，游刃必有餘地，自然是一個成功的採訪。記者在腦海中有一幅明晰的圖像，就可以寫出好的報導。

(5)圍點打援：這是共產黨的戰法，別小看這四個字，國民政府就因為這四個字，節節敗退而痛失政權。我國政權交替，也是民進黨在縣市長選舉勝利後，形成鄉鎮包圍中央，成就了今天的全盤綠化，而使國民黨痛失執政權。

應用在採訪上，記者可以用迂迴方式接近主題，讓城內敵軍心神不寧，一情急下錯決定破門而出，那就手到擒來大獲全勝。這種設立前進指揮所埋鍋造飯，伺機而動，迂迴到達敵境，既可深入又可收奇襲之效，為攻守俱佳的方式。

這好像買菜時要注意「挑」這個字，肉販的招數有一招就是你要裡肌頭，偏偏給你的卻是靠小的一邊，這時候就要表達堅決的決定。

或者攤商表示希望您包圓，如果品質不錯、可以有用途，價格超級實惠，不要喜形於色、就照單全收。

⑹交叉火網：熟知新聞專業的人都知道新聞要快、要正確，不過這兩者要兼顧似乎不很容易。如果要快只靠一個新聞來源最理想，符合簡單、具時效的要求。但是記者這行業如果這麼好做，那就不成專業了，因為這種單一來源雖有好處，可怕的是錯誤的機率很高。

在這裡介紹交叉火網，不但保護記者不容易陷入錯誤，而且讓記者的採訪更具可信；另外，由於多方比對可以找到新的新聞線索，如果繼續追可能就釣上一條大魚，成果豐碩滿載而歸。例如，美國二○○○年總統大選候選人第三次辯論，高爾表示支持「病人權利」法案，小布希是反對的；而小布希在答覆時卻說他也支持該法案。辯論會主持人列爾立刻要求兩造澄清，就是這麼一問才讓觀眾了解，高爾指的是民主黨政府提出的病人權利法案，而小布希所說的病人權利法案是共和黨的方案。這就是資深記者的功力，反應快，思路敏捷。

在採買來說，這個道理就是貨比三家不吃虧。有時出手快的結果，就是待會兒吃後悔藥。

2.談話的藝術——交談是一項溝通的工具，尤其記者這個行業應視為藝術，把握談話的技巧，當作採訪的利器。《禮記》〈學記〉云：「善問者，如攻堅木，先其易者，後其節目。善待問者如撞鐘，叩之以小者則小鳴，叩之以大者則大鳴。」

⑴自然從容：談話忌拘束，記者態度上不亢不卑，否則當事人無法打破隔閡而暢所欲言。記者要養成讓別人有一見如故的感覺。

⑵語言親切：交談要能成功就必須從關心對方開始，受訪人不論達官貴人以至於販夫走卒都是人，掌握人性裡關心自己的因素，採訪就成功了一半。掌握被訪人關注，或他所處的環境，並加以發問，

必能提高雙方的交談興致，談話由生硬變成親切。要注意一點，交談要用受訪人熟悉的語言，面對老先生卻用Y世代語言，結果一定不好。

(3)適時引導：受訪人所談的範圍脫離主題太遠，就必須拉回。有時受訪人會省略某些事實，這時候也要即時要求對方針對省略的地方詳細說明。何時插嘴要求對方停止或加註補遺，這是一個藝術，原則是要及時、且不能傷害談話氣氛。有幾次採訪碰到以上情形，心中一直大喊「笨蛋！你為什麼不叫他閉嘴？再下去你的採訪叫他弄砸了！」但是一直找不到對方停頓可以插話的點，急得不得了，真想不顧一切地打斷對方的講話。建議你，如果碰到此種情形發生，千萬不要像哈姆雷特「TO BE OR NOT TO BE」，趕快找一個對方講話的段落，說出要求轉變話題的插話。

有時受訪人字彙表達不好，您可以適時提醒某些詞彙供受訪人採用，當然有問題他會不採用，如果有用，雙方都高興。這種方式不能多用，弄不好會引起對方不悅。您知道為什麼出現「超級強烈颱風」？這個典故是有一次氣象局慣例在颱風接近時，晚上跟文字記者說明颱風詳細研判，做為日報發稿的新聞資料，結果那次颱風的近中心最大風速超過強烈颱風的標準，主持人不知如何定義，有位同業衝口而出說，那就叫超級強烈吧！氣象局長非常高興，記者更支持，於是創新名詞從此問世。

(4)言簡意賅：周詳而要言不繁是發問的要訣，問題最好不要太長，一方面對方記不住一長串問題，另一方面受訪人無法明確掌握你的問題。有心機的新聞人物恰巧利用題目太長，而故意不答某些問題，甚至有些受訪高手還會反問記者意指哪個範疇才作答。近來在記者會轉播中，有些記者的發問題目長得不知所云，真教人不敢領教。

又有些記者的題目不完整，甚至有邏輯上的問題，受訪人得此機

會虛答，採訪記者只有吃悶虧，無法扳回劣勢。

3.心記和筆記——通常採訪和寫稿被視為一個線性組裝，先採訪後寫稿，但是實際狀況是：採訪一開始，記者腦子就已經開始構思，訪問完畢腹稿已經完成，立刻就可提筆寫稿。腹稿重要依據，就是心記及筆記。

(1)心記：此招用於受訪對象有高度抗拒心態者，尤其看到記者振筆疾書，發言必然有所忌憚；另外，筆記速度比說話慢，訪問過程就會出現受訪人放慢腳步等記者，失去互動的機制。心記的能力是可以鍛鍊養成的，先是練習隔幾個小時回憶對方述說的重要內容，然後把時間拉長，如果還能把對方的談話要點追憶無誤，那就成功了。

心記有要訣，第一是理出要點（當然是要寫報導的部分，其餘不值得寫的就放棄）；第二，記住關鍵字，可以有效的避免遺漏重要事項。

(2)筆記：筆記是報導新聞的重要依據，它詳細記載事實，支應寫稿的材料，就像買回來的菜全攤在桌上，等待整理上料理臺。資深的記者經常在筆記上作記號，最常見的是星星、圓圈……，等到訪問完，他心裡就可以告訴你可以寫多少則、多少字，甚至連導言、軀幹都有譜了。

廣播老手不但在筆記上做記號，還會記錄錄音機上的計數，以便製作加入受訪人聲音的報導。而這種方式也應用在電視新聞作業上。好處是訪問結束，馬上就知道可以擷取哪個片段做新聞。

且聽一段神話（聽前輩說的）——有位資深市政記者跑議會新聞，每當質詢結束，他就把稿紙一扯筆記簿一闔就收工了，原因是稿子已經全部寫完，當時聽說真是無法相信。後來議會跑久了，身經百戰熟悉議會程序及議員、官員行事風格，加上老友指點，發現發稿快並無困難，筆記做得好，加上利用空檔發稿（有些質詢、答覆真是沒營養，

藉此機會寫稿避免浪費時間)。但是要達到那位前輩的功力，似乎不太容易。

科技進步了，採訪也必須使用便利的工具，錄音機現今成為一種重要的輔助工具，一方面記錄所有細節便於整理，另外，避免受訪人事後否認說過的話，可以佐證記者的報導無誤。不過，使用錄音機的條件是：(1)要告訴受訪人只做記錄用，否則會被對方指為祕密錄音，有失誠信專業意理。(2)要有筆記作為主要題綱，不然沒有頭緒重新倒帶再聽一遍，事半功倍，弄得心慌意亂，交稿遲了排不上版或時段，吃上司一頓排頭，甚至要受到處分、影響考績，那就划不來了。

第七節　訪問的平時基礎

1.建立私人友誼——私交是一種人際交往十分特殊的觸媒，這種兼具物理性（熱度輻射）以及化學性（感情）的溶劑，打破了人與人之間的藩籬，拉近了距離。新記者最不能理解的是為什麼老記者進入受訪人生活空間，好像進入自己的家一樣輕鬆自在。採訪新聞碰到大場面都要經過安全檢查，老記者輕鬆過關，新記者就得規規矩矩一點不馬虎。

建立私誼之後，對記者來說有許多方便的地方：(1)可幫助你，提供消息。(2)交談中可獲得重要新聞線索。(3)獲得有價值的背景知識。記者有些絕招，為了求證會打電話給參加決策會議的老友，只跟他說你不要講什麼，三秒鐘不說話，那就「是」啦！私誼的重要性可見一斑。

我有一位老友，買菜已經到了跟固定交易的眾多老闆成了莫逆，

不但有好貨色會自動留給他，甚至點名的菜色，如果菜色不好會拜託他不要買。厲害吧！

2.恪守職業道德──在記者的條件裡說過記者需要高尚的人品，不過這種人格特質，還需要專業信守來支撐規範，簡單一句話就是守信。守信可分為兩方面來說：

⑴在未得允許之下不要把私人談話用於新聞，尤其在給予對方不發表消息的保證之後，再破壞這個諾言。如果記者不遵守諾言，欺騙了受訪人，結果必然斷了後路，不會有下一次了。而嚴重的後果就是對方否認、更正，甚至纏訟。

⑵堅持不透露新聞來源：不做記者永遠不能知道這一要求的重要性。不說出新聞來源，基於道德的成分最多，法律上並沒有絕對的根據。但記者不說出新聞來源，也可能因誹謗罪判刑。近年來有個實例，就是美國《華盛頓郵報》對於水門案報導中的「深喉嚨」，在排山倒海的壓力下，一直堅持不透露新聞來源；也就是得到深喉嚨的信任，一步一步證實總統違失，導致尼克森總統辭職下臺。所以，記者一方面要堅持道德上的責任，另一方面要抗拒多方巨大壓力，記者要堅持這項專業意理並不容易。

第6章

人情趣味新聞的結構

第一節　人情趣味新聞與純淨新聞

1.人情趣味新聞寫作——人情趣味新聞之所以存在的價值，就是具高度人情趣味成分、有可讀性而能打動讀者。故能打破純淨新聞的寫作公式，破繭而出，闖出一片自我的天地。

以表徵來說，因為一般純淨新聞寫作拘束性大，對於人情趣味注重的部分不能做高度的發揮，人情趣味新聞則不受任何束縛，可利用各種多變的寫作方式，讓閱聽人得到事件的趣味性，抓住閱聽人的注意力。

可讀性、可看性是大眾傳播事業追求的目標，精髓就是使人人能懂，人人愛聽、愛看。最好做到像話家常一樣有趣、輕鬆。在這種要求之下，純淨新聞寫作的規則就不能支配記者撰寫人情趣味新聞，五個W以及一個H（Who何人、What何事、Why何故、Where何處、When何時及How如何）的因素，不需要全部擠在導言中，各種因素可以分布在全文中，以保持閱聽人的興趣。甚至可利用懸念的因素，使高潮不急於出現。這種配合新聞事件而不規則的寫作方式，要由記者運用靈感，打動閱聽人獲得共鳴。

　　人情趣味新聞與純淨新聞的關係，如果要嚴格區分，相同的部分那就是精確，嚴謹的採訪及寫作不容任何的錯誤、渲染。不同的是：

　　⑴含有高度人情趣味成分，內容打動閱聽人而產生情緒反應。

　　⑵人情趣味新聞的價值衡量，雖亦酌以新聞的時宜性、接近性、顯著性、影響性為參考以外，尤應以人情趣味為主要考量標準。

　　⑶如果在硬性新聞中加入人情趣味，可提高閱聽人興趣。

　　⑷文體自由，不受倒寶塔寫作限制，可充分顯露記者寫作巧思及功力。

　　2.純淨新聞寫作——純淨新聞的誕生並成為報導方式的主流，是有其背景因素的；主要原因是歐美先前的言論報紙、政黨報紙造成讀者印象惡劣，所以發展出對新聞事件只可用客觀、樸實的方式，不帶褒貶、喜好做報導。如此拯救了報紙的地位，並樹立記者服務大眾的責任感。這種寫作方式，對讀者代表一種保證，對記者也是基本訓練。而通訊社的興起，更促使純淨新聞的風起雲湧、叱咤風雲。歷經無數次政治、經濟的大變遷，社會對這種報導方式也產生過質疑，經過幾波「新新聞」興起的逆潮，依舊不能撼動純淨新聞的地位。

　　在此不能說新聞的發展就到頂點，純淨新聞就不再有進展，純淨新聞就能掌握所有大小、簡易、複雜的世間事；現今適用的解釋性新聞、調查性報導，都是突破純淨新聞缺憾而做的努力，主要是為了滿足閱聽人的需求，跟上時代進步的趨勢。

　　純淨新聞最特殊的形式就是倒寶塔寫作，把最重要的事實寫在最前面，接著是次要事實，最不重要的寫在最後面。這種形式像是一座倒置的寶塔。優點是：⑴便利讀者閱讀，⑵滿足讀者的好奇心，⑶便利排版，⑷便利製作標題。

　　對於純淨新聞這一點來說，如今從事新聞事業的人，它是必備的

專業技能，雖然它有許多被人批評的地方，例如：淺薄、不能充分解釋複雜的事件、不負責任的正反兩面並呈法、功利的結果論，卻忽視過程。我剛剛接觸到新聞學這門課，對它也有許多意見，真正當了記者才了解，它對新聞事業產生高效率、個人高產值、配合新聞作業裝配線的重要性；這些年也嘗試過其他的報導方式，最後回歸以純淨新聞為主、其他方式為輔，靈活運用才能涵蓋新聞報導的全貌。

第二節　自由體裁

　　人情趣味新聞可定義為具人情趣味為主體的地方性特寫。它的價值不僅在於報導事實，而在於它感情的訴求。這種新聞成功的地方在於寫作方式重於訊息本身，由於人情趣味新聞讓記者擺脫既有的寫作格式及技巧，給了記者更多的創作空間及機會。

　　以組織架構來說，人情趣味新聞跟一般純淨新聞不同，用一般導言這則新聞可能就毀了，用記事法效果可能好得多；它沒有既定格式，而在全篇報導中建構懸疑、驚奇或者高潮。也可以用訪談記錄形式、大篇幅的對話為主體來表現。

　　人情趣味新聞通常是以「吊你胃口」為開頭，「戛然而止」為結尾，這樣以懸疑起頭，而到結尾出現令人滿意的高潮。

　　雖然文體不設限，記者寫人情趣味新聞可以自由揮灑，但是這種需要創造力的工作，必須用心，否則就變成塗鴉，招式翻新卻見不到創意了。因為「沒有限制」的限制，對寫作的人來說是一種跳出窠臼、自我挑戰的機會。

　　還有，有些人喜歡把事實加油添醋（或許嘗到甜頭，聳動才有賣

點），雖然可以得到一時的讚許，但終究是違背專業道德。另外一方面，這種行為會內化成為準則，而且標準會一次比一次放寬，早晚會出亂子。

尤其人情趣味新聞體裁開放，來源多元，稍微過分一點也不容易發覺，一不小心就越過客觀的嚴格要求。切記要遵守客觀的原則，否則早晚會嘗到狼來了的苦果。千萬不要渲染，否則就會被行家或當事人譏笑為「賣弄小聰明」了。

第三節　導　言

導言的由來：導言是由英文Lead一字翻譯而來，它是新聞中的一部分（廢話！不是的話你講些什麼？），不要急，話還沒講完，別生氣！

任何事都有個開頭，不過導言一詞的重要性，它是倒寶塔新聞寫作的靈魂，它把最重要的事實（這是嚴謹的說法，因為新聞的重要部分不一定是最後結果）在第一段就交代清楚了，要看詳細的事實請看倌把目光轉向軀幹。

有人直接了當的直指「導言」就是新聞的第一段，一般來說並沒有錯，但是嚴格的說，新聞的第一段一定是導言。它的地位除了位置排在第一以外，還有主導整個報導內容的功用。

一般純淨新聞倒寶塔寫作裡的導言，為了讓讀者及編輯方便，就設計出簡單的規則來適用，經過幾十年的演進，供需雙方都能適應這種規矩。

人情趣味新聞的導言不像純淨新聞的導言，要包括五個W一個H中任何一項重要因素，而是要找到引人入勝的因素為開頭，讓閱聽人

一上鉤就欲罷不能，緊緊地抓住閱聽人的目光及聽力，如此記者的計策就得逞了。

　　如果您經常寫人情趣味新聞而且寫得還不錯，編輯大人不忍心丟到資源回收桶，但是心理上可能有點不悅，原因是：這個討厭鬼老寫這種人情趣味新聞，基於職業道德讓它入版，但是一定要看完全文又要花好多腦汁下個合適的好標題，真累啊！如果老編臉色不太好，要多體諒。導言的寫作容後詳述。

第四節　軀　幹

　　軀幹一詞由英文Body翻譯而來，顧名思義那當然就是新聞的身子了；首先我們先說一般純淨新聞裡軀幹的部分，再談人情趣味新聞的軀幹就比較清楚。

　　一般軀幹的作用：(1)把導言所提到的每一個事實，解釋得更清楚，更詳細，滿足讀者的需要。(2)補充導言裡沒有談到的次要事實，使這則新聞記載得更完整周到。

　　以上兩種作用並不是單一執行，有時並行不悖，原因是有些新聞比較長，可以用前面幾段解釋導言的每一個要點，而第二部分則提供許多新的事實，也可交叉運用。不過鐵則是，不重要的寫在最後面。

　　人情趣味新聞既然在導言上與純淨新聞不同，在軀幹上也不同。它的作用：(1)接續引人入勝的導言，帶領閱聽人進入主題。(2)解釋導言所提的事件，利用事實的布局，讓閱聽人充分領略人情趣味的感受。(3)如果是懸疑性導言，在軀幹裡放置高潮答案揭曉。(4)在結構上呼應導言，前後對應，讓人情趣味的元素經過事實的連接，成為感人的

情節。

【新聞解析】另類民調？連陣營午夜祭神問票數
天意？法師洩天機：
得票數426萬票—468萬票
民意？老蕭微笑，工作人員大笑

人情趣味新聞最後的結尾，有時是意味深長、而有畫龍點睛的結果，最好是教人回味的一個情節。《聯合晚報》在民國八十九年三月七日的一篇總統選戰報導，就讓人拍案叫絕。

（記者黃福其報導）午夜子時，連蕭總部廣場，法師「率四百二十六萬大軍來相助」的誦經聲甫落，神案上的香爐猛然竄起火舌，總部主委王金平等人低聲驚呼「發爐了」，工作人員個個喜形於色。有人說「聽說冬瓜標問過大甲媽，連卜三筊說宋仔條（當選），我看是嚎肖，發爐證明神嗎講是連仔條……。」

今天是農曆二月初二，是土地公生日，也是濟公生日。昨天深夜十一時十五分是今天子時良辰吉時，連蕭總部備妥鮮花素果，在廣場講臺搭起神案，由副總統候選人蕭萬長、總部主委王金平、總幹事胡志強、黨副祕書長涂德錡率總部工作人員，不對外公開，低調舉辦一場拜神兼祈求當選的法會。

講臺上站著法師指定的人數一百零八人，人手一炷香，司儀簡單念過「金龍年……祈求國泰平安、連蕭當選……」由蕭萬長上香三拜、獻金紙後，前臺南市長張麗堂引薦的法師手執一把香，開始誦經做法。神案前，兩條繫著圓形令牌的金項鍊，陰暗中閃爍著遠處路燈的光芒；兩位工作人員手執一方寫上密密麻麻經文的紅布，布上繡著兩條金龍。

　　在法師時而抖動、時而當空比劃，口中誦經為兩條金鍊及紅布加持，「……大使庇佑……率四百二十六萬大軍來相助……連蕭當選……」一旁的企畫部召集人丁守中等人低聲討論「四百二十六萬是得票數嗎？」「四百二十六萬就當選？」「不對，最少要五百萬才安全」「連仔會拿四成二六的票？」法師大喝一聲，誦經聲甫落，神案上香爐猛然起火，講臺上人人無暇再理會四百二十六萬的「天機」，個個眉開眼笑，喜形於色地說「發爐了、顯靈了」。疲憊一天的蕭萬長，因肝火而破皮結痂的嘴唇，也綻出招牌微笑。

　　夜深風寒，眾人在法師帶領高喊「連蕭，凍蒜」，呼聲隨伴掌聲，情緒卻是滾燙。法師親手將一條金鍊戴在蕭的頸上，另一條交給笑吟吟的主委王金平，轉交給未到場的總統候選人連戰，還附在蕭的耳邊交代天機，王金平體貼地將鍊子戴進蕭的襯衫裡，以免太醒目。原本不肯洩漏「天機」的法師拗不過眾人，終稍露口風「連字是文王拖車，連蕭穩條啊！最高四百六十八萬票，最低四百二十六萬票，其餘選後再說。」

　　凌晨零時，工作人員情緒仍亢奮，有人說「這件事不要張揚，免得被說迷信。」旁人接腔「宋仔、扁仔嘛是到處求神拜佛，還說冬瓜標已經問過大甲媽，連卜三筊說宋仔條（當選），我看是嘸肖，發爐證明神嗎講是連仔條……。」信神拜佛十分虔誠的立委黃昭順，在總部裡忙得沒時間下樓參加法會，一下樓得知，驚訝、驚喜，而信心滿滿，當場邀人打賭，「誰說連仔條，要博多少，我攏呷伊博！」

　　一位路過的老先生，好奇地問清楚狀況後，搖搖頭笑著說「選舉到底是看天意？神意？還是民意？」一段話，令人不禁再三玩味。

　　以上這個範例，就具備了人情趣味新聞「軀幹」的特質，它引導

閱聽人進入主題，提供更多事實、加入通俗活潑的對話，並適當的利用事實做布局，在結構上前後呼應。

各位看倌，人情趣味新聞布局最妙的一點，是運用事實巧妙的連結，有如體型流線的黑豹，以巧妙的骨架，支撐飽滿有力的肌肉，加上閃亮的皮毛，懾人的目光，顯現出整體的美感。

如果以經驗來說，除夕放長串鞭炮的感覺跟過程很像人情趣味新聞；黑夜裡、點燃黑色火藥的引線（導言），隨著引線的火花竄入小鞭炮（到達軀幹），引爆聲及飛揚的紙花（人情趣味元素），最後一聲巨響火光乍現（高潮出現），剎那間照亮了周遭景物，戛然而止。過程充滿了興奮、期待及震驚。

有的時候看人情趣味新聞，真覺得跟看焰火與人生多麼相近。沉沉的黑色天幕（所處的社會），擊發引信（人情趣味新聞導言），帶著火光掙脫地心引力劃破長空（軀幹），接著引爆、砰然巨響，自高空的一小點爆出彩色亮麗的輻射火雨（高潮），消逝在天空（結束），火藥爆炸後高溫、細小的化學物質，不知流散在遙遠的哪一邊！人生亦復如此，白天過去了，晚上的夜空就象徵政治、經濟文化、血緣架構下的黑暗面，充滿人性小故事的人情趣味新聞，耐不住寂靜，從地表冒出直衝九霄，用盡了氣力到達頂端後，它震天價響、光彩四射，集聲光之極致，隨即迅速幻滅。自始至終雖然短暫，但是令人驚異、讚嘆、震懾、惋惜，這不跟人生有些令人難忘的情節一樣嗎？

第7章

人情趣味新聞
導言的寫作

第一節　找出賣點

　　現代任何政治人物、商品，都要有行銷概念，否則就要關在家裡獨樂樂了。要眾所周知，就要⑴行銷管道要暢通，⑵內容品質極佳，⑶產品不褪流行。

　　記者工作的場所就是媒體，閣下掌握的行銷管道占盡優勢。當然你的老闆比你更具權威、更有影響力，這一點你我心知肚明不必多說；另外，如果您閣下在職場裡人緣太差，同事長官不喜歡，連帶寫稿受株連，那就怪不了別人啦！

　　行家一出手，就知有沒有。您的寫作一開頭就不能吸引閱聽人注意，那就毀了您煞費苦心的大作。有人說，看別人的作品就像吃蛋，只要第一口就知道是好蛋或是壞蛋，絕對不需要看到最後一行（教採訪寫作的老師除外，因為他們命苦；編輯大爺以前可以看完導言罵一聲爛稿，往字紙簍一丟，現在更簡單，玉指輕按Delete就解決了）。所以，在得到所有的事實之後，如何報導得出色，就是先評估哪一項是

賣點，在導言就點出來，免得閱聽人看完第一段就跑了。以上講法似乎有點功利，不過事實就是如此；您如果有點不服氣，請你努力的把新聞寫好，以對得起繼續觀賞的閱聽人。

第三點您就不必擔心，因為科技、政治、經濟……新聞都有生命週期，經過時間轉變就成為歷史，唯有人情趣味新聞較少受時間限制。它能歷久彌新，因為這種新聞關係著人性；君不見世上發生多少事，但是大多重複前人的錯誤？看看歷史跟今天的新聞您就知道了。

綜合上面說的三點，想必看倌已經明瞭基本功架勢，下面就要講到進階招式，請耐心體會。如果要找到人情趣味新聞的賣點，主要還是根據人情趣味的八個因素做標準來衡量，有了重心以後就可以依據狀況著手寫導言，把賣點現出來。

注意！之前說過，人情趣味八個元素可能有一個就能支撐一則新聞，也有兩個、三個甚至更多元素組成一則新聞，要衡量哪一個成分為重點，有紅花綠葉之分，才能輝映顯出美景。

1.**習性的需求** —— 不管閱聽人的同好或者嗜好，只要你報導就有群眾聚集，球賽、航海、天文、棋藝、園藝、釣魚、甚至美食……，動靜皆宜。

2.**同情心** —— 情節淒楚感人、場面尷尬，令人憐憫之心油然而生。

3.**不尋常** —— 奇人、異事、風景、冒險事蹟、跨越空間，滿足閱聽人的慾望。

4.**進步** —— 無論科學、醫藥、工藝、藝術、人文、新理論或實用上的進步，關係到人們生活都具賣點。

5.**競爭** —— 各種競爭包括政治選舉、比賽、探險、商業、個人及種族力爭上游，無論勝負皆引人入勝。

6.**懸念** —— 新聞事件中含有懸念的部分，搜救任務、探險、死刑

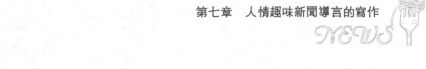

犯上訴、政治人物長考隱退、留任、名人與病魔掙扎，都能引起閱聽人的興趣。

　　7.**性別與年齡**──女男生理、兩性關係、職場平權、年齡層中最大與最小的極端，都是人情趣味新聞的重點。

　　8.**動物**──人類對動物有非常濃厚的興趣，有靈性的動物、特殊智慧、能耐、習性都值得報導。

第二節　表現特點

　　找到賣點之後，就要設法把五個W及一個H適當的運用在導言裡，組成一個吸引人的起頭。先談一般倒寶塔新聞寫作的導言元素的配置，再談人情趣味新聞的不同。

　　軍人是一種很奇怪的職業，因為任務與其他行業不同，衍生出獨特的行事規則，雖然一般人很難想像一個命令一個動作的思維從何而來，但是有些事情他們做起來卻是出奇得有效。尤其是軍人簡化事件的方法，用於導言寫作值得新進記者學習。

　　我與軍人關係密切，先父黃埔陸軍官校畢業，歷經抗戰、戡亂，我自己從十五歲進入海軍官校預備班，又服完步兵義務役，對以上這段話有深刻體認。軍隊中成員教育水準不一，報告事情如果講不清楚，費時費力還好，貽誤戎機那罪名可大了；所以研究出一套斥堠報告，特點是清楚有效率。其作法與純淨新聞倒寶塔導言寫作包括的五個W一個H，非常相近。

　　倒寶塔新聞導言的目的是為了讓閱聽人有效率的接受新聞資訊，不過，新聞導言事實上並不能詳盡的回答一個新聞事件的六個何字因

素，所以，導言裡必須特別強調其中的一個要點。倒寶塔新聞寫作，是要把全文要點寫在第一段，同樣的，全段的要點也應該放在第一句，依據的要點要放在句首。因此，記者必須在六個何字當中選擇一個最重要的元素，作為新聞第一句的開始。

人情趣味新聞的導言，與倒寶塔新聞導言一樣要抓住事件重點；不過，依據人情趣味新聞的特質需要，雖然要尊重五個W一個H的原則，而其導言重要性在於做引子，烘托軀幹的事實，甚至以疑問句、利用成語解釋結果為表達方式。在本章第四節將做詳細的說明，請期待。

第三節　導言的文法結構

不論國語、臺語、客家話……，自小開始我們使用的語言都很自然，非常輕鬆的使用，從來不覺得有什麼不對勁兒；不過到了學英文那就頭大了，原因是我從小根本沒有「一個句子要有主詞、動詞、受詞」的概念，近年來外語書籍翻譯劇增，看原文書籍也成了必備條件，我們也深受影響而講求文法。但是，無論中外，語言文字總以實用及習慣為主，文法只是輔助的規則。新聞寫作也是如此，不要受文法的過分約束。

在這裡只對文法和導言結構的關係加以分析，使初學者容易了解，而使導言簡約、容易表現特點而吸引讀者。一般導言的句子，不外乎三種，簡單句、短句以及子句。如能熟練此基本招式，已經足夠新聞寫作使用。初入新聞事業，有一天見陶百川先生在報紙上寫的文章，令我驚異的是白話文竟能從頭到尾全是短句，文體簡潔、鏗鏘有力，

從此我的文字就以此為目標。

1.**簡單句**—— 這是最普通的用法，也就是把導言最重要的部分，寫成簡單的一句做為開始。一句中包括一個主詞、動詞和受詞，使閱聽人容易接受。

【例一】

全世界最辣的辣椒在印度。

【例二】

即溶花茶上市了。

2.**短句**—— 有些新聞導言不像前面例子那樣簡單，必須用短句輔助，才能表現出新聞特點。所以短句開始，以特別強調五個W一個H中的某項因素，然後再以主句說出一件事情的其他因素。

【例一】 表現時間因素

美國一位一百零三歲的老太太，八十年前參加奧運會時偷了一面奧運會旗，今天把贓物還給國際奧會。

【例二】 表現地方因素

被認為是美國籃球界最傑出教練的耐特，被他服務二十九年的印第安那州立大學炒魷魚。

【例三】 表現原因因素

上海兩位幼童誤食餐廳用來滅鼠的花生，法院判決獲得人民幣兩萬元的賠償。

【例四】 表現作法因素

一位美國三十歲男子米勒，以好玩為理由，跳傘到英國白金漢宮屋頂，然後脫掉長褲嘲弄地面上的警官，今天被判坐牢七天，刑滿之後必須立即離開英國。

【例五】 表現解釋因素

因為被母親責罵生活習慣邋遢，日本靜岡縣一位十一歲的女生，在公寓外引火自焚。

　　3.用子句開始——有些新聞的特色，有時不能在主要句子中表現出來，就必須利用子句來表現；這種特色多半發生在附帶的環境或附帶的條件下，發生的地點與時間有什麼巧合。一般常見的子句有兩種，一是條件子句，另一個是實質子句。子句開始的導言，主要是表現一種有條件的特色或是有關聯性的特色。

【例一】

如果以超高速在高速公路飆車，今天起不可能避過超速攝影機的舉發；高速公路警察局宣布已經全面調整攝影機偵查速率。

【例二】

福爾摩斯是小說裡著名的偵探，破了許多刑案。不過一位英國作家蓋瑞斯迪說，創造福爾摩斯的柯南道爾醫生自己涉嫌謀殺了一個朋友，還盜用了這個朋友的著作權。

第四節 導言的變化

新聞的導言，如能解答五個W一個H，也強調了特點，那就算是一個好導言。但是要成為一個好導言還要有一個條件：運用方法，使導言變得有吸引力。尤其是人情趣味新聞，這一點非常重要。

導言精采與否，內容當然重要，但是如果在寫作技巧上，加以運用，可以化平凡為神奇，神奇的更神奇……。（奇怪！講著講著越來越像美容化妝品廣告，別鬧了！）下面十招請參考使用：

1.**對比導言** ── 對比條件常能引人興趣。過去、現在，本地、國外，這段情節與那段情節都可對比，只要有可以對比的因素，就可以做對比式導言。

【例一】

二十五年前，微軟創辦人比爾蓋茲最大的夢想是讓家家戶戶有電腦，如今這個夢想已經不遠了。但是微軟今天到了十字路口，它面對其他業者強烈的競爭還有反托辣斯的官司。

【例二】

希特勒用過的裝甲汽車，雖能防彈、防火、防炸，但不能防賊。現今這部汽車的車主，芝加哥巨商阿倫斯，把汽車停放在鬧區路邊，竟被小偷從車裡偷走一百七十五元，阿倫斯立即向警方報案。

2.**問話導言** ── 如果一件事情像沒揭曉的謎，有新問題的探討，或有答案但是出人意料，也能引起閱聽人興趣，可以用問話式的導言，

以吸引讀者。

【例】

周休二日以後中小學假期要不要縮減？教育部傾向優先取消春假。

3.描寫導言──有時新聞的特色在於形象的表現，例如新聞人物的表情裝飾相當特殊，就可以用描繪的方法來處理，相當討好。但是請特別注意，用此招式必須是親眼所見的情節才能描寫；避免虛浮的形容詞，壞了閱聽人的胃口。

【例一】

右臂上心型刺青裡有著新婚夫婿名字，茂密的金髮下有著甜美的微笑、一身低肩粉紅色禮服的好萊塢明星米蘭妮葛瑞菲斯，站在艾美獎星光大道上接受先生安東尼歐班德拉斯的親吻。

【例二】

一頭飄逸的直髮綁上藍黑相間原住民風味的髮帶、胸前鑲嵌古幣的金屬項鍊，一席Ｖ型開領艷紅色飄逸單薄上衣，這就是何潤東在電視版《臥虎藏龍》華麗貴公子的造型。

4.成語導言──新聞事件的情節跟成語形容的意境相符，甚至與社會耳熟能詳的名詞、流行語彙相配，用成語做導言開頭，有意想不到的效果。切記不要牽強附會，引用要自然，千萬不要過於低俗，倒了閱聽人的胃口。這種方式可分為三種：

　⑴警語式的：內容含有警世的意味。

　⑵譬喻式的：在文學上的名句或歷史上名人，可使新聞發生聯繫，而引起讀者注意。

　　(3)時興的：可利用流行歌曲、電影、電視、暢銷書的名稱或劇中人，以及任何流行的字彙，使新聞變得出色。

【例一】

　　「狗咬人不是新聞，人咬狗才是新聞」，一名澳洲男子兩年前被一隻狗咬傷，他一直懷恨在心，今天終於報仇成功。

　　這名男子兩年前被一隻叫「肥仔」的狗咬傷，今天仇狗相見分外眼紅，他咬了肥仔頸子兩口，狗主人聽到這名男子對小狗說:「你咬我，我就要咬回來!」

【例二】

　　「踏破鐵鞋無覓處，得來全不費工夫」，臺北市北投分局李姓刑警晚上回大度路的住家，結果正巧逮住在他家翻箱倒櫃的慣竊李伊明。

　　5.引句導言 ── 如果要強調新聞事件主角講話最重要的部分，或是書面最重要的一段，可以引用其中的幾句，作為引句導言。

【例】

　　「今後，我可以名正言順的說，我是蔣家人了!」完成祭祖後，章孝嚴無限感嘆、又帶欣慰說了這句話。

　　6.懸置導言 ── 懸置導言是正寶塔寫作，把新聞的重要事實懸置到最後才表現出來，開始的時候只透露出一點線索，或是次要的事實，以引誘閱聽人。

【例】

　　七十五歲的遊民曾有益患了肝癌，自知大限日期到了，半個月前拜託市立醫院的實習醫師，代他完成生前願望。

　　實習醫師李茂鄰今天上午到救濟院，把曾有益隨身珍藏的兩萬八千多元，從救濟院的頂樓撒下，他表示：曾有益曾經說過他這一輩子都接受別人的接濟，這次要做一個感恩的行動。

　　7.**問答導言**──導言是由問答組成，成為全篇的精華，饒富人情趣味。

【例】

　　「阿本來了，他真是拚命!」

　　「阿本就是阿本!」

　　阿本躺在病床上，頸上還箍著護套；在醫護人員及救護車隨護下，廖福本委員從臺大醫院趕到立法院，為的就是要支持核四興建預算，增加執政黨立法院黨團的表決人數。（梁君棣，中央社，民83）

　　8.**直言導言**──一般新聞總要避免第一人稱或第二人稱出現，但直言導言是個例外，這種假借主觀形式處理導言的方式，必須要有符合人情趣味新聞的需要才能用。

【例】

　　也許您沒聽說過，看了可能會詫異! 一隻鸚鵡飛了十天、兩百多公里，安然無恙的回到主人身邊。

　　9.**虛構導言**──依據事實可能出現的結果，做為導言的起端。這是一種假設結果為導言，接著陳述事實的有趣寫作方式。

【例】

　　瑞典全國警察星期三總動員搜捕一隻雞。不過，這不是一隻可以吃的雞，也不是野雞，而是一名打扮成黃色小雞形狀的男子。警方說，

這名男子拿著棒球棒衝進郵局搶錢未遂逃逸。

10.**突出導言** —— 突出導言是把一件十分有趣的事情，表現得更突出一點，這種方式是用極少數的字，報導一件事或解釋一條新聞，它所強調的可能是一件事、一種現象或是一個人物，用突出的方式產生震撼效果。

【例一】

今年應屆醫學院畢業男生的體檢結果，有一半不用當兵。

【例二】

號稱「殺人魔王」的羅馬尼亞領導人西奧塞古今天在逃亡途中被處死，羅馬尼亞國家電臺一九八九年十二月二十三日做了以上的宣布。

第 8 章

人情趣味新聞
寫作的布局

以往經常在編輯部門聽到編輯先生小姐說：你們記者是買菜的，我們像廚子，如果採購不好，再好的廚藝也做不出好菜。當時心中實在無法苟同，因為：

1. 這種說法把新聞比擬為做菜，似乎自貶身價。（新聞是高腦力密集工業，怎能跟油鹽醬醋一般見識？）

2. 就是材料平平，編輯妙手也應該可以稍事修整，成為像樣的新聞。

不過，結婚後發現敝人頗有做菜的天分，高明到別人的菜一嘗就知道材料、做法，而且正確到十拿九穩。年事稍長有了深切認知之後，說良心話，有點認同編輯的看法，但不是就此二分法，或是鋸箭法，而是更細緻的分工。

技術與藝術的分野在於層次，技術是熟能生巧讓一般使用者能接受、讚揚；而到了藝術層次，就能出神入化，非得行家才能欣賞。在本章裡將細述人情趣味新聞的基本技術以至於藝術境界。以下就是人情趣味新聞饗宴祕笈，請仔細品嘗。

在這裡舉一個人情趣味新聞的例子來實兵操演——話說在戒嚴期間，中央民意代表的地位十分崇高。有這麼一天，臺北市某警察分局

長接到中央民代家中遭竊的報案，這一下非同小可，立刻前去關心案情，老代表對局長親臨致意表示感謝，但是對丟的東西表示具有紀念價值，不能睹物以排解鄉愁，非常心痛。局長追問才知丟的是一條金華火腿。局長心想這不成問題，問清楚了火腿大小，拍胸脯說沒問題三天破案，含笑而去。

三天後，局長手提金華火腿到失主家報告好消息。老代表感激得不得了，感謝警方偵辦效率。不過老代表面有失落的說，丟的不是這一條火腿！局長詫異，火腿就是火腿，長的樣子都一樣有何不同？老代表說，因為丟的那一條火腿已經吃了一半，找到的這一條卻是完完整整的，局長一時不知如何應對，只恨當時為什麼不問清楚，花錢買了一條火腿卻鬧了這個大笑話。

依據人情趣味新聞採訪寫作，以上的各情節事實都得確實，去蕪存菁；高潮部署在報導最尾巴。細節連接包括拍胸脯答應、局長詫異……，構成了有人情趣味的典型金字塔架構。最後做重新審視，就可交稿。如果要清楚細節及步驟，請仔細看下節的介紹。

第一節　整理事實

面對攤在案上的材料，有時心裡真是犯愁，尤其期望越高，這種憂慮感越重。不過，已經做了決定（臺語說「頭都浸到水裡，不能不洗頭了」），只有趕快動手整理材料，否則就是浪費時間，不是影響交稿就是食材鮮度不佳。

整理材料重要的原則是首先檢查東西齊了沒有？接著就是要「狠」，此法則是指⑴決定之後就勇往直前，不要猶豫。⑵材料入菜要大刀闊

斧、去蕪存菁。

如果這篇報導又可寫成一般新聞，也可寫成人情趣味新聞（一條魚可以做成臺式鮮魚湯，也可成為川味豆瓣魚），要下定決心，看看食材，高級新鮮海魚當然是清蒸或魚湯，如果鯉魚那就紅燒豆瓣了。

整理材料要大刀闊斧，就像食材上料理臺；一切主配料歸位就緒；一般人認為整理到這裡告一段落，其實不然，菜要做得好吃，有一個過程很多人不知，那就是「過油」，東西一過油，肉質外表緊縮定型、內部嫩Q、色澤漂亮，將來上鍋，大火快炒、文火紅燒、隔水久蒸均宜，此階段大功告成。

另外，有些墊底蔬菜及魚肉食材必須川燙，青菜一經川燙（滾水加少許鹽或小蘇打，下水即撈起瀝水）顏色艷麗、賞心悅目。而有些魚肉如果切片就下鍋一遇熱就變形，那就得先整塊川燙，待涼了之後再切成要的形狀。

整理人情趣味新聞元素也是一樣，首先找定題目，看看材料值不值得做人情趣味新聞，如果可行就捲起袖子上工了！先靜下心把所有採訪的事實檢查一遍，千萬不要到寫的時候發現少了重要的材料，能先發現就能及時補救。接著就是根據設定的目標，依照採訪時的記錄重點，哪些要哪些不要，整理得井然有序，此階段就是整理的工作。另外，在這時就可以考量導言及軀幹的內容配置。

菜要做得好，其中有一個要靠苦練，還要有優良器具的部分，就是刀功，這不是一兩天就練成的。一要看食材使用刀具，中華料理刀、剁刀、片魚刀、水果刀……，各有各的用途，要摸出它們的特長。第二要熟知食材的結構，例如切牛肉就要直肉橫切，否則肉硬形醜。

過油、川燙，在廚房裡的規矩，這些整理的小事，通常是二廚的執掌，大廚要到下個階段才出現，不過，處理人情趣味新聞講好聽的

說法，您就是此特殊任務的大廚，從定菜單、採買、整理食材、掌勺、盤飾，全靠閣下一人獨挑重任。不好聽的說法，那就是此乃小灶您請自行發揮創意，沒有下手幫忙，一切自理。

第二節　高潮部署

一桌食客正襟危坐，侍者翩然而至，手掌上翻、托住餐盤到達主人旁或身分最低的客人旁上菜(總不能從主客身邊來來去去不甚禮貌，再者要討好主人讓付錢的人先睹為快)；如果真是佳餚，一定是一陣讚嘆的驚呼，入口後先是驚愕，然後是點頭陶醉。

話題稍岔開一下，中外品嘗美食真把民族性表露無遺，中國菜講究隆重豐盛、圓桌賓主和樂；法國菜氣氛足，過程繁複、菜色簡而不繁；日本料理量少精緻，美式大餐可謂大塊文章。介紹美食節目裡，以吃相來說，法國人斯文、中國人和氣、美國人木訥，日本人規矩多、但是表情最為誇張，先目瞪口呆、再哇哇大叫「O-EE-SI!」真教人受不了。

以上所述，筵席裡最好每道菜都能引起歡呼那就成功了，而每道菜都是高潮，累積起來就是一頓成功的筵席。我的初中同學黃碩明從基層做起在餐飲界三十年，現職國賓大飯店餐飲部協理，他有一個配菜理論值得一書。上菜有一定的配置，通常把菜色分為四個階段，每個階段又有兩三道有點近又不太近的菜色搭配；頭盆(前菜)要清爽，接著快炒口味要稍重，然後蒸籠菜要濃郁，顯出食材本色，甜點要細緻滑潤。這四個階段算是四個高潮，每個高潮結束接著就是峰迴路轉，另見高峰；讓饕客的味覺享受興奮滿足了味蕾，像衝浪一樣站在浪頭

上等待下一次衝擊。

　　人情趣味新聞寫作高潮部署像極了筵席配菜，試想閣下是享譽四海的大師，精挑細選買食材、磨刀霍霍整理材料，在火光、熱度、油煙中汗流浹背，飛勺讓食材在鍋裡、空中翻騰，一切的一切都在饕客的驚呼中得到肯定。而寫人情趣味新聞，從採訪到寫作都是一人包辦，其間不知抓斷了多少頭髮，寫到順時振筆疾書，如行雲流水。安排的高潮吸引閱聽人，引起他們心中陣陣震撼，這是多麼令人興奮的事。

　　人情趣味新聞並不是每一則都像筵席一樣那麼多高潮，有時沒有那麼多高潮就不要強求，但是要有處理筵席高潮的手法。部署高潮，就是人情趣味新聞的精采之處。

　　人情趣味新聞寫作的高潮是全篇的重心，一定要好好把握。如果導言像頭盆，牽動閱聽人的食指，高潮就像主菜，令人覺得震撼心靈，閱聽後，味蕾上的感覺依舊低迴，久久不去，教人時時想念。

　　如果人情趣味的新聞事實較多，而又可以分出幾個高潮，那就用數個高潮方式處理。

第三節　細節連接

　　人情趣味新聞有了高潮，總要用連接來拉緊導言以及其他高潮，如果沒有連接，那就形成「一刀切」的局面，根本感覺不出峰迴路轉的奇妙，也令人覺得突兀。

　　在筵席上到這個節骨眼，如何解決味蕾經過雲霄飛車的高點，往下衝，馬上再上另一個高峰，這個轉折點是用一個奇妙的東西——「酒」來搭配，有意想不到的效果。酒一靠近，嗅覺就被這種來自水果、穀

類釀造的液體所吸引，進入口腔停留一會兒再緩緩入喉，殘留海鮮肉類的韻味被瓊漿玉液全部清除，產生清新的效果。另外，有些饕客愛用茶，效果不錯。如果不善飲酒者，通常用果汁或水亦可，不過效果稍差。

因為欠缺酒的助興，人情趣味新聞寫作在形式上比起筵席處理較為平淡；其實不然，君不見多少文學巨著的連結多麼漂亮？當然這些巨著的成功基礎在於高潮，但是連結轉折的功效亦是功不可沒。

怎樣做好連結？通常用時間順序來連接轉場（在此同時……），有如電影蒙太奇手法。其二是利用小事實連接。據我的經驗《讀者文摘》最會使用這種方法，使用得非常自然絲毫不造作（都是名家或是身經百戰的記者的作品，才會選到書摘裡），您可以看一看其中奧祕。

【新聞解析】 好運的故事　悲劇的結果

這則具戲劇性張力的報導，是《中國時報》民國八十九年十一月二十九日登載美聯社二十八日從澳洲伯斯發出的新聞。就以它做為實例來解說。

導言的事實是，《大富翁》節目大贏家布瑞特‧麥唐納，用他的獎金買了新車，二十五日發生車禍不幸喪生。

第二段以介紹資料為架構，迅速地帶領讀者進入狀況。麥唐納，三十四歲，七月間贏得二十五萬澳幣（新臺幣四百萬元），得到這個節目有史以來最高的獎金。當時他是個失業的建築工人，房子是租來的。

第三段訪問了他的姊姊米涅，形容這個大獎的影響，她說：「布瑞特最後幾個月過得像沒有明天一樣。」還包括了其他的事實，像是麥唐納如何發生車禍，被波及撞到的夫婦也受了重傷。

第四段是回溯資料性的事實，麥唐納說他上節目贏獎金，是為了幫他參加的板球俱樂部買一臺投球機。他中大獎後，大方地為俱樂部買了價值七千五百澳幣的投球機。

最後，訪問悲劇主角親近的人，板球俱樂部秘書說：「一開始只是想為他的板球俱樂部做些事，結果毀滅了他。那是個好運的故事，但結局卻是個悲劇。」

以上這個範例，包括了不少事實，高潮布局在於悲喜的交錯，配置於文章的頭跟尾，讓人產生強烈的衝擊，閱後不禁嘆息。

而新聞中妥善運用人情趣味新聞「軀幹」的特質，它引導閱聽人進入主題，提供更多事實，細節綿密，在結構上前後呼應。第二段講布瑞特得獎金的經過，第三段他姊姊敘述的情境與撞車事實報導，形成蒙太奇的時空描述，第四段說明他得獎後的闊綽表現，最後運用一位旁觀者的話做了結語，充分做到了高潮部署及細節連接。

這個範例可以把本章第一、二、三節融合貫通，做一次實兵演練。請記住其中步驟及技巧，下次動手時就不會慌亂無章了。不過在這裡還是要再三叮嚀，要勤練才能有好成績。切記，切記！

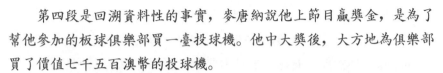

第四節　重新審視

注意，到此時已經快大功告成了；不過，還不能高興太早，這時候應該把做成的佳餚，小心翼翼的盛入盤皿，把溢出的油漬汁液用紙巾擦淨，放上蔥花或香芹（如果有必要撒上胡椒粉提味），再放上盤飾，然後仔細端詳主菜及盤飾的位置是否搭配，如果色香味俱全，一切完

好，上菜啦！

　　要提醒一項重要事項，一般人不重視，那就是杯盤筷匙器皿的整潔和品味。杯盤最少要潔淨為基本要求，要明亮照人，不能膩手、不能有殘味留存；再者餐具的材質是要大方雅致，搭配佳餚必能讓人印象深刻。

　　寫人情趣味新聞守則在這階段倒是十分近似，首先，靜下心來，重新把稿子看一遍，還不急著交稿；從導言到軀幹，跟期望的目標有沒有差距？不清楚的部分要補強，是否高潮位置得當、連結優美；再稍加潤飾，就大功告成。

　　不過與做菜也稍有不同。第一，您得重新審視各個細節有沒有錯誤，這一點跟寫純淨新聞基本要求一樣，有沒有遺漏事實？有沒有錯誤？是不是寫了白字？再者，重點放的位置對不對？段落的位置合不合理？高潮是不是夠張力？

　　如果經過以上標準作業規則確認無誤，請吸一口氣，按下傳送鍵，新聞廚藝大師已經完成絕妙傑作，靜待您的老闆或編輯大人的反應了！如果饕客（閱聽人）鼓掌讚美，您就完成了一項光榮的任務。

　　以上說了四個階段，如何呈現？在這裡舉一個實例，來說明人情趣味新聞寫作的布局及技巧。在民國七十一年二月十八日起，一則普通的人情趣味新聞，結果引起了六個新聞單位相繼報導，值得注意的是：它出現的時間長達八天，表示著人情趣味新聞不受時間限制的特性。

　　這則人情趣味新聞吸引人的地方包括：

　　　⑴老狗的名字 —— 流氓

　　　⑵老狗的年齡 —— 十三歲

　　　⑶老狗的功勞 —— 巡園、制服猛獸、保護工作人員

⑷老狗的近況——瞎眼、年邁、行動不便

⑸老狗的親屬——太太、兒子「土匪」、孫子

流氓狗從民國七十一年二月十八日至二月二十五日，八天的時間裡出現六次：計有廣播一家、報紙四家（其中日報三、晚報一；中文報三、英文報一）、電視臺一家。

分析比較：

1.標題——以標題來說，大都一目了然，而以引號引出流氓這個主題，其中以《大華晚報》標題的「『流氓』老矣！『土匪』接棒！」最為出色。

2.新聞寫作——都掌握住新聞的事實加以運用，引人入勝。文體方面除《中國郵報》用倒寶塔以外，其餘五家均用正寶塔寫作。

俏皮字眼及成語：

中廣：大大有名、法眼、創痕、汗狗功勞、繼承衣缽、頤養天
　　　年

《中華日報》：務正業、捍衛、獸性發作、罩得住

《新生報》：諢名、風燭殘年、頤養天年、猴崽子們、大任

《中國郵報》：allowed to live the rest of his days in peace and com-
　　　　　fort at the zoo

中視：暱稱、乃父之風

《大華晚報》：垂垂老矣、汗狗功勞、聞其名知其性、乃父之風、
　　　　　克紹箕裘、衣缽

為了使新聞出色起見，中廣在報導中配上流氓的叫聲，四家報紙都有圖文，中視以影像表達，增加了閱聽人興趣。寫作技巧上記者都很用心。

　　人情趣味新聞寫作是一件難事，要將所有的事實消化、整理，再加以簡單文字做布局，這都是不容易達到完美的事。只有靠記者仔細的觀察跟純熟的寫作技巧，才能引人入勝。

【例一】

　　有一隻瞎眼的老狗，目前在臺北市立動物園頤養天年。

　　談起了這隻狗，外人可能不熟悉，但是對動物園的工作人員跟動物來說，牠倒是大大的有名；牠的名字叫「流氓」，是一隻黑色的杜賓狗，在動物園的登記出生日期是民國五十九年二月一日，目前已經十三歲了，以狗的年齡來說，已經很老了。

　　「流氓」生性凶猛，從獸欄脫逃的動物逃不過牠的法眼，「流氓」左耳朵少了一截，那就是制服黑豹的創痕。動物園的狒狒喜歡咬飼養工，只要「流氓」往旁邊一站，狒狒就老老實實的站好了。另外，「流氓」不論風雨，每天晚上準時帶著值夜人員上山巡邏，可說是「汗狗功勞」。

　　「流氓」在去年底眼睛看不見了，只好待在遊客止步的動物醫院隔離室裡，陪著年老的流氓的還有牠的太太、兒子跟孫子，還不算寂寞。目前牠的叫聲不宏亮，動作也比以前遲緩。動物園的工作人員都說：「流氓老了！」他們沒事的時候還會去看這老朋友。

　　動物園缺了這隻能幹的狗之後，現在正加緊訓練「流氓」的兒子「土匪」，希望「土匪」，能繼承「流氓」的衣缽。(《中廣新聞》，71.02.18)

【例二】　狗警衛　動物園裡一忠犬　「流氓」專務正業

　　（文：馬駒）臺北市立圓山動物園有隻凶悍但頗能幹「活」的杜賓狗，牠的名字叫「流氓」——「務正業」的流氓。平時牠陪伴餵食人員進入柵欄送食，如有動物獸性發作，攻擊工作人員，「流氓」立即

執行捍衛的任務。

　　據該園飼養組組長陳寶忠表示，園中狒狒常攻擊工作人員，若是「流氓」在旁，狒狒就嚇得不敢下來。更妙的是，園中猴島的猴群，在島的四周還沒通低壓電時，常有趁機開溜的，管理人員的身手沒有猴子快，只得由「流氓」咬著猴脖子逮捕到案。

　　這隻「流氓」已經十三歲，最近不幸罹患了白內障，而不良於行。牠的工作只得由牠的後代「土匪」來接替。過去負責訓練「流氓」的陳德和先生，近日正加緊訓練「土匪」，希望牠將來比「流氓」還罩得住！（《中華日報》，71.02.19，p. 3）

【例三】　「流氓」功業彪炳　「園中」頤養天年

　　（文：本報記者關德福）臺北市立動物園的一條杜賓犬，牠的「諢名」叫「流氓」，由於「流氓」已進入風燭殘年，雙眼已瞎，動物園為了牠一生奉獻的功勳，特別另闢了一塊小天地，將牠和兒孫養在一起，以頤養天年。

　　在動物園裡談起「流氓」，每個管理人員都會豎起大拇指稱讚一番，牠凶猛及勇敢，確實為動物園建立了不少功績，在園內獸欄中的大猩猩、狒狒及一般的猴崽子們，看到「流氓」都嚇得往籠中天頂上躲開，每一種動物都懼怕牠三分。

　　當管理人員每天送飼料餵食動物，都由牠先進入獸欄中，防守著野獸對管理員的突擊，有時候猴子由籠裡脫逃，都由「流氓」單獨去追捕歸案，牠的左耳在一次與花豹的搏鬥中被咬而受傷，自此後花豹見了牠也躲得遠遠地不敢侵犯。

　　現在「流氓」已經十三歲了，狗的年齡最老不超過十五歲，動物園為了使牠能活得更久一點，園內的動物醫院經常為牠檢查。

「流氓」的勇猛與智慧，換來了特別的照顧。目前動物園已在牠的血統子孫中，挑選另一條杜賓狗訓練以擔「大任」。(《新生報》，71.02.21，p. 3)

【例四】 Rascal, Taipei Zoo
Keepers' helper,
To retire at 13

Rascal, the Doberman pinscher that works with Taipei Zoo guards, will be retired this year at the age 13 and allowed to live the rest of his days in peace and comfort at the zoo.

One of his grandchildren will now have the job of watching over the guards when they enter the cage of the fiercer zoo animals and fetch those that escape. (《中國郵報》，1982.02.22)

【例五】 「流氓」老矣！ 「土匪」交棒！

(文：林經武) 臺北市立動物園的警衛犬「流氓」今年十三歲，垂垂老矣，往日凶猛的雄風已不復再有。「流氓」平日的任務是夜間巡邏，或有動物逃逸時，擔任捕捉的工作。

由於個性凶悍，「流氓」的名字就這樣叫響了。近年來，流氓眼疾加重，動作不如以往靈敏，去年與花豹纏鬥，整個左耳都被撕掉。

臺北市立動物園念其往日的「汗狗功勞」，決定讓牠退休養老，牠的職務由牠的長子「土匪」接棒，聞其名，知其性，「土匪」頗有乃父之風。

動物園的楊小姐牽著「流氓」與「土匪」，她說，「土匪」的訓練工作，已經差不多了，即可克紹箕裘，接受其「父親」的「衣缽」。(《大華晚報》，71.02.25，p. 3)

【例六】

　　各位觀眾，您看到的是動物園的一對忠狗，前面的這一隻是「流氓」（閩南語），後面的是「土匪」（閩南語），現在來談談「流氓」的故事。

　　「流氓」是牠的暱稱，因為牠神氣、勇敢，所以動物園為牠取了一個凶猛的名字，但是牠今年已經十三歲體力不如從前，而且雙眼都瞎了，這十三年來牠一直負責地堅守崗位。

　　訓練牠的陳得和一再地標榜牠的神勇：「這隻狗不怕豹子，所以在打鬥的時候被豹抓掉耳朵，現在年紀大了，兩眼看不清楚，所以退休了，我們找牠的兒子負責以前的工作」。

　　「流氓」的兒子雖然叫「土匪」，但是有乃父之風，不過有什麼功績呢？動物園的飼養組楊小姐說：「目前還沒有，如果萬一有情況還可以派上用場！」

　　各位朋友！如果您再來動物園不要忘記來看我們的「流氓」與「土匪」。以上是記者周荃、張宏德的報導。（《中視新聞》，71.02.24，晚間新聞）

　　弄出了這一則新聞，驚動了六個新聞媒體，心中當然高興。不過，我的同業周荃有一天一見面就把我臭罵一頓，說我把她害慘了！她說新聞發了以後，就有情治人員登門造訪，一直追問這則新聞什麼意思？弄了半天，那位情治人員才說：「妳不知道今上（經國先生）的眼睛不好嗎？」害得她解釋半天。現在各位看倌就可以知道，那時候做記者要多麼小心，那些情治人員的聯想力有多豐富！哈哈！

第 *9* 章

人情趣味特寫

第一節　新聞報導文學的精華

特寫在本質上是一種新聞文學，特寫列為新聞寫作八藝之一（新聞、新聞電訊、新聞資料、特寫、專欄、通訊、社論、短評）；另外一種解釋，那就是一種事實性的報導文學。

特寫在於事實性報導、解釋性報導、精確新聞等新聞報導方式的演進過程來說，僅在於事實性報導之後，居於大哥級的地位；尤其在電子媒體出現之後，報業為了因應競爭態勢，加重了特寫的功能。但是，電子媒體也不甘示弱，紛紛推出特寫節目。於是特寫這種報導方式在各種媒體中占有一席要地。

如果說一般新聞是吃到飽的自助餐，政治、經濟、影劇、社會、科技等新聞俱全。人情趣味新聞是家常菜，親切、可口。而特寫就是特餐了，它具備主菜、副菜、水果、甜點、飲料，滿足了饕客需求的量與質。它自成一格、主題突出、搭配絕妙、精緻、有品味、有價值。

特寫仍屬於新聞報導的一種，跟其他的報導方式，以事實為依據的基本上要求是相同的。不過，特寫在嚴謹的事實性報導的規則以外，特寫的寫作具有相當的彈性，讓閱聽人愛聽愛看。這些特性包括：

1.特寫可透過當事人或受訪人作有限度的主觀表達。

2.時間壓力較低，對事件的背景、現狀描述詳盡。

3.重視人情趣味因素，小故事。

4.不受倒寶塔寫作限制，寫作方式自由。

5.記者必須署名。

特寫的種類可分為：

1.人情趣味新聞特寫

2.新聞性特寫

3.節日性特寫

4.單一性特寫

5.生活專欄

在本書僅介紹人情趣味特寫，人情趣味特寫是以富有人情趣味因素、而具新聞價值的小故事或軼事，以生動活潑的寫作方式，對事件、人物的意義加以表現，使讀者體會報導的趣味及意義。

人情趣味特寫的寫作方式跟人情趣味新聞相似，寫作方式自由。特色是：

1.結構通常以正寶塔為主。

2.導言多採用變化導言，可吸引閱聽人。

3.文體較長，所以可包括有趣故事或對話支撐，並包括背景陳述。

4.通常把報導重點集中在個人身上，容易產生移情作用。

5.報導人物或動物，可用「性格刻劃」(Characterization)，描述風格、行事的特點，例如人類仁慈、慷慨的美德。也可以妥善運用「個體性刻劃」(Individualization)，形容外貌（例如粗獷的濃眉）、動作（舉起雙臂重複著V形勝利手勢）。甚至將背景納入（震天的歡呼聲中、宏偉的紀念堂前、昏暗的燈光下……）烘托出情境，讓描述的主題栩栩

如生。

6.特寫的結尾，有點像是結論，其用意是概括全文的重心，表達記者的深切認知，跟全文訴求呼應而畫龍點睛。

「記者是訓練出來的」，我做過記者、採訪組長、總編導、新聞部副理，以二十多年的經驗覺得此話十分有道理；不過在特寫部分來說，要做一個傑出的特寫撰稿人，除了需要苦練之外，還要具備天分才行。否則，為什麼那麼多的記者，寫得好特寫的人卻不多？以下面一段話作為證明：「一個寫特寫的記者如果沒有具備文藝作家靈敏的感覺、豐富的常識、周密的觀察、合理的分析、冷靜的理智、熾熱的感情、純熟的技巧和美妙的文字，憑什麼可以寫出動人的傑作。」（韋政通，〈怎樣寫特寫〉）

寫作程度的高低就像使用音響器材一樣，您家的音響項目絕對跟行家的設備項目相同，有擴大機、CD唱盤、喇叭等等，也可以放出像樣的音樂，但是行家的設備費用卻是高出閣下十幾倍；仔細檢查也不過是比你的器材標準多出幾個db，懂得音響的人就知道，要突破可以接受的標準，往上多一個db那就要多花不少銀子，絕對不是按照等差級數，而是呈等比級數往上跳。

寫作也是一樣，交代清楚讓人看得懂不難（雖說不難，有些受過高深教育的人寫的東西也真教人不敢領教），基本上要讀者有一幅明確的圖予以引導，如果要感動讀者那就進入另外一個境界，再者，讓閱聽人深深體會震撼人心，繼而在腦海低迴，那就是最高級了！寫作要從最基本開始往上提升，就像是從床頭音響進入發燒級音響，要跨越等級真是難上加難。

現今一般人注重快速，從送出到接受資訊只要求通順、明確而已。人情趣味新聞特寫講求寫作技巧，嚴格來說優質的特寫就是藝術品，

從採訪到寫作的事實、高潮布局，以至於文辭的洗練，都是紮實而具創意，而以專業、藝術的手法見真章。

第二節　寫作範例

　　在這一章裡舉出四個例子，國外、國內各兩篇，國外部分其中一篇出自《二次世界大戰新聞報導精華》，寫人物的〈對切的「金鋼鑽」〉，這篇人情趣味特寫當時傳遍全球，引人愛不釋手。另外一篇出選自《恩尼派爾全集》，寫蝗災的〈旱魃谷〉，是這位人情趣味新聞大師的經典之作。

　　國內的部分，當然好特寫很多，我採用了劉復興先生的一篇南部橫貫公路特寫，劉復興先生才華洋溢，人情趣味新聞及特寫寫得極好，這一篇南橫之行寫景清麗，讓人有如身歷其境。另外一篇是陳承中先生所寫的九二一震災紀實，他的文章細緻、在事實中泛出文采，有獨到之處。

　　這四篇人情趣味特寫，都符合寫作規則且達到了極致，讓喜歡特寫的人愛不釋手，希望您仔細觀賞。特別感謝黃文範先生，以及劉復興夫人歐陽元美女士及陳承中先生應允本書使用以上四篇特寫內容。

對切的「金鋼鑽」

美國海軍陸戰隊在本月份慶祝他們一百六十八周年的隊慶，因此使羅・金鋼鑽——這次大戰中、或任何其他戰爭中最有名的陸戰隊員，活到了兩百歲。

任何「皮頸兒」（註）會告訴你，「金鋼鑽」是一七七五年十一月十日，國會通過成立陸戰隊以來，最優秀的迫擊砲手。他們說，他入伍時的年齡已經相當大——三十二歲，所以到現在他該結束了第二世紀。

沒有人能對這一點確信無訛，但是由於「金鋼鑽」兵器上士，並不是喜歡出風頭的人物，因此他乾脆拒絕對任何人宣布他的正確年齡。

當然，在他的兵籍表上這些都有記載，但是「金鋼鑽」採取最大的警覺，以防止這分兵籍表洩密。依據陸戰隊的嚴格標準，在上一次大戰，他就已經超過了擔任戰鬥勤務的年齡很多，可是他那無窮無盡的活力和嚇得死人的大嗓門，卻已經使全法國人盡皆知。

去年，就在他的部隊裝載開往瓜達康納爾島時，盛傳可能要把這位頑強的老士官留在後方，雖然他比起陸戰隊裡最年輕的新兵要強壯兩倍，彆扭過三倍，可是南太平洋還沒有地方容納這麼一位年高德劭和歷史悠久的人。

「金鋼鑽」聽到了這些謠言，正像他聽見了每一件事情般，立即採取他精力旺盛的經常行動和全部嗓門。所有他要照看的地盤，他都快馬加鞭地全部照看過了；所有他該下達的命令——他下的命今比五位將軍還要多——他都粗聲粗氣的吼叫著下達了。這種快馬加鞭和大聲吼叫，都是每天凌晨五點鐘開始，這三天中，「金鋼鑽」把整個營房裡每一個人都整得暈頭轉向。可是當運輸艦離開碼頭的時候，「金鋼鑽」

卻在艦上。

有關「金鋼鑽」的傳說，在南太平洋是愈來愈多，他參加了瓜達康納爾戰役和吐拉吉戰役。在那裡，他都是吼叫著前進，而且幹了很多替陸戰隊撐腰的競賽，他在各軍種任何兵科最優秀的迫擊砲士官中，始終遙遙領先。

在吐拉吉，他用那門得心應手的八一迫擊砲，消滅了日軍十四處建築，然後他轉身同團長賭五十塊錢，他這一砲可以掉進第十五棟房子的煙囪裡，他贏了。

有天上午，事情稍微不同了。一艘日本驅逐艦繞著全島爬，「金鋼鑽」的第一發砲彈，落在這艘「錫罐頭」後面幾呎遠的海水裡。上士痛苦的雄牛嗓門，打雷般震動了熱帶植物，從翻翻滾滾娘天娘地的咒罵聲中，只聽見最後一句：「忘了給加上──了，前進！」

戰地記者約翰・海爾塞，在瓜達康納爾島目睹「金鋼鑽」的作戰，描寫他是「灰鬍滿面的巨無霸，挺著便便大腹，一副凜然不可侵犯的神色，當我們經過旁邊時，他像往常一樣，正在光火。他要繼續射擊，上級命令他暫停，『等！等！等！』他吼著：『老天！這裡有些人運氣好，逃過劫數──就因為等！』」

佛蘭克・塔伯在陸戰隊雜誌《皮頸兒》描寫「金鋼鑽」，大約六呎一兩吋高，體重把磅秤指針壓到兩百磅左右，大部分時間他總在吼，他咆哮了，舌頭就吊在嘴裡休息，準備下一陣爆發。只要他找得到，他總是就著啤酒箱喝啤酒，帽子戴在頭上。

去年十一月中，瓜達康納爾戰事的緊張，已經看出來對「金鋼鑽」的磨損。上級便命令他到紐西蘭去進醫院。他帶著狼嗥般的抗議被拉上一架飛機，然後寄存在一張乾淨的病床上，馬上就惹了麻煩：因為，他拒絕把那滿面于思給剃掉；因為，他在一位漂亮看護小姐正當要的

地方摸一把。在那裡他只待了兩天，院長說了：「在『金鋼鑽』沒來以前，我以為我是一院之主；現在，我可沒準兒了。」這位上士從醫院放出來後，立刻找路子回瓜達康納爾島。

回到瓜島一看，陸軍接了房，原部隊已經調走，而且遠得回不去。在那憤怒懊喪的咒罵聲撕裂著空氣，罵得陸軍的阿兵哥們都縮頭縮腦。發過脾氣後，「金鋼鑽」便有效地搭便船，開始渡過珊瑚海到澳洲去。

好幾個星期以後，他那魁梧的身軀，出現在澳洲偏僻的野地裡，他那一連正在那裡出操。這處地方離最近的碼頭有五十哩遠，天氣又熱、又沒有交通工具；可是「金鋼鑽」用他一雙腳量了這段距離，他大踏步走到連長前面，拍地立正，舉手敬禮：「報告，俺回來了！」

「金鋼鑽」對迫擊砲的感情，賽過了他天地中的任何事物。在南卡羅來納州的新河基地，他好些晚上睡覺時，行軍床四周圍，擺了一圈兒八一迫擊砲，他管這些砲叫「心肝兒」，沒人膽敢去碰一下。

這位上士對其他東西唯一有感情的，就是養著些小動物。提到這一項可就沒完沒了，其中有「不酸」──一頭難看的拳師狗，據馮息兵器上士形容，要比「金鋼鑽」漂亮得多；一隻人見人煩的山羊，名叫「囉呼嗦」；還有幾隻受過訓練的小雞，牠們的名字上不得檯盤。這一處祕密的動物園，正在新河靜等著石破天驚的那一晚，結實的「金鋼鑽」從戰爭中歸來。

「金鋼鑽」以鐵腕來統率他的部屬，他們起先都很怕他，摸熟了他以後又很喜歡他，到末了，他們就像一個陸戰隊員能愛任何事物一樣愛戴著他。「金鋼鑽」對任何服役少於十年的人，就像帶最差勁的新兵，這一手使得在他手下的人大傷腦筋，不過他們到末了都像哲學家般接受下來。

「畢竟，」其中一個說「假如你受得了那個老王八蛋的嗓門，你對

任何事情都會弄得慣的。」

「洋客台鑒：

　　今據貴刊十一月號由海軍文書下士艾倫‧邱吉爾所寫的〈對切的「金鋼鑽」〉一文，茲特別說明我已受到這篇文章的侮辱。我已告知俄亥俄州多勒托市本人的律師，對這篇文章採取行動。

　　第一、我不是王八蛋；

　　第二、我沒有兩百歲；

　　第三、我的舌頭沒有吊起來；

　　第四、我所餵的小雞都叫做「老弟」；

　　第五、我過去奉命到瓜達康納爾島的陸戰隊第一師去，我同第一師一部分人員離開時，那一師還在原來的駐地。

　　第六、誰准你們這個單位用我的名字？

　　第七、我在上次大戰中服役，也在這次大戰中為國效一點力，我不喜歡你們這個單位的做事方法，所以我要控告你們讓你們有點難堪。

兵器上士列南‧金鋼鑽啟
於南卡羅來納州巴黎島」

「洋客惠鑒：

　　關於羅‧金鋼鑽的那篇文章，精采之至。本辦公室中每一個人讀後，都極為欣賞，而且引起了陸戰隊司令的注意。這篇文章在我們隊慶紀念日發表，我們認為是一篇破格的讚頌。該文使得各軍濟濟一堂——由海軍寫有關陸戰隊的文章，在陸軍的刊物上發表——足以使那

些對軍種合作吹毛求疵的人啞口無言。

海軍陸戰隊公共關係室主任

鄧尼格准將　上

於華府海軍陸戰隊司令部」

〔註〕「皮頸兒」，美國海軍陸戰隊隊員的外號。

　　每一支軍隊，都有它的英雄和孬種，有辛勤不懈的好漢，也有「拖死狗」的專家。神祕的戰爭氣息，一部分便是人們很快就忘卻了戰鬥中的恐怖與骯髒，甚至樂於有並肩作戰戰友間存在的粗野交情。也許這是動亂時代中，大自然保護心靈的方法，軍人很快地在埋沒中找到英雄們，把他們捧成十全十美；同時，對那些不能同情的人，避免提及，就像他們得了黑死病。

　　其中就有一位這樣的英雄，便是第二次世界大戰中最有名的海軍陸戰隊隊員，兵器上士列南‧金鋼鑽(Leland Diamond)。陸軍《洋客》周刊記者艾倫‧邱吉爾(Allen Churchill)海軍文書下士，寫了一篇〈對切的「金鋼鑽」〉，活龍活現地描繪出一位不朽的人物。

　　邱吉爾的這篇報導，使「金鋼鑽」的傳奇傳遍全球。本篇載於一九四三年十一月七日《洋客》周刊。(路易士‧史都尼(Louis Snyder)，《二次世界大戰新聞報導精華》，pp. 262-266)

旱魃谷

一九三六年，我沿著這處「旱魃谷」，開車開了幾近三千二百公里，整個美國似乎備受乾旱與炎熱，有了不同程度的搒掠與傷害，可是在谷內這帶，卻是完完全全的毀滅，它始於達科塔河東界一百六十公里，一直向西延伸到蒙大拿州，把南北達科塔兩州與懷俄明州的一個角落都包括在內，以我來看，南達科塔州受災最為嚴重。

在那處旱魃肆虐的天地中，你終於到達了這種程度，你望著那些地方，已不再說「老天，這真是恐怖！」你已經習慣了乾乾的田野，與焚毀的草地。開車經過摧毀了的田野，日復一日，漸漸使你接受，這是一片廣袤的大地，昨天如是，明天亦復如是，後面一百六十公里如此，前面也有一百六十公里如此，每一處的報導都一模一樣，莊稼人說的是同一樣事情，田地看起來都一樣──土地變得像蜜蜂的嗡嗡，過了一會兒，你根本察覺不出來了。

我剛剛見到我國的大地有太多的毀滅，田納西州美麗的河谷與山坡，給沖刷進了大洋，留下的只是備受摧殘與一無用途的景色。堪薩斯州西部多風的荒野，剝奪了一切的生命，一度曾經是樂園的地方，竟成了令人窒息的漩渦。而廣大起伏的達科塔兩州，一度有大批的牲口以鳥兒的鳴叫自由啃青，現在由於人而避得赤地千里，田地龜裂，適於生存的境界成了煤床。

蝗蟲是一種古怪荒唐的生物，牠的幾隻腿在關節外，而眼睛更好玩。可是在一九三六年，蝗蟲對達科塔兩州，猶之如邁阿密的颶風，和加耳維斯敦士的漲潮；在西北地區，每一個人的談話，張口閉口都是蝗蟲，僅次於大旱，成為談話題目的第二把交椅。你沒法兒說，蝗蟲毀掉了大旱所剩下來的一切一切；毋寧這麼說，蝗災與旱災在赤日

炎炎的夏季，頭對頭馳到，很難說最後一片草葉是死於大旱，還是被蝗蟲啃光的。

您有沒有見過一片新犁過的地，土壤剛剛翻開，全部都是黑油油的，根本沒有植物？這個，告訴您吧，這就是玉米田經過蝗蟲來過的景況。牠們不僅僅只吃玉米葉，而且吃玉米莖，而且向下打洞，玉米根都吃得清潔溜溜。地面上的更是半點兒不留，牠們對五穀、對青草、對蔬菜全都一個樣兒。

想要拍一張蝗災後田地的照片，可是我卻不要一片光禿禿的田，因為你不能證明，這裡曾經有過玉米啊！我要找的是一片田地中，還有無葉的玉米莖像桿子般豎在那裡，我在南達科塔州整整開了半天的車，才找到一處玉米田，甚至玉米莖的莖樁還在，發現了這處，便拍攝下一張照片。像尋常一樣，這張照片沒有刊載出來，但這無關宏旨；要點在於大約每兩百四十公里，才僅僅有一塊玉米田，並沒有從地面上完全消失。

開車的人頭一次與蝗蟲遭遇，便予他一種不舒服的感覺，牠們並沒有在空中形成一片黑雲，而只是厚厚一層，停在公路邊，除非車子把牠們趕起來，你見不到牠們。這時，牠們一下子向四面八方飛散，就像一張戰爭海報上的子彈一般。牠們停在、黏在整個汽車身上，我則不斷閃避、眨眼睛，你見到一隻蝗蟲正對著你飛過來時，人就本能的一縮。正當你這樣做時，牠就蓬的一聲撞在擋風玻璃上，那聲音就像是有人砸石頭過來似的。

頭一批蝗蟲前後大約有五公里長，我在卜一個市鎮停了下來，買了一方防蝗網遮在水箱前面，在那裡出來的汽車，幾幾乎每一輛都有。如果你不買的話，蝗蟲就會黏在水箱上，閣下所知道的第一件事就是，水箱表面便是實實厚厚的一層，空氣不能通過，發動機就發熱起來。

保養場的人用一把掃把，先把水箱前面的死蝗蟲掃掉，再裝上防蝗網，我真的傻得可以，還去數一數有多少隻：總共二百八十四隻。打那以後，我起碼有三分之一的時間，穿過蝗群，車內從來沒有少過五六隻蝗蟲與我相處，一天中大致有三次，有一隻蝗蟲順著我的褲腳往上爬，我便不得不停下車來，把牠清出去。你也很容易在旅館房間裡，或者早上你的襯衣中找到牠們，甚至在最好的餐廳的檯子四周跳來跳去。

老資格的人告訴我，蝗蟲的來有週期性，一九二〇年有過很嚴重的一次，還有一次則在一九二二年，牠們通常會連續鬧上三、四年，而在早年牠們就更屬害。這是這個循環中的第三年，也是最壞的一年。顯然，你對這種事沒什麼辦法，政府曾經用過「巴黎綠」這種農藥，沒錯，殺得死牠們。可是誠如一個莊稼漢說的：「牠們每死一隻，就有一千隻來參加牠的喪禮。」那就像要在水裡鑽出一個洞一般。

在蒙大拿州東南的粉河一帶田地，在五十年前該是一片多麼一處了不起的地方，「那可是門房以外未曾有的最偉大的一片牧地。」威爾生說，他生在這片牧場上，當過牧場的牛仔，又當多年的管理人，可是在一九三六年夏季，他卻在一家木材廠工作。

「這種短短密密的青草，是美國最富足的牧地，」他說：「你可以一年到頭放牛，也許只除開最冷的冬天有個把月，而你也能沿著河底收割足夠的野草，使你度過這最冷的一個月。當時這片地還歸政府所有，是一片自由牧場的土地，牲口一批批都很多，而牛仔的趕牛法也和書裡面的一樣，放牧的牛群，很大的一批批，數以千計，一直在移動，一直都自自由由──沒有欄線，也沒有分界線，飲水也沒有限制；而借款也很容易，也一向都能還款不誤。

「放牛的牛主會到銀行去借款，銀行會問他有多少牛，但不再多

問別的問題，銀行要是派人出去數數他的牛，這就是一種冒犯與侮辱。一個完完全全陌生的漢子，也可以走進銀行，把一張支票兌現，他們甚至第二眼都不望他一下。那年頭兒裡，任何牧場主走了，鎖上家屋，那就是不見容於當地。你可以把一隻金表、五十塊大洋、一罈威士忌和菸草留在桌子上，等你回得家來，威士忌和菸草也許沒有了，可是那五十塊大洋和金表總會留在那裡。」

　　下面是一個店主說的：「那個年頭兒裡，顧客上門大約一年僅僅兩次，可是他那分兒買勁！在春天裡，一個牧場主一進店，買上個八百美元到一千美元的新貨，根本不算一回事兒；一個人總是要買目前店裡所存的那麼多貨，也許會進來一個以前從來沒見過的漢子，他就沿著貨架走，把自己要的東西挑出來——連身工作服啦、襯衫啦、靴子啦、還有菸草，也許總值六七十塊大洋，你就問他為誰趕牛，他就說上一個單位，你要知道的，就是這麼多了。他把這些東西拿了走，你就再也見不到他了，直到秋天，這時他才進來付賬。這些人你一個子兒也不會損失，在古早的年頭兒裡，」店老闆告訴我道：「放牛的價值五萬美元到百萬美元不等。」他們住在草原的遮棚裡，接了家眷來辛勤工作，可是他們有錢，而且做人方方正正。

　　「今天，」店老闆說到：「粉河區這一帶人人都破產了，八成兒沒有一個人在銀行裡的錢，超出一千五百美元，沒有負債的人很少，銀行對你的生活一個子兒也不貸，放牛的人進來，一次買上一塊鹽，種田的人來拿走一袋馬鈴薯，說他能還的時候就還。」

　　這一帶美麗的起伏綠色丘陵都光禿禿的　　片了，是那種砂石路的顏色，不時還看見小小一批牲口，其他的牛群，在牠們瘦死以前就都進了市場，一向總是遠離公路的住屋，了無樹木地蹲坐在毫不憐憫的太陽下，在它們四周，可以見到一長排一長排銹損了的、動不了的農

機，看不到幾匹工作馬匹，在乾涸的溪流邊擠在一起，颼颼地刷尾趕蒼蠅，在田地裡沒有牠們的活兒了，莊稼人和放牛人有的在補圍籬，有的做短工，或者根本就坐下來等待。

在湍流市，我們湊巧遇到羅斯福總統派來的旱災小組，在那裡度周末。我們住在同一家大飯店，我們的四樓房可以直接俯瞰到大飯店的正門——有一座總統蒞臨和離去的看臺，這天是星期天，正當總統開車赴教堂時，有一批湍流市的市民在歡呼；過了一陣子以後，街上的鼓掌聲把我從打盹中驚醒，總統從教堂來了。這批群眾依然在那裡，本人就在自己的看臺窗戶上張望。

我一向覺得，這是一種很好的體貼感，在報業中很少提到羅斯福總統的部分癱瘓，但在我看來，敘述這一天湍流市所發生的事情，並不違背良好的格調。汽車停在大飯店門口時，群眾都停止了鼓掌，默默地站立注視，這是一輛七人座的旅行車，車頂已經放了下來，總統的兩位少君和一位乘龍快婿，在他之前先下車。在人人等待中，總統伸手抓住備分座椅，把它拉倒在自己前面，然後抓住繩欄，以他兩隻強有力的胳臂，使自己滑向前面的備分座位上，略略轉身，使兩條腿出了車門，越過腳踏板，兩隻腳幾幾乎到了馬路邊，他的隨身侍衛吉瑞契，已站在那裡準備協助他，可是他卻用不著人幫忙，這時你幾幾乎可以聽見一枚別針掉到地上的聲音，總統兩隻手放在一條腿上，向下一推，鎖住了他膝蓋上關節鋼架，緩緩地對另一條腿也這麼做，然後把兩隻手放在汽車的一邊，兩隻胳臂把身體舉起來在自己兩條腿上，他人站直了，我從來沒見過這麼筆挺的人。就在這時，緊張消失了，群眾都鼓掌起來。總統背向著大家，也沒有回顧，這只是一種短暫而有約制的鼓掌。

我不知道，不過我懷疑這種情形以前在總統身上發生過，那是我

見過對勇氣最親切、最欽佩的讚頌。這是一件極其生動的事情，如此出人意料，如此自動自發，那就像他們在用兩隻手談話：「我們知道不應該鼓掌，但是我們情不自禁。」我把頭從窗戶邊轉過來的時候，喉頭都哽塞了。(《恩尼派爾全集——天下四十八州》，pp. 58–64)

南橫公路　多采多姿　純樸風光　引人入勝

本報記者劉復興

　　南橫公路已經完工兩年多了，可是它沿線的大部分地區仍然保留著純樸的原始氣息。這一點也許是它將來最吸引人的地方。

　　中興大學園藝系教授程兆熊在兩度探勘這條公路後說：「在觀光和經濟價值上，南橫公路可能比中部橫貫公路還要高！」

　　他站在南橫公路西段的梅山，兩眼望著這條迤邐往東，消失在崇山峻嶺的公路，似有無限的神往。

　　由臺北去的記者團十日下午在梅山遇到程教授。他帶著另外四位教授從東段入山，跋涉了好幾天，探勘沿途的資源。這時，他們正在梅山打尖。

　　他們這個探勘團的另外四位教授是陳澤亞、蔣永昌、張雙滿和裴曙舟，分別是農經、果樹、土壤和病蟲害方面的專家。

　　程兆熊說，南橫公路不像中橫公路那樣，只有太魯閣、天祥、梨山幾個點可供遊客駐足觀賞；它沿線的風景幾乎可以說是呈線狀。在西段的寶來、梅山，以及東段的埡口、向陽、利稻和新武等地，都有蘊藏相當豐富的天然資源和觀光資源。

　　在接下來的三天行程裡，記者團走完了這條全長一百七十三點五公里的公路，也印證了程兆熊的這個看法。

　　大抵來說，南橫公路的東段比西段的風景要壯麗得多。西段的起點玉井到梅山這一段，大多是沖積的砂壤土，容易流失；大雨過後，路面受坍方影響，交通立刻中斷。

　　中國青年反共救國團在西段的梅山和東段的埡口、利稻都蓋了「自

助旅社」供前往遊覽的人在那兒食宿。

　　由梅山的「自助旅社」走過一條橫跨荖濃溪的吊橋，就是一個布農族聚居的山村──梅山村。

　　在南橫公路未修築前，這些山胞的生活都很苦，他們只有以務農和打獵維生。在附近的山上，他們有許多保留地，種滿了油桐。油桐子熟了，他們任由它掉落地上，腐了，爛了，也沒人睬。

　　公路修築好後，開始有人坐了車來收油桐子，梅山村的山胞都因賣油桐子或賣油桐樹林，改善了他們的生活。像鄒德先一家人，去年靠油桐賺了六、七十萬元。

　　鄒德先是屏東山地農校畢業的。他除了種油桐外，還飼養了許多水鹿；許多人專程趕了來，向他收買鹿茸，一斤可以賣到七、八千元。所以，他家裡有一切電化設備，連電視機都是彩色的。

　　記者團在梅山住了一夜，第二天一早，太陽光還沒有照滿整個山谷時就動身了。一路往東。路越來越高。沿途遇到的人也越來越少。

　　逐漸的，在路邊開始出現許多野生檜木。走到距離埡口約十公里的一處地方，只見路旁全是檜木原始林；許多檜木樹幹粗極了，怕不要七、八個人才能合抱。這個地方，修路工人替他取了個頗有詩意的名字──檜木谷。檜木谷再上去，叫做天池，是由一個終年有水的小潭而得名。

　　這個小潭距離路面約三百公尺，水潭邊有幾棵老樹，老樹的影子投注在水潭上，更顯得潭水深幽。

　　車子再往高處走，便到了這段公路的最高點──大關山埡口隧道。這裡的海拔有兩千七百三十一公尺。這個隧道也是沿線最長的一個，長六百十五公尺。

　　在埡口這個地方，最值得一看的該是附近山谷裡的雲海了。每到

下午時分，山谷裡就飄起雲來，雲順著山，翻翻滾滾，淹沒了整個山谷；雲氣盛時，甚至把埡口隧道都給封閉了。

在埡口以西的一小段路，叫做禮關段。曾經有一位公路局的監工陳武雄，因為探勘路基，被山頂的落石打中，死在那裡。現在，路邊修築著他的半身石像，紀念這位負責盡職的工程人員。

從埡口到利稻間，最值得開採的是路邊岩石裡蘊藏的雲母和石英礦。此外，利稻村民正準備把溪谷裡的溫泉接上來。這個計畫很可能全面改善了他們的生活。

從利稻到東端的終點海端，處處可見幽谷飛瀑。其中有一個瀑布，高約兩百公尺，雄偉極了。

在程教授的探勘隊裡，學農經的陳澤亞教授認為，將來開發南橫公路時最需要注意的事，是生態的平衡。他說，南橫公路有許多地方可種蘋果、水蜜桃等高價值作物。但是如果大家在山坡地濫種。很可能加重了土壤的流失。所以，他主張坡度超過限制，應改種胡桃和板栗等乾果，這樣才能維持土壤；南橫才不致在一場豪雨後變成柔腸寸斷了。

這條公路處處可以看見大自然神奇的力量。當人力貫注到裡面後，要時時想到：如何使大自然的力量不致太過分，也不要使人力太露痕跡。（《聯合報》，民63.05.16）

殘山殘水殘夢系列五
日月潭的美　只能明信片裡尋
光華島裂了，玄奘寺坍了，涵碧樓、慈恩塔也傾斜了；
想在這兒找到一點無恙的跡象，只有失望……

記者陳承中／專題報導

慈恩塔斜了。

文武廟爛了。

日月潭碼頭碎了。

不論從哪一條公路進入日月潭，不消片刻就都能驚見日月潭鮮明的傷痕！

就算化身成一縷山嵐由空中飛入日月潭，只見光華島裂了，玄奘寺坍了，涵碧樓與蔣公行館劈做了兩半，各自魚爛一方，想到昔日所識而想尋找是否仍有安然無恙的一點，須臾之間也失望了。

九二一大地震的日月潭，好像碰到警察的流動攤販，呼嘯一聲，捲起滿地的山光水色就跑了。

有的角落它收得很徹底。

日月潭教師會館，就整個被收走了。如果家裡箱底還有日月潭的風景明信片，那張教師會館的，把它留著。那上面的樓臺窗堂，楊英風的壁畫雕飾，種種種種，全已消失了。

有的角落它收掉大半。

碼頭老街　沒幾間完整屋

環抱日月潭碼頭的那條老街，就收得只剩下沒幾間完好的房屋了。

不管這條老街留在你心中的回憶是三十年前的、二十年前的、十年前的、甚至兩個月前的，不管這條老街留在你心中的回憶是和小販討價還價、是選購一把俗氣的玩具弓箭、是髮廊中洗頭髮、或是彎著腰觀賞飯店魚缸裡的「總統魚」，請把這些「護貝」在你心底，以免再來這條老街看一遍走一遭時，它整個變了樣，褪了色。

不願相信日月潭大震之後變得這麼大這麼糟，決定環湖再仔細看一回，這次找了水里日月潭畔土生土長四十多年的陳月娟嚮導，由她來次震前震後的比較。結果一路只聽見陳月娟「哇哇」駭叫，「損失慘重！」「坍太厲害了！」「好可憐！」「好可怕！」「三年不能恢復！」「阿彌陀佛、阿彌陀佛！」

真的很後悔找她帶路，太吵了。

孔雀沒事　但有遊客嗎？

先到玄奘寺，裂開了。循石階爬上慈恩塔，小路中斷木當道，登了頂後，驚見全塔略向右傾，塔下一地碎片殘骸，塔前副樓成了危樓。轉到玄奘寺，更可怕，牆崩地裂，寺前小店全關，三條野狗，寺內林木森森，野鳥在裡面叫，沒人敢進。德化社，「災情嚴重，很多房屋裂了。水位下降，原本由我們飯店房間一伸手即可釣魚，現在下面是土。」哲園總經理吳德旺說。

孔雀園，「土坡塌了，倉庫壞了，」「孔雀沒事，但有遊客嗎？」管理員沈依萱，說完走了。轉個彎就是文武廟。站在廟前深深裂開的公路上，左看、右看、上看、下看、進進出出的看、東奔西跑的看、偌大的廟、廟前的景聖樓大飯店、小商店、臨潭遠眺的觀景臺，這整個「社區」都爛了。

觀光飯店　倒的倒壞的壞

「這裡暫時停業，房子壞了一點。」中信日月潭大飯店黑黑的廊下坐著三位日月潭派出所的警員。「日月潭一共九間大飯店受損很嚴重，其中九龍大飯店最嚴重。」

什麼最嚴重？一轉過文武廟和中信日月潭大飯店，看到九龍大飯店整個塌了，夷為平地！殘柱上被人噴了「可憐喔！」幾個大字！

而後是日月潭碼頭和涵碧樓圍繞的這一圈不知多少臺灣人的「夢裡鄉關」明潭舊區。

走進去，天廬大飯店、鴻賓大飯店、水沙蓮觀光大飯店、碼頭飯店、明湖餐廳、涵碧樓、日月潭教師會館、鑽石樓大飯店，只見倒的倒、壞的壞。

環湖公路　到處都坍方

一片殘破。有的完全消失了。

完全消失的明湖餐廳，地震時還壓死了一位地方要人的親人。如今廢墟癱在碼頭邊上，遙望著也殘廢的光華島，遙望著遠方山頂的慈恩斜塔，頂著向它傾斜的涵碧樓蔣公別館，俯視無人的遊船。

「沒生意。」不死心，災後仍開著店的舊區入口「日月潭小吃館」，老闆娘林素珠說。

「我朋友的店也關了，逃走了。」陳月娟指著小吃館隔鄰的一家山產餐廳說。

日月潭環湖公路，到處都是坍方，好像群山被地震嚇得伸出一條又一條小舌頭。

人情趣味新聞料理

「慈恩塔上的珠珠也震掉了。」涵碧樓大飯店副總經理莊政龍說。

（《聯合報》，88.10.03）

第10章

人情趣味新聞寫作原則

第一節　可讀性

近來流行一字CHARISMA，政治人物、企業領導人、新聞人物都非得領略其中精髓，並且熟用招數。雖然有些人天生就具有這種魅力，但是裝出來的也不少。CHARISMA只要管用，用一下也無妨，何況這個時代講求明星，大家歡喜就行。其實，有些具有群眾魅力的人，私底下卻「龜毛」得不得了，你只要向祕書、駕駛圈打聽一下就可知道排名，答案可能令你大吃一驚，把您崇拜的偶像形象破壞得慘不忍聽。有一次我到一個會議外場，一群司機老大聚在一起，提起一位親和力及名聲絕佳的首長，他們都恨得吐口水，您就知道有多好笑。

講到這一點似乎有點遠了，但也不離題。我要說的是可讀性，跟CHARISMA很相似，它的個性令人覺得可愛，很容易被人了解和接近，也使人發生興趣。一則新聞所含的可讀性，就是如何使閱聽人對這則新聞能樂於接受，並迅速了解。人情趣味新聞尤其注重可讀性，因其魅力賣點就在這裡。

可讀性如果用在做菜，就是要能在菜中具有吸引人的基本本質，這項材料就是「高湯」，也叫「湯頭」；一般家裡做菜，老是不如餐廳

或行家好吃，其實料都差不多，就差在高湯以及過油。因為家庭很少備有高湯，充其量弄個速成湯塊，那當然不行。高湯之妙用，在於提味，無論濃郁、輕淡皆宜。

　　人情趣味新聞當然要注意可讀性，除了要掌握簡潔、客觀、親切、生動四個途徑以外，最重要的就是本身要有CHARISMA的本質。人情趣味新聞要能吸引人，在內容上必須內外兼修；人情趣味新聞內在要有閃亮如鑽石般耀眼的魅力，但是要靠簡潔、客觀、親切、生動做為接近的階梯，這樣才能讓閱聽人輕鬆的登堂入室，一親人情趣味新聞的光與熱。可讀性注重親切以及生動：

　　1.親切──如果您講的事跟大眾零距離，而且用閱聽人熟悉的說法表達出來，那就結了！例如，報導一位與妻子離婚，已經五十歲的男子，住在臺北松山區山腳下，無正常收入全靠菜攤剩下的殘葉及豬皮、豬骨頭為食，雖然如此，身體超級強壯，前些日子一場吃核桃比賽，他以一口大鋼牙咬破核桃核，以數量之多獲得冠軍。他畢業於公立著名大學，學的是企管，近十年來，他專注研究臺北街道名稱及歷史，如果你能以一個鄰居的眼光來寫，那就成功了。剛剛講的故事是真實的事，他是我的初中同學，前些日子來辦公室找我聊天，七月天氣溫高達33度，他的多汗症使得靠在沙發上的部分出現一個八十多公斤的壯碩人形。出現在我面前的他，一頭白髮，面部皮膚如嬰兒般細嫩，兩眼炯炯有神，講起話來急促有自信，語氣有如超級推銷員。我有一股衝動立刻打電話給我的好友何家駒，讓《華視新聞雜誌》好好的介紹這位怪人，以饗閱聽人。

　　2.生動──如果以文字或聲音表達，您就必須有一種能耐，就是閱聽人接受了這則新聞時，腦海中能浮出一張鮮明的圖畫，好像目擊新聞中所提到的一切，那您的大作就成功了。你看過《水滸傳》中那

一百零八條好漢，除了名字取得好，你看看每個人的形象、體態、脾氣、動作，描寫得細膩教人稱奇，那就是生動。

第二節　白話新聞

文言文有很多優點，優美、簡潔是文字的藝術，不過它的缺點是艱澀難懂，有如貴族文化難以普及。白話有其平民化的特質，普羅大眾適用，是一種活的語言，流傳容易且快速。海峽兩岸雖然分離但同時致力於語言統一，臺灣推行國語運動將近五十年，成績斐然。海峽對岸推動普通話成績也很好，十三億人同一語言，想一想還真不容易。

五四運動以後，白話運動「白都白到頭上來了！」但是當時報紙上依舊文言充斥，講求古色古香，甚至講究對仗、押韻，後來進行到文白夾雜，到如今已經全般白話了。講起來容易，這個演進過程也花了近一甲子。

文言造成了報紙的推廣限制，國民政府撤退之前報紙的發行狀況是：⑴報紙集中在都市，⑵文盲與報紙發行量低成為惡性循環。

白話運動已經是世界的潮流，在英美國家，尤其是美國已公開承認陳腐的文法修辭學是落伍的，他們的口號是語言製造字典，而不是字典製造語言。因此每年總有許多大作家寫出過去視為粗俗卻被大眾接受的字眼。

而在這裡我們所說的白話新聞，是指撇開文言文的限制，用活的文字來代替，這與說的白話還是有一點不同，不是加一些「的、嗎、呢……」這些語尾助詞就是白話文，更不是把受訪人所講的話一字不漏的紀錄就是白話新聞，也不是用翻譯外文的文法寫東西就是白話新

聞，現在已經少見一個包含子句長達四五十字的寫法，我們在六十年代受夠了那種對視覺的侵犯，到今天還耿耿於懷。

但是近來有些實習同學寫的新聞稿，看起來也真教人頭痛，不要說倒寶塔寫作，最起碼的要求都達不到，字句不通、錯別字一堆、段落不清、對於事實的陳述有如傳播大師麥克魯漢跟李登輝的跳躍式思考，真是不知如何修改。

如果您要精進白話文，王洪鈞老師要求學生看《水滸傳》、《紅樓夢》、《西遊記》三本小說，記得民國六十四年那年利用寒假看完《水滸傳》，尤其魯智深酒後亂性、搗毀廟門、修理當地混混把他們丟進糞坑，把眾主角個性寫得淋漓盡致、躍然紙上，而忍不住啞然失笑。到民國八十年我進研究所，又再讀一遍，「笑」果依舊，值得向您推薦。

人情趣味新聞要能推廣，白話化是非常重要的，如果深奧難懂那就會趕跑閱聽人，顧客沒進門就走了，怎麼能讓他們享受到您的絕活呢？

在廚藝來說，白話新聞就像是活的廚藝，要跟生活互動；菜要吸引人除了本質要好，佐料也要適當的用，小蘇打跟嫩精可使肉質嫩，醬類的番茄醬、甜麵醬、豆瓣醬、芝麻醬，搭配食材有相乘效果，迸出食材誘人的美味。

第三節　語　句

人情趣味新聞講求的就是普及，要的是絕大多數閱聽人能接受，千萬不要以你的水準去衡量受眾；你講的、你寫的，就要用他們的語言、文字，才能溝通。另外，如果您的受眾水準很高，用艱深的內容，

他們會認為浪費時間及眼力，結果是惹人厭，一樣得不到傳播效果。

我的兒子徐子為現在已經成為小小美少年，經常看了電視新聞就提出一堆問題，如果是憲政問題、科技新知，他年紀小不清楚也就算了；但是經常問新聞裡的文言成語、典故，那就表示我們的電視新聞有問題了！在語句上要注意什麼？一是通俗，二是緊湊。

1.**通俗**——在這一方面，就是盡量不用文言字眼、成語、典故。如果夾雜這些字句就是文白夾雜，非常不協調，索性要白就全白，夾帶總是不好的做法。當然要完全拒絕很困難，您要注意如果文白夾雜，不懂的人會罵你，懂得的也不會稱讚你，是不是？

現在這個時代文盲已經近乎絕跡，臺灣九年國教也實施了三十多年，我們碰到的問題是資訊要普及，每個人都很忙，資訊要簡潔易懂，所以寫人情趣味新聞切記通俗這個原則。

看了上面這一段，您一定會問：「你不是說過人情趣味新聞導言可以用成語典故的嗎？」是的！我是說過，不過這不衝突，原因是用成語典故在人情趣味新聞，目的在於增加閱聽人的興趣，只要用的成語典故每人都知道，就不受這項限制了。

【例】

（劣）端賴　　　（優）全靠

（劣）矢口否認　（優）絕不承認

2.**緊湊**——這個部分指兩個方面，一是字、二是句子；用字就是要直接有力，每個字都在最有效的位置。要注意，字數要在不影響要件的情形下盡量簡單，不要廢詞、贅詞。

【例】

　（劣）市民住宅被竊者很多

　（優）很多人被偷

　句子方面，短句是最好的表達方式，如果包含了太多的事實就容易混淆，原因就是不知如何斷句，這種情形在廣播電視新聞中不容易出現，原因是經過採訪副組長、組長、主播守門人幾關下來已經改好了。

　不過現在比較多的情形是：短句子做到了，結果句子裡的人稱、姓名分散在每個句裡、重複囉嗦。最好是妥善使用代名詞，解決問題。

【例】

　（劣）新任財政部長顏慶章矢言，穩定股市是他接任財長的首要任務。顏慶章說，上任後一定會在股市方面著力，讓股票價位盡快反映「經濟基本面所應反映的價位」。但顏慶章也堅持證交稅不得調降。

　（優）新任財政部長顏慶章誓言，穩定股市是接任財長的首要任務。他上任後一定會在股市方面用心，讓股票價位盡快反映「經濟基本面應該反映的價位」；但他堅持證交稅不可調降。

第四節　段　落

　如果你是一位讀者看一篇報導，來一篇三百字，黑鴉鴉的沒分段，受得了嗎？而人情趣味新聞的段落非常重要，因為牽涉到高潮部署，以及敘述事實的配重。不管其他新聞書籍怎麼說，我倒是認為段落是

基於：

　　⑴閱聽人的需求。

　　⑵記者處理新聞，技術為低標、藝術為高標的守則。

　　技術方面，一段最好不超過兩百字，把該交代的事實清楚的分出幾個部分。就像是來了一條一斤半的石斑魚，去鱗去鰓，頭尾做鮮魚湯、中段清蒸，如果一條魚只有一斤那只好清蒸了。所以材料的應用全憑當時的狀況。注意，段落要清楚，不要拖泥帶水，分段有如一把鈍刀，切得食材變形、切口瀝瀝啦啦，那就壞了一道好菜。藝術方面，段落處理得好，閱聽人有如在欣賞電影名作，在一定的環境裡，享受一波一波的高潮。每個段落結束，都有像筵席中每道菜結束迎接下道菜那種期待、等待柳暗花明的感覺。

　　段落另外一個用途，就是讓誘人的材料很容易的顯現在閱聽人的面前；前面說過，黑鴉鴉的一片不分段，就像是一盤好好的黑椒牛柳，鮮嫩的里肌蓋在洋蔥下，哪能讓人看到好貨色？分階段吃得容易，目標好找，細嚼慢嚥好滋味。

第五節　簡　潔

　　1.刪除多餘的字句 —— 要達到新聞的簡潔並不難，只要新聞寫好了以後，仔細的再讀一遍，刪去沒用的字句。

　　⑴多餘的冠詞：句中的冠詞像是「這個」「一個」能省則省。

【例】

（劣）要求該部設立一個緊急救難統一窗口

（優）要求內政部設立緊急救難統一窗口

（劣）關於八掌溪延誤救援一案

（優）八掌溪延誤救援案

⑵多餘的虛字：描寫動作時應以短字代替長串字，可使句子短而有力。

【例】

（劣）會議延至七時始散去

（優）七點散會

（劣）應積極予以救援

（優）應積極救援

⑶不通的口頭語：要避免講不通的口頭語。

【例】

（劣）目前這個時候他沒有空

（優）他現在沒空

（劣）出乎他的意料之外

（優）他真沒想到

2.表現確切的印象 —— 含混的字眼給人模糊的印象，相反的，簡潔的字可以給人信賴感，把事實適當的強化，表現確切的印象。

【例】

　　（劣）動員的消防人員有兩三百人

　　（優）動員消防人員兩百七十人

　　（劣）當記者詢問中共可能於北戴河會議後，對台灣嚴厲施壓，唐飛院長答稱……

　　（優）唐飛院長確信中共北戴河會議後不會有大動作。

第11章

各媒體製作
人情趣味新聞祕訣

　　各媒體製作人情趣味新聞目標一致，但是技巧不一樣。真是隔行如隔山，外行人看熱鬧，內行人看門道。所以這章由三人執筆，新聞攝影由現任《中國時報》資深攝影記者沈明杰負責。報社攝影、廣播、電視攝影記者一直是新聞現場第一線尖兵，明杰與我就是在新聞現場相識；他那種冷靜等待、動則如豹、攫取新聞的架式，令我欽佩不已。明杰兄與我相識二十多年，一身短打、米色攝影夾克、運動鞋、外加吃飯的傢伙——廣角單眼照相機，就是他的寫照。他很能抓得住新聞的重心，精心設計、掌控得宜，經常有傑作。真實、絕不渲染是他的堅持，新聞攝影就請他負責。

　　電視部分由何家駒兄寫，家駒現任華視新聞部製作組長，文化新聞系、政大新研所畢業，歷任記者、副組長、組長，由於他忠厚老實，一直被我取笑為「電視公務員」；他工作忙碌卻不忘專業進修，經常買書，還在大學當兼任講師，有好幾次被他拉去講課，謔稱為服勞役；我家有小兒要照顧，卻難以推辭，現在提出此要求也算討債成功。廣播及編譯部分當然就由我來寫了，相信這三人組的表現一定令你滿意。

　　1.人情趣味攝影——人情趣味照片能讓人會心的一笑、也能讓人喜悅、哀傷，在閱聽人的心靈中激起劇烈震撼。拍攝過程可能是唾手

可得，但也可能等個半死結果什麼也沒有。經過安排、設計的照片很容易穿幫，不是新聞記者的正途。新聞攝影記者最基本的要求就是求「真」。這一直是我們所堅持的原則。

在三十多年的攝影生涯裡，拍過的照片不下數十萬張，獨獨對人情趣味照最傷腦筋，有時正在採訪拍攝，主角的動作或背景相互輝映就成了佳作，成為同業中的「毒家新聞」。

攝影最重要的是要眼尖、反應快，應該是看到就可以拍到，說起來容易做起來可不容易，只要多看多走，機會就是你的。運氣對我而言只有百分之二十，有些趣味照片部分是安排、設計的，一般看到的廣告類或海報都是經過一批專業人員策畫、創意、執行的成果，而不是新聞人員的範疇。

拍攝人情趣味相片的訣竅：

⑴求真：請特別注意！記者的天職就是報導事實，文字記者用訪問得到事實，用文字表達。攝影記者就是用相機為工具，傳達事實。不作假是堅持的原則。人情趣味新聞攝影，要能表達人們真的情感，繼而打動讀者的情緒。

⑵眼尖：一個新聞現場，有太多的取景方向，如果要交差了事那太容易了。一個盡職的攝影記者，除了要有耐心以外，也要有新聞鼻。除了注視新聞主角以外，要注意周遭的任何動靜；有一張新聞攝影相片，一直在我腦海出現，那就是一位老先生低頭跌坐在穀倉旁，現場一片寂靜；圖文說明是「悔恨交集的祖父」，因為沒注意到車後的小孫子，造成小朋友命喪輪下。一般的角度就是傷心的父母哀淒的相片，以這個例子另一個場景或許更感人。

⑶耐心：一張優質的人情趣味新聞相片，背後成功的因素很多，其中有一點非常重要，那就是「耐心」。民國八十九年十一月二十七日

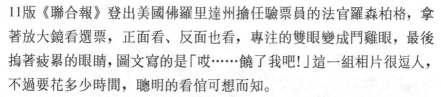

11版《聯合報》登出美國佛羅里達州擔任驗票員的法官羅森柏格，拿著放大鏡看選票，正面看、反面也看，專注的雙眼變成鬥雞眼，最後搗著疲累的眼睛，圖文寫的是「哎……饒了我吧！」這一組相片很逗人，不過要花多少時間，聰明的看倌可想而知。

　　⑷不惜成本：有些新聞場面，好鏡頭稍縱即逝，不要怕浪費底片，拍到一張好相片，比起多用幾張底片的支出絕對是值得的。現在相機的連拍器就是攝影利器，只要注意取景、不必單手來回扳捲片拉柄，見好就按快門，應該就完成任務了。而攝影記者一定要保持一項好習慣，就是永遠讓攝影機在待命狀態，抓住機會搶得先機。

　　⑸廣角鏡：一般攝影記者大多喜歡用廣角鏡，原因是它罩得住突發場面；另一方面，經過廣角鏡有戲劇性的衝擊效果，容易讓讀者產生視覺震撼，留下深刻印象。現在變焦鏡頭(Zoom Lens)的改進，解決了以往光圈太小、不易對焦的缺點，也是攝影利器。

　　⑹剪裁：一張好的人情趣味相片，光有先前的條件以外，還要經過適度的剪裁；這樣才能去蕪存菁，而突出主題。讀者眼睛一亮，深受感動。

　　⑺圖文說明：千萬不要小看圖文的地位，一幅好人情趣味相片，有了出色的文字解說，畫龍點睛、效果加倍。圖文解說要簡短、點明主題、凸顯趣味，簡單幾十字要寫得好還真不容易。以往攝影記者交了相片就了事，圖文一事就由文字記者代勞。現在報業分工比以前細緻、講求專業；另外，攝影記者文筆都達到水準，這項工作已經由攝影記者全權處理。

　　2.電視──近年來國內電視新聞競爭激烈，無論無線或有線電視在新聞方面都投下龐大資金與人力。尤其晚間新聞的製播，走向「新聞綜藝化」(Infortainment)的趨勢更為顯著。在每天收視率上上下下的

壓力下，主播、製作人、主編更重視在晚間新聞中適時添加更多人情趣味新聞，以提升更高的收視率。

（家駒講得斯文一點，其實在收看晚間新聞時，那正是一場收視率的殺戮戰場；一條新聞放前放後、一場火災火光夠不夠雄偉、抗爭衝撞是不是激烈，雖是追循陳規，但是如果輸給敵臺，都會讓新聞部經理、主播、製作人搥胸頓足；今天的敗績，只有誓言明天收復失土。）

對電視新聞來說，人情趣味新聞的拍攝、採訪是可遇不可求的，因為這類新聞較難安排，多半靠記者在新聞現場，以敏銳的觀察力，拍攝感人的畫面及訪問，加上文字記者的文稿，才能構成一則好的人情趣味新聞。

電視新聞講求團隊精神，攝影及文字記者往往對採訪攝影的內容交換意見，後製才能達成效果。例如在總統記者會中，一般來說，單純的以總統答覆為主，了不起搭配提問的記者鏡頭就能交代，如果能抓住踴躍爭取發言的記者以及主持人、總統的反應，就可以在嚴肅的新聞中，創造一條輕鬆的人情趣味新聞。

電視記者對人情趣味新聞的採訪，無論文字或攝影都要Sense，也就是新聞鼻，如果一方認知不同、堅持不要，那後果就是一則好新聞不見了。還有，要不怕耗時間及錄影帶、電池。如蜻蜓點水拍了就跑，很難碰到好題材及好畫面。

電視製播人情趣味新聞的流程，是所有媒體中最為複雜的。必須經過採訪、拍攝、撰稿、剪輯、過音。採訪、撰稿要訣如前述，過音配旁白時，注意語調要配合內文的需要、作少幅度的誇張，但是也不可渲染過度。

各位電視新聞的衣食父母，如果看到好的人情趣味新聞，請為他們喝采鼓勵。

3.編譯——這在人情趣味新聞產製過程中，是一個重要的來源，試想全世界記者報導的人情趣味新聞都經過編譯的手，量及質是何其高？所以擔任編譯工作的朋友們在這一點上又何其榮幸！（當然除去面對國際新聞發生的時差、截稿壓力等令人討厭的因素。）

曾經多次做過比較，比照各報出現外電中的人情趣味新聞，有時甲報有、乙報隻字不見，有時各報都有、報導的事實卻有不同重點。這當然不能直指是編譯的問題，因為還有編輯採用、刪減文稿的因素，會影響人情趣味新聞使用的情形。（嘿！嘿！嘿！找到幕後黑手了吧！）

閒話少說，外電新聞稿量之大，很難讓你相信，要在這些稿件中找出合適的新聞，又何嘗容易？當然，國際政治、經濟新聞不能少，漏了有虧職守，長官會追究。如果能抓到好的人情趣味新聞，而又能譯成讓閱聽人喜歡的新聞，那就是具慧根，功力高超了。

以前外電稿就是電傳打字機，外型渾圓、古典、穩重，裝上捲筒紙只見字鍵不斷地自動重擊在紙上，尤其幾家通訊社同時發稿，吵得人幾乎精神分裂。後來改用了矩陣針式列表機嘎嘎聲加上換行機械動作也是很吵。近來得電腦之賜，只見螢幕上出現新稿目錄，點選進入就可看稿，然後分割畫面用雙捲軸操作就可一邊翻譯一邊寫稿，安靜也方便多了。不過少了機械聲似乎沒有媒體慣有的緊張氣氛。（喂！你這人也太挑剔了。）

因應各媒體編譯人員多寡就會有不同的任務配置，有些媒體人手充足，跟採訪組一樣分路線，有國際政治、經濟、軍事，甚至分歐洲、美國、日本地區都有專人照料；也有媒體人數少，只好一人看一家通訊社的。不過這裡面的靈魂人物，就是派稿人，通常他是編譯長官、或是資深編譯，任務就是把適當的稿交給適當的人去處理，每當想起這個任務，我就想起在機場掛著DISPATCH臂章呼叫排班計程車的派

車員，那種快速、機敏的手法，這兩個位置相當；而不一樣的是派稿人必須有敏銳的新聞鼻。

高超的派稿人，練就了好眼力，可說是篩選高手。他們看標題、進入內文一下子就能決定取用與否。絕不能像哈姆雷特般「TO BE OR NOT TO BE」。有人形容看稿如同吃白煮蛋，一撥開就知道，用不著吃完才知道好蛋或壞蛋。

找人情趣味外電新聞，把持的原則就像本書前面所述八大因素即可，但是要堅持信、達、雅的作業守則。信就是以事實為根本，達就是通順、流暢，讓閱聽人接收容易；而雅最難，因為必須有相當好的中文造詣。

這裡有一個例子，可以證明人情趣味新聞超越時效性，有一次某個晚報登了一則警長與竊賊鬥法的新聞，遍查通訊社稿毫無所獲，當班的編譯差一點把眼睛看成鬥雞眼，最後在歷史檔裡發現竟然是一個月前的新聞。可能是派稿人認為它有價值，但是其他新聞太多擠不上版面就收藏起來，等到稿量有空檔拿出來使用，結果它成了獨家，妙呀！有這樣的新聞對閱聽人也有益無害。

總之，編譯的新聞鼻跟記者一樣要保持靈敏，不只是重要新聞，連人情趣味新聞也不放過，才是稱職的編譯高手。如果重要新聞有如主菜，翻譯人情趣味新聞像是甜點也算心情調劑，或許另有成就感。

4.廣播──這是以聲音表現的媒體，一是由主播播出新聞稿的模式，廣播人俗稱「乾稿」（聽起來有點俗），不過也頗切合實際，因為只有單薄的文字稿，沒有聲音為配件，要從頭念到尾當然叫「乾稿」。其實，這種表達方式並不容易，因為語氣斷句要特別小心，還得要注入聲音表情，讓播出的文字有了生命，意境高且達到藝術水準。另外，還得沉得住氣，千萬不能笑場，主播大笑、聽眾丈二金剛摸不著頭腦，

不知如何收場，那就難看了。

　　另外一種型態是：記者做好整段聲音報導，主播只要念「稿頭」（這是廣播新聞行話，也就是導言），主播最高興這種稿子了，因為少費口舌。有時主播還會事先消化稿子內容，用幽默的口吻帶出內容，有畫龍點睛的效果。

　　記者製作人情趣味新聞廣播有聲稿過程以及注意事項是：

　　⑴採訪時不要怕浪費錄音帶、電池、錄音機耗損，盡量把所有事實全錄下來，並且記錄各個片段的內容待用。

　　⑵有關文字報導注意事項如採訪專章所述。

　　⑶等到文字完成，就要錄製記者的主述、加上被訪人的聲音、外加配合的現場原音(Natural Sound)，成為一則完整的報導。

　　注意事項：

　　⑴善用現場原音，因為廣播靠聲音表達，原音可增加收聽效果。

　　⑵描述要清晰，要讓聽眾在腦海中有一幅清楚的圖畫。

　　⑶剪輯要明快，播出時間寶貴，把該有的片段精確且精簡的用在正確的位置。

　　⑷記者的語調要配合新聞的需求而變化。

　　現在錄音器材精進，重量輕、功能多，已經進步到用個人筆記型電腦剪接、合成，連傳送都可以經由電話線路一按傳送鍵就完成了，不必趕回新聞部，比起當時趕回錄音室製作報導快速方便許多，科技真是進步。雖然外在的科技影響了內容的傳播速度跟範圍，不過內容依舊主導著訊息的成功與否。

　　最後，人情趣味新聞跟編輯手法以及收聽率有密切的關係，因為人類的注意力會隨著時間拉長而渙散，這一點老師及演說者最怕，聽覺也是一樣。如果在聽覺渙散疲勞來臨前能凝聚震撼力，就能驅趕瞌

　　睡蟲。所以人情趣味新聞放在一節三十分鐘廣播新聞中每十分鐘一則，
就可達到抓住閱聽人的注意力，避免聽眾跳臺或關機。

參考文獻

中文部分

1. 王世正　（民48）《人情趣味故事之探討》，政治大學新聞研究所碩士論文。

2. 王洪鈞　（民44）《新聞採訪學》，臺北：正中書局。

3. 王洪鈞　（民89）《新聞報導學》，臺北：正中書局。

4. 李金銓　（民72）《大眾傳播理論》，臺北：三民書局。

5. 李　瞻　（民66）《世界新聞史》，政治大學新聞研究所。

6. 林語堂　《八十自述》，臺北：遠景出版社。

7. 韋政通　（民41）〈怎樣寫特寫〉，《記者通訊》第54期。

8. 徐慰真　（民82）《我國報業守門人對人情趣味新聞之認知差距》，文化大學新聞研究所碩士論文。

9. 陳　勤　（民53）《新聞小說研究》，政治大學新聞研究所碩士論文。

10. 黃文範　（民80）《恩尼派爾全集——恩尼派爾傳》，中央日報。

11. 黃文範　（民80）《恩尼派爾全集——四十八州天下》，中央日報。

12. 黃文範　（民59）《二次世界大戰新聞報導精華》，幼獅文化事業公司。

13. 彭家發　（民75）《特寫寫作》，臺灣商務印書館。

14. 黎劍瑩　（民52）《恩尼派爾之特寫研究》，政治大學新聞研究所碩士論文。

15. 賴　德　《華航雜誌》，民國八十九年一月號，臺北：華航雜誌社。

16. 蕭衡倩　（民75）《報紙新聞寫作方式之分析》，政治大學新聞研究所碩士論文。

17. 《大馬光明日報》，馬來西亞。

18. 《大華晚報》，臺北市。

19. 《中國時報》，臺北市。

20. 《中視新聞》，臺北市。

21. 《中廣新聞》，臺北市。

22. 《民生報》，臺北市。

23. 《明報》，香港。

24. 《套出真相》，（民82），臺北：卓越。

25. 《新生報》，臺北市。

26. 《聯合報》，臺北市。

27. 《聯合晚報》，臺北市。

28. 英國廣播公司，倫敦。

29. 美國之音，華盛頓特區。

英文部分

Agence France-Press

Anderson, Douglas A. & Itule Burce D. (1988) *Writing the News*. NY: Random House.

Associated Press

China Post. Taipei.

Charnle, Mitchell V. (1975) *Reporting*. NY: Holt, Rinehart and Winston.

Collins Cobuild English Language Dictionary. (1988) London: University of Birmingham.

Deutsche Press-Agentur

Garvey & River. (1982) *Newswriting for the Electronic Media*. Belmomt Ca: Wadworth.

George Fox and Others. *News Survey of Journalism.*

Gieber, W. (1964) "News Is What a Newspaperman Makes It", in Lewis Dexter and David M. White (eds.), *People, Society and Mass Communication*. New York: The Free Press.

Gueber, W. (1956) "Across the Desk: A Study of 16 Telegraph Editors". *J. Q.*, 33.

Hohenberg, John. (1960) *The Professional Journalist*. NY: Henry Holt And Co.

Hughes, Helen Mac Gill. (1981) *News and the Human Interest Story*. New Jersey: Transaction.

Hyde, Grant Milnor. *Newspaper Reporting*. NY: Prentice-Hall.

Johnson Stanley & Harriss Julian. (1964) *The Complete Reporter*. NY: The Macmillan.

Mac Dougall, Curtis D. (1966) *Interpretative Reporting*. NY: The Macmillan.

Mott, Frank Luther. (1953) *American Journalism*. NY: Macmillian.

Mott, Frank Luther. (1962) *The News in America*. London: Oxford University Press.

Neal, James M. (1976) *Newswriting And Reporting*. Iowa State University Press.

Reuters.

Seigfried, Mandel. (1962) *Modern Journalism*. NY: Pitman.

The TIMES. London.

Tuchman, Gaye. (1978) *Making News*. NY: The Free Press

United Press International

Warren Carl. (1951) *Mordern News Reporting*. NY: Harper & Brothers.

White, D. M. (1950) "The Gate Keeper: A Case Study in the Selection of News", *J.Q.*, 27.

完稿的感言

　　從下定決心落筆開始，我很慎重地寫；原以為以碩士論文為基礎，加上歷年來的蒐集，這本書應該很順利的完成，想不到過程是這麼辛苦；在寫作瓶頸時經歷過三個月胃痛、每天準時清晨四時驚醒，妻小正在甜蜜夢鄉，我卻從黑夜起站在玄關看著星空苦思人情趣味，直到黎明，就這樣日復一日不知何時能結束。

　　總算熬過來了，書寫完了，完成了多年的心願；胃痛、睡眠不足的症狀也不藥而癒，輕鬆快樂！屈指一算從千禧年寫到二十一世紀開年，一年的時光有這項成績，也算是給自己一份賀禮。

　　這本書裡寫出多年從事採訪工作，在歷經長時間例行新聞事件折磨的疲憊後，如何脫蛹而出創出自我採訪寫作風格的歷程，提供各位做參考，或許您可以從這本書找到途徑避免到處無謂闖蕩的苦惱。另外，第六章第四節裡的敘述，把人情趣味新聞比擬成黑夜裡的焰火與人生境遇的那一段，是我深刻的體認，很有意思。請您回頭再體會一下，不知是否有同感？

　　希望讀者喜歡這本書，不吝指教。

徐餉真

民國九十年三月

想　你

民國九十年五月六日，下午四時許，你告別了人生舞台。

五十一年的歲月，對你來說，實在太短了。

或許，冥冥中，你了然一切無常，生命中唯一真正擁有的就是「當下」。所以，你活得如此盡興，活得如此緊湊，活得如此豐盈。

你愛孩子，愛妻子，愛家，愛工作，愛新聞。最後，你求仁得仁，倒在新聞沙場上。想來，你縱有不捨，也是死而無憾。

你獻身新聞工作二十三年，一路行來，兢兢業業，熱情執著。跑新聞，你是悍將，打了一場又一場美好的勝仗。帶記者，你傾囊相授，永遠給人希望。做節目，你要求完美，好，還要更好。

這些年來，我深刻感受你對新聞的熱情和付出。記得那回，我們開車出外旅遊，看到滿山遍野的枯松，你好納悶？抓起電話，就要記者深入追蹤。結果，全國媒體立即跟進……。旅遊，竟然讓你抓出 —— 松材線蟲，中廣記者跑出全國大獨家，因而獲得「曾虛白獎」。

樓蘭好美，教人著迷。於是，你搖旗吶喊，搶救那片檜木林。八十九年，中廣再添一座「曾虛白獎」。

每走一趟好山好水，你的點子就如泉湧。

去年夏天，我們再遊花東，宜人的景致，卻到處嗡嗡嗡。「蒼蠅滿天飛」又搔動你的新聞鼻，結果，不起眼的蒼蠅被你搬上檯面，成為今年「曾虛白獎」的主角。

你突然走了，大夥兒好想你。想念那個愛講故事、講道理、講八卦的徐Sir。

我一直以為你戒菸多年，沒想到 ── 你卻躲在公司吞雲吐霧，中廣九樓的小菸館，你一開口「你知道嗎？」留下多少名人軼事、熱門話題。點根菸，哈上幾口，臧否臧否時事，分析分析普立茲，苦勸記者，不要急功近利、眼光短淺。再談談國內新聞界新鮮事，聊聊歐美新聞史；天南地北，唬得小記者們一愣一愣的。「就這樣，給我們養分，告訴我們掌故。就像給植物澆水一般，灌溉我們，就像餵寶寶喝牛奶一樣，把一個又一個的小記者，奶大了，養壯了。」大夥兒憶及你炯炯的眼神，爽朗的笑聲，都不勝唏噓。

看徐Sir點菸，聽徐Sir開講。此情此景，今後不再……。

在快速的新聞節奏中，你仍不忘時時提醒大家，民眾關心什麼？輪狀病毒、颱風、菜價、環保生態，生活周遭是你關心的焦點，其中，「人情趣味」又是你的最愛。從多次獲得肯定的獎項中，可看出你切新聞的角度，的確有獨特的敏感度。

你常感嘆：媒體把太多焦點放在政治紛爭、人事擾攘上，你希望能把鎂光燈調個方向，投向珍惜、關懷這片土地，並默默付出的小人物身上。有感情，有記憶，才有故事。你覺得媒體應在社會發展上扮演推手的角色。你說這些話時，臉上泛著溫柔的光采，令人動容。慰真，我以你為榮。

「慰真老哥，性子急，說話直來直往，絕不拐彎兒；罵人很

兇，絕不客氣；但他對屬下卻是完全的付出，百分百的照顧。」大夥兒想起你，道不盡的感謝，說不完的感懷。

想來，你的一生就像你自己所描繪的焰火一般：耐不住寂靜，從地表冒出直衝九霄，用盡了氣力到達頂端後，它震天價響、光彩四射，集聲光之極致，隨即迅速幻滅。自始至終雖然短暫，但是令人驚異、讚嘆、震懾、惋惜。

慰真，你走了。至今，我都覺得自己像在做夢，好希望：只是一場噩夢，夢醒了，就沒事了。

十三年又六個月，我們相處的時光，好短好短；但想起相識、相知、相惜的點點滴滴，我們擁有的故事，卻好長好長。

此刻，耳邊正響起你愛聽的西洋老歌，*What A Wonderful World*，喝著濃濃的咖啡，想你想你想你……。

看著你的照片，整理你的遺物，回想你短暫的一生，我淚流不止。想起你的好，想起你的真，想起你的愛，我思念成河。

回想七十六年情人節初相見，你送我一束紅色的玫瑰花，我心裡暗想：「如此一個阿Sir，如此一個呆頭鵝，不是我的白馬王子，不是我的夢……。」

婚後，才漸漸發現 —— 你的廚藝一流，從紅燒獅子頭、牛尾湯、烤小羊排，到紅燒牛肉、粉蒸排骨、海鮮濃湯……，一道道美味可口的佳肴，每每讓我讚嘆。

猶記得我牛子為坐月子時，你為了討我歡心，居然還做了什錦冬瓜盅，甚至八寶飯，當時，你還特地買了雕花的刀組，把冬瓜挖空燉湯，又不嫌麻煩的雕花裝飾，就像喜宴的大廚，處處讓我驚艷。

　　你還會做土司麵包、鬆餅、水果麥片，每個周末假日，我都
在陣陣麵包香和咖啡香中起床，這不是小說，不是電影情節，這
就是我們日常生活中真實的寫照。

　　你苦心栽種三年的蜘蛛百合，在你走後的第二天，居然開花
了，一股清香瀰漫著整個院子，我忍不住喊你：「慰真，你看到了
嗎？終於開花了！」一旁的牽牛、海棠、鳳仙、玫瑰……，也都是
你汗流浹背捧出來的寶貝；可是，隨後花兒卻被罕見的五月颱打
亂了，就像我們的心。

　　慰真，我真的好想你，子為、子軒也好想你。子為才十歲，
一夜之間被迫長大，這段日子，他隱忍傷痛，從不放聲大哭，看
他紅著眼眶強忍淚水，讓我好心疼。不滿五歲的小子軒，似懂非
懂，他常問我：「把拔呢？」「把拔怎麼了？」他問阿姨、姑姑：「把
拔去世了，以後家裡就只剩下媽媽、哥哥和我三個人，怎麼辦？
怎麼辦？」

　　慰真，你就這樣走了，走得好突然，走得太匆匆，來不及看
兒子長大，來不及和我說再見，我好遺憾、好傷痛、好不捨，但，
任我如何呼喚，也喚不回我的愛。

　　回想，每逢假期，我們一定全家出遊，春天看花，夏天玩水，
秋天賞楓，冬天洗溫泉。雄偉壯麗的洛磯山脈，你一直念念不忘；
瘋狂刺激的迪士尼樂園，是兒子的最愛；美麗浪漫的夏威夷，我
們七度重遊不厭倦。

　　去年底至今，短短數月，我們就暢遊了墾丁、太平山、武陵
農場、太魯閣國家公園。我常擔心你長途開車太勞累，你總笑著
說：「看到妳和孩子玩得開心，再苦再累都值得。」

　　我們還互相約定，退休後，要開車遊遍全世界。言猶在耳，你竟失約，是第一次，也是最後一次。

　　我反覆思索，為甚麼？為甚麼？你我再也來不及看布洛灣的百合花，再也來不及賞太麻里的金針花⋯⋯。

　　雖然人生難免有遺憾，雖然人生難免起起落落，但你在求學、工作上，一直走得格外艱辛，儘管如此，對新聞的熱誠絲毫不減。應考十一次，八十年五月你終於考上新聞研究所，一償多年的夙願。你白天上班、上課，晚上還要帶孩子、念書、寫論文，好累。

　　你說，累得甘心，累得甜蜜。

　　今年三月，你又以多年採訪經驗撰寫完成《人情趣味新聞料理》，人情趣味是你的最愛，念茲在茲二十餘年，終於了卻心頭大願，我為你高興。怎料，心願已了，你耗盡氣力到達頂端，卻戛然而止，令人震撼、惋惜。

　　記得，你走的前一個禮拜還告訴我，下個星期因《海峽論壇》節目開播在即，事情繁瑣，工作沈重，你會很忙很忙。

　　每晚，我從報社下班回家，深夜十一、二點，你還有一通又一通打不完的電話，次日清晨六點，睡夢中被電話驚醒，還來不及吃早點，又開始忙碌的一天。

　　慰真，二十多年來，你馬不停蹄、兢兢業業，真是鞠躬盡瘁、死而後已。

　　你為新聞犧牲奉獻，你為新聞燃燒自己，臨了，你更為新聞交出了生命。

　　慰真，想來，你一定無怨無悔，但，我卻是多麼不捨，多麼心疼啊！

　　你撒下好多好多新聞種子，你散布好多好多愛的種子。

　　我相信，生命中所做的每一件事，都會被記錄下來，即使當時不經意的擦身而過，但後來還是會出現的……。

　　我想，每個人來到世間，都有他要完成和學習的東西。活著，你盡心盡力；走時，你為自己的人生，畫下完美的句點。

　　想來，你的人生是精采的，是完美的。

　　別了，慰真，謝謝你曾經愛我。如果有來生，我還要做你的妻；如果有來生，我們一定要白首偕老；如果有來生，絕不許你先我而去……，答應我，慰真。

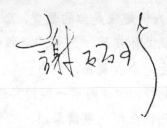

人情趣味徐慰真

老哥：以往沒機會跟你報告為什麼喊你「老哥」。這是按軍校的規矩，比自己期別高、年紀長的就稱老哥。我應該是陸官四十六期的，因為近視他們不收我，我才棄武就文的。

現在是九十年五月九日凌晨一點，你離開以後的第三天。剛下班回到家，外面正在下雨……。

咱們倆相識十餘年，相交也就是這兩年的事。當年剛進公司先認識了你口中的師傅張鳳康（昨晚，他為了你又浮了好幾大白）。他把我引見給你。

回想起來，咱們哥倆的交情全在兩本書上，你逼我看的兩本書。第一本是你念研究所的時侯，你在舊中廣廣電大廈三樓一隅，有間辦公室（想起那間辦公室讓我想起了司馬遷，沒窗戶只有一扇門，很像蠶室）。不知道你還記得否？

有天下午我到公司上班，你把我找了去。拿了本厚厚的大傳原文書，叫我說給你聽。原以為幾分鐘就可以解決的，誰知道是要從頭到尾說一遍。還好你悟性高，我花了兩個鐘頭把書說完，你竟然聽懂了。那是我念的第一本大傳書。第二本就是這本命運多舛的《人情趣味新聞料理》了。

說它命運多舛，不但是因為找出版社、著作權等問題讓你煩

心，更是因為這本書竟然成了「遺腹子」了。

還記得去年夏天，你告訴我，和你當大廚的朋友談過以後，發覺做新聞和做菜是一個道理，想寫本新聞食譜。愛吃的我當然樂觀其成。

初稿寫竟，傳給我，知道這是老哥嘔心瀝血之作，自然用心拜讀。後來，又給了我一份印出來的初稿，上面有訂正的字跡。一看即知是大嫂所為。原因無他，別人不會這麼用心看。受到感動，我也就一個字、一個字的仔細看了一遍。所以，咱們可以說是有兩本書的交情。

這本書不但寫出了你對新聞的看法，也大約是你的寫照。至少是我認識的你。

人是你。你很用心的做人，官職不高，卻也在宦海，仍堅持做徐慰真，勢力不大，卻依舊盡力照顧周圍的人，所以你是一個成功的「人」。

情也是你。對父母、妻兒（少有中國人寫教科書老提自己兒子的。）、長官、部屬、徒弟有真情。確可當一「情」字。

你愛味也知味。不但見了我就談什麼好吃，那家餐廳口味正，還寫了本有味道的新聞教科書。實乃一「味」人也。

唯獨這趣字，有待商榷。認識你的人都聽過老哥你說的笑話。只見你說得口沫橫飛（現場傳真），自己還笑得花枝亂顫（說相聲之大忌），內容卻並不太有趣。你總把事情往身上攬，每天都繃得緊緊的，生活也少趣味，實在擔不上個趣字。

唉！說歸說，現在要聽你的笑話也只能說句「此景只在天上有」了。

　　還得跟你那一對寶貝兒子說兩句。你們的父親是在現代社會少見有真性情的人。等你們年紀大了就知道要「慰真」有多難了。你們的父親寫完《人情趣味新聞料理》這本書，他告訴我，還要再寫一本。要給你們留些東西。

　　他腦子裡時時想到的都是你們。雖然說他生活並不十分有趣，但是，你們兄弟兩個的確給了他很大的樂趣。有了你們兩個以後，他約朋友吃飯從不約晚上，因為，他要回家陪孩子。他覺得你們倆比我們有趣多了。

　　老哥，說到吃飯，你還欠我一頓。好像寫了不少，卻又似仍意猶未盡。套句老話咱們就「言有盡而意無窮」吧。平常寫正式文章，多半用文言。跟人說話似乎還是白話好。

　　最後，踐點兒文你大概不會介意，因為這是你的一大嗜好。

尚饗

（本文作者為中廣新聞部編譯）

三民大專用書書目——新聞

三民大專用書書目——社會

三民大專用書書目——教育

書名	作者		任職機構
教育概論	張鈿富	著	政治大學
教育哲學	賈馥茗	著	國策顧問
教育哲學	葉學志	著	彰化師大
教育原理	賈馥茗	著	國策顧問
教育計畫	林文達	著	政治大學
普通教學法	方炳林	著	臺灣師大
各國教育制度	雷國鼎	著	臺灣師大
清末留學教育	瞿立鶴	著	
教育心理學（增訂版）	溫世頌	著	傑克遜州立大學
教育心理學	胡秉正	著	政治大學
教育社會學	陳奎憙	著	臺灣師大
教育行政學	林文達	著	政治大學
教育經濟學	蓋浙生	著	臺灣師大
教育經濟學	林文達	著	政治大學
教育財政學	林文達	著	政治大學
工業教育學	袁立錕	著	彰化師大
技術職業教育行政與視導	張天津	著	臺北科技大學
技職教育測量與評鑑	李大偉	著	臺灣師大
高科技與技職教育	楊啟棟	著	臺灣師大
工業職業技術教育	陳昭雄	著	臺灣師大
技術職業教育教學法	陳昭雄	著	臺灣師大
技術職業教育辭典	楊朝祥	編著	前教育部部長
技術職業教育理論與實務	楊朝祥	著	前教育部部長
工業安全衛生	羅文基	著	高雄市教育局
人力發展理論與實施	彭台臨	著	臺灣師大
職業教育師資培育	周談輝	著	臺灣師大
家庭教育	張振宇	著	淡江大學
教育與人生	李建興	著	臺北大學
教育即奉獻	劉真	著	總統府資政
人文教育十二講	陳立夫等	著	國策顧問
當代教育思潮	徐南號	著	臺灣大學
心理與教育統計學	余民寧	著	政治大學
教育理念與教育問題	李錫津	著	臺北市政府

書名	作者	任職機構
比較國民教育	雷國鼎 著	臺灣師大
中等教育	司琦 著	前政治大學
中國教育史	胡美琦 著	文化大學
中國現代教育史	鄭世興 著	臺灣師大
中國大學教育發展史	伍振鷟 著	臺灣師大
中國職業教育發展史	周談輝 著	臺灣師大
社會教育新論	李建興 著	臺北大學
中國社會教育發展史	李建興 著	臺北大學
中國國民教育發展史	司琦 著	前政治大學
中國體育發展史	吳文忠 著	臺灣師大
中小學人文及社會學科教育目標研究總報告	教育部人文及社會學科教育指導委員會 主編	
中小學人文學科教育目標研究報告	教育部人文及社會學科教育指導委員會 主編	
中小學社會學科教育目標研究報告	教育部人文及社會學科教育指導委員會 主編	
教育專題研究 第一輯	教育部人文及社會學科教育指導委員會 主編	
教育專題研究 第二輯	教育部人文及社會學科教育指導委員會 主編	
教育專題研究 第三輯	教育部人文及社會學科教育指導委員會 主編	
選文研究 ——中小學國語文選文之評價與定位問題	教育部人文及社會學科教育指導委員會 主編	
英國小學社會科課程之分析	張玉成 著	教育部人指會
	教育部人文及社會學科教育指導委員會 主編	
如何寫學術論文	宋楚瑜 著	
論文寫作研究（增訂版）	段家鋒 孫正豐 張世賢 主編	政治大學
美育與文化	黃昆輝 主編 著	臺灣師範大學院
師生關係與班級經營	陳奎憙 王淑俐 黃德祥 著	臺北師範學院 彰化師大

輔導原理與實務　　　　劉　焜　輝主編　　文　化　大　學
教育理念的改造與重建　　李　錫　津　著　　臺北市政府